"十三五"国家重点出版物出版规划项目

外国文学研究
核心话题系列丛书
Key Topics in Foreign
Literature Studies

外语学科核心话题
前沿研究文库

■ 传统·现代性·后现代研究
Tradition/Modernism/
Post-modernism Studies

现代性

Modernity

宋文 著

外语教学与研究出版社
FOREIGN LANGUAGE TEACHING AND RESEARCH PRESS
北京 BEIJING

图书在版编目 (CIP) 数据

现代性 / 宋文著. -- 北京：外语教学与研究出版社，2023.5
(外语学科核心话题前沿研究文库. 外国文学研究核心话题系列丛书. 传统·现代性·后现代研究)
ISBN 978-7-5213-4502-5

Ⅰ. ①现… Ⅱ. ①宋… Ⅲ. ①现代主义－研究 Ⅳ. ①I109.9

中国国家版本馆 CIP 数据核字 (2023) 第 084634 号

出 版 人　王　芳
选题策划　常小玲　李会钦　段长城
项目负责　王丛琪
责任编辑　解碧琰
责任校对　步　忱
装帧设计　杨林青工作室
出版发行　外语教学与研究出版社
社　　址　北京市西三环北路 19 号（100089）
网　　址　https://www.fltrp.com
印　　刷　北京盛通印刷股份有限公司
开　　本　650×980　1/16
印　　张　14.25
版　　次　2023 年 5 月第 1 版 2023 年 5 月第 1 次印刷
书　　号　ISBN 978-7-5213-4502-5
定　　价　59.90 元

如有图书采购需求，图书内容或印刷装订等问题，侵权、盗版书籍等线索，请拨打以下电话或关注官方服务号：
客服电话：400 898 7008
官方服务号：微信搜索并关注公众号"外研社官方服务号"
外研社购书网址：https://fltrp.tmall.com

物料号：345020001

出版前言

随着中国特色社会主义进入新时代，国家对外开放、信息技术发展、语言产业繁荣与教育领域改革等对我国外语教育发展和外语学科建设产生了深远影响，也有力推动了我国外语学术出版事业的发展。为梳理学科发展脉络，展现前沿研究成果，外语教学与研究出版社汇聚国内外语学界各相关领域专家学者，精心策划了"外语学科核心话题前沿研究文库"（下文简称"文库"）。

"文库"精选语言学、应用语言学、翻译学、外国文学研究和跨文化研究五大方向共25个重要领域100余个核心话题，按一个话题一本书撰写。每本书深入探讨该话题在国内外的研究脉络、研究方法和前沿成果，精选经典研究及原创研究案例，并对未来研究趋势进行展望。"文库"在整体上具有学术性、体系性、前沿性与引领性，力求做到点面结合、经典与创新结合、国外与国内结合，既有全面的宏观视野，又有深入、细致的分析。

"文库"项目邀请国内外语学科各方向的众多专家学者担任总主编、子系列主编和作者，经三年协力组织与精心写作，自2018年底陆续推出。"文库"已获批"十三五"国家重点出版物出版规划项目，作为一个开放性大型书系，将在未来数年内持续出版。我们计划对这套书目进行不定期修订，使之成为外语学科的经典著作。

我们希望"文库"能够为外语学科及其他相关学科的研究生、教师及研究者提供有益参考，帮助读者清晰、全面地了解各核心话题的发展脉络，并有望开展更深入的研究。期待"文库"为我国外语学科研究的创新发展与成果传播作出更多积极贡献。

外语教学与研究出版社
2018年11月

"外语学科核心话题前沿研究文库" 学术委员会

主　任：孙有中　王文斌　王克非　文秋芳　张　剑
委　员：蔡金亭　陈　红　刁克利　董燕萍　高一虹　韩宝成
　　　　　黄立波　蒋　严　马秋武　秦洪武　司富珍　谭惠娟
　　　　　王东风　王立非　徐　浩　许家金　许　钧　杨金才
　　　　　袁毓林　张　辉　张　威　朱　磊

"外国文学研究核心话题系列丛书" 编委会

总主编：张　剑

传统·现代性·后现代研究系列主编：张　剑
社会·历史研究系列主编：杨金才
种族·后殖民研究系列主编：谭惠娟
自然·性别研究系列主编：陈　红
心理分析·伦理研究系列主编：刁克利

目录

总序 ⋯⋯⋯⋯⋯⋯⋯⋯⋯⋯⋯⋯⋯⋯⋯⋯⋯⋯⋯⋯⋯⋯ 张　剑　ix
前言 ⋯⋯⋯⋯⋯⋯⋯⋯⋯⋯⋯⋯⋯⋯⋯⋯⋯⋯⋯⋯⋯⋯ 宋　文　xviii

第一章　概说　　　　　　　　　　　　　　　　　　　　1

1.1　话题缘起 ⋯⋯⋯⋯⋯⋯⋯⋯⋯⋯⋯⋯⋯⋯⋯⋯⋯⋯1
1.2　"现代性"概念 ⋯⋯⋯⋯⋯⋯⋯⋯⋯⋯⋯⋯⋯⋯⋯7
1.3　话题的当代意义 ⋯⋯⋯⋯⋯⋯⋯⋯⋯⋯⋯⋯⋯⋯20

第二章　渊源与流变　　　　　　　　　　　　　　　　23

2.1　理性与现代性 ⋯⋯⋯⋯⋯⋯⋯⋯⋯⋯⋯⋯⋯⋯⋯23
　　2.1.1　韦伯的工具理性批判 ⋯⋯⋯⋯⋯⋯⋯⋯⋯24
　　2.1.2　霍克海默和阿多诺的启蒙理性批判 ⋯⋯⋯29
　　2.1.3　哈贝马斯的交往理性 ⋯⋯⋯⋯⋯⋯⋯⋯⋯34
　　2.1.4　小结 ⋯⋯⋯⋯⋯⋯⋯⋯⋯⋯⋯⋯⋯⋯⋯⋯37
2.2　都市现代性 ⋯⋯⋯⋯⋯⋯⋯⋯⋯⋯⋯⋯⋯⋯⋯⋯38
　　2.2.1　都市时空转向 ⋯⋯⋯⋯⋯⋯⋯⋯⋯⋯⋯⋯38
　　2.2.2　巴黎——现代性之都 ⋯⋯⋯⋯⋯⋯⋯⋯⋯45
　　2.2.3　乡村和城市叙事 ⋯⋯⋯⋯⋯⋯⋯⋯⋯⋯⋯49
　　2.2.4　大都市与精神生活 ⋯⋯⋯⋯⋯⋯⋯⋯⋯⋯53
　　2.2.5　小结 ⋯⋯⋯⋯⋯⋯⋯⋯⋯⋯⋯⋯⋯⋯⋯⋯55

2.3 现代性与后现代性 ……………………………………56
 2.3.1 后现代话语思想资源：尼采、海德格尔、维特根斯坦
  ……………………………………………………58
 2.3.2 后现代主义哲学理念的主要阐释者：利奥塔 ……61
 2.3.3 马克思主义后现代理论家：詹明信 ……………64
 2.3.4 小结 ……………………………………………68
2.4 现代性的中国面孔 ……………………………………68
 2.4.1 抒情现代性 ……………………………………69
 2.4.2 二十世纪二十年代浪漫文人群体的出现 ………74
 2.4.3 二十世纪三十年代的摩登都市现代性 …………80
 2.4.4 小结 ……………………………………………86

第三章 经典研究例示　　87

3.1 现代性与日常生活 ……………………………………87
 3.1.1 列斐伏尔早期日常生活批判 ……………………88
 3.1.2 消费受控制的科层制社会 ………………………92
 3.1.3 "让日常生活成为一种艺术品" …………………95
 3.1.4 小结 ……………………………………………100
3.2 现代性与大屠杀 ………………………………………101
 3.2.1 种族主义与现代性 ………………………………102
 3.2.2 现代官僚体系的理性化 …………………………106
 3.2.3 服从之伦理 ………………………………………110
 3.2.4 小结 ……………………………………………114
3.3 现代性与性别 …………………………………………115
 3.3.1 男性气质/女性气质 ……………………………116
 3.3.2 私人领域/公共领域 ……………………………121

3.3.3　大众化／异域崇高·············127
　　3.3.4　小结·····················130

第四章　原创研究例示　　　　　　　　　　　　132

4.1　伍尔夫的女性都市空间书写·············132
　　4.1.1　现代都市漫游者···············132
　　4.1.2　女性都市空间建构者·············138
　　4.1.3　现代生活体验者···············143
　　4.1.4　小结·····················148
4.2　林语堂的文化现代性建构··············148
　　4.2.1　"抒情哲学"的提出·············149
　　4.2.2　现代国民塑造················154
　　4.2.3　理想生活方式的呈现·············160
　　4.2.4　小结·····················166

第五章　研究选题与趋势　　　　　　　　　　　　168

5.1　现代性理论的本土化················169
　　5.1.1　现代性中国问题···············169
　　5.1.2　现代性中国对策···············172
5.2　现代性研究的新视角················175
　　5.2.1　自反性现代性················175
　　5.2.2　流动现代性·················176
　　5.2.3　全球现代性·················177
　　5.2.4　共同体····················179
　　5.2.5　小结·····················182

参考文献	183
推荐文献	198
索引	200

总序

外国文学研究在二十世纪的中国经历了作品译介时代、文学史研究时代和作家+作品研究时代，如果查阅申丹和王邦维总主编的《新中国60年外国文学研究》，我们就可以看到，在改革开放后的中国，特别是在九十年代以后，外国文学研究进入了文学理论研究时代。译介外国文学理论的系列丛书大量出版，如"知识分子图书馆"系列和"当代学术棱镜译丛"系列等。在大学的外国文学课堂使用较多、影响较大的教程中，中文的有朱立元主编的《当代西方文艺理论》；英文的有张中载等编的《二十世纪西方文论选读》和朱刚编著的《二十世纪西方文艺批评理论》。这些书籍所介绍的西方文学理论和批评理论，以《二十世纪西方文论选读》为例，包括俄国形式主义、新批评、原型批评、结构主义、精神分析批评、接受美学与读者反应理论、后结构主义、西方马克思主义、女权主义、后现代主义、新历史主义、后殖民主义、文化研究等等。

十多年之后，这些理论大多已经被我国的学者消化、吸收，并在外国文学研究领域广泛应用。有人说，外国文学研究已经离不开理论，离开了理论的批评是不专业、不深刻的印象主义式批评。这话正确与否，我们不予评论，但它至少让我们了解到理论在外国文学研究中的作用和在大多数外国文学研究者心中的分量。许多学术期刊在接受论文时，首先看它的理论，然后看它的研究方法。如果没有通过这两关，那么退稿即是自然的结果。在学位论文的评阅中，评阅专家同样也会看这两个方面，并且把它们视为论文是否合格的必要条件。这些都促成了我国外国文学研究理论时代的到来。我们应该承认，中国读者可能有理论消化不良的问题，可能有唯理论马首是瞻的问题。在某些领域，特别是在博士论文和硕士论文中，理论和概念可能会被生搬硬套地强加于作品，导致"两张皮"的问题。但是，总体上讲，理论研究时代的到来是一个进步，是一个值得我们去探索和追寻的方向。

一

如果说"应用性"是我们这套"外国文学研究核心话题系列丛书"（以下简称"丛书"）追求的目标，那么我们应该仔细考虑以下两个问题：第一，我们应该如何强化理论的运用，它的路径和方法何在？第二，我们在运用西方理论的过程中如何体现中国学者的创造性，如何体现中国学者的视角？我们先看第一个问题。十年前，当人们谈论文学理论时，最可能涉及的是某一个宏大的领域，如新历史主义、女性主义、后殖民批评等。而现在，人们更加关注的不是这些大概念，而是它们下面的小概念，或者微观概念，比如互文性、主体性、公共领域、异化、身份等等。原因是大概念往往涉及一个领域或者一个方向，它们背后往往包含许多思想和观点，在实际操作中有尾大不掉的感觉。相反，微观概念在文本解读过程中往往具有很强的操作性，在分析作品时能帮助人们看到更多的意义，帮助人们更好地理解人物、情节、情景，以及这些因素背后的历史、文化、政治、性别缘由。

在英国浪漫派诗歌研究中，这种批评的实例比比皆是。比如莫德·鲍德金（Maud Bodkin）的《诗中的原型模式：想象的心理学研究》（*Archetypal Patterns in Poetry: Psychological Studies of Imagination*）就是运用荣格（Carl Jung）的原型理论对英国诗歌传统中出现的模式、叙事结构、人物类型等进行分析。在荣格的理论中，"原型"指古代神话中出现的某些结构因素,它们已经扎根于西方的集体无意识,在从古至今的西方文学和仪式中不断出现。想象作品的原型能够唤醒沉淀在读者无意识中的原型记忆,使他们对此作品作出相应的反应。鲍德金在书中特别探讨了塞缪尔·泰勒·柯尔律治(Samuel Taylor Coleridge)的《古水手吟》(*The Rime of the Ancient Mariner*)中的"重生"和《忽必烈汗》(*Kubla Khan*)中的"天堂地狱"等叙事结构原型(Bodkin: 26-89),认为这些模式、结构、类型在诗歌作品中的出现不是偶然,而是自古以来沉淀在西方集体无意识中的原型在具体文学作品中的呈现(90-114)。同时她也认为,不但作者在创作时毫无意识地重现原型,而且这些作品对读者的吸引也与集体无意识有关,他们不由自主地对这些原型作出了反应。

在后来的著作中,使用微观概念来分析具体文学作品的趋势就更加明显。大卫·辛普森(David Simpson)的《华兹华斯的历史想象:错位的诗歌》(*Wordsworth's Historical Imagination: The Poetry of Displacement*)显然运用了西方马克思主义理论,但是它凸显的关键词是"历史",即用社会历史视角来解读威廉·华兹华斯(William Wordsworth)。在"绪论"中,辛普森批评文学界传统上将私人领域与公共领域对立,将华兹华斯所追寻的"孤独"和"自然"划归到私人领域。实际上,他认为华氏的"孤独"有其"社会"和"历史"层面的含义(Simpson: 1-4)。辛普森使用了湖区的档案,重建了湖区的真实历史,认为这个地方并不是华兹华斯的逃避场所。在湖区,华氏理想中的农耕社会及其特有的生产方式正在消失。圈地运动改变了家庭式的小生产模式,造成一部分农民与土地分离,也造成了华兹华斯所描写的贫穷和异化。华兹华斯所描写的个人与自然的分离以及想象力的丧失,似乎都与这些社会的变化和转型有着密不可分的关系(84-89)。在具体文本分析中,历史、公共领域、生产模式、异化等概念要比笼统的马克思主义概念更加有用,更能产生分析效果。

奈杰尔·里斯克(Nigel Leask)的《英国浪漫主义作家与东方:帝国焦虑》(*British Romantic Writers and the East: Anxieties of Empire*)探讨了拜

伦（George Gordon Byron）的"东方叙事诗"中所呈现的土耳其奥斯曼帝国，雪莱（Percy Bysshe Shelley）的《阿拉斯特》（*Alastor*）和《解放了的普罗米修斯》（*Prometheus Unbound*）中所呈现的印度，以及托马斯·德·昆西（Thomas De Quincey）的《一个英国瘾君子的自白》（*Confessions of an English Opium-Eater*）中所呈现的东亚地区的形象。他所使用的理论显然是后殖民理论，但是全书建构观点的关键概念"焦虑"来自心理学。在心理分析理论中，"焦虑"常常指一种"不安""不确定""忧虑"和"混乱"的心理状态，伴随着强烈的"痛苦"和"被搅扰"的感觉。里斯克认为，拜伦等人对大英帝国在东方进行的帝国事业持有既反对又支持、时而反对时而支持的复杂心态，因此他们的态度中存在着焦虑感（Leask: 2–3）。同时，他也把"焦虑"概念用于描述英国人对大英帝国征服地区的人们的态度，即他们因这些东方"他者"对欧洲自我"同一性"的威胁而焦虑。

如果我们的目标是批评实践，是用批评理论进行文本分析，那么拉曼·塞尔登（Raman Selden）的《实践理论与阅读文学》（*Practicing Theory and Reading Literature*）一书值得我们参考借鉴。该书是他先前的《当代文学理论导读》（*A Reader's Guide to Contemporary Literary Theory*）的后续作品，主要是为先前的著作所介绍的批评理论提供一些实际运用的方法和路径，或者实际操作的范例。在他的范例中，他凸显了不同理论的关键词，如关于新批评，他凸显了"张力""含混"和"矛盾态度"；关于俄国形式主义，他凸显了"陌生化"；关于结构主义，他凸显了"二元对立""叙事语法"和"隐喻与换喻"；关于后结构主义，他凸显了意义、主体、身份的"不确定性"；关于新历史主义，他凸显了主导文化的"遏制"作用；关于西方马克思主义，他凸显了"意识形态"和"狂欢"。

虽然上述系列并不全面，我们现在所使用的概念的数量和种类都可能要超过它，但是它给我们的启示是：要进行实际的批评实践，我们必须关注各个批评派别的具体操作方法，以及它们所使用的具体路径和工具。我们这套"丛书"所凸显的也是"概念"或者"核心话题"，就是为了实际操作，为了文本分析。"丛书"所撰写的"核心话题"共分5个子系列，即"传统·现代性·后现代研究""社会·历史研究""种族·后殖民研究""自然·性别研究""心理分析·伦理研究"，每个子系列选择3—5个核心的话题，分别撰写成一本书，探讨该话题在国内外的研究脉络、发展演变、经典及原创研究案例等等。通过把这些概念运用于文本分析，达到介绍该批评派别的目的，同时也希望展示这些话题在具体的文学批评中的作用。

二

中国的视角和中国学者的理论创新和超越，是长期困扰国内外国文学研究界的问题，这不是一套书或者一个人能够解决的。外国文学研究界，特别是专注外国文学理论研究的学者，也因此承受了巨大的压力。有人甚至批评说，国内研究外国文学理论的人好像有很大的学问，其实仅仅就是"二传手"或者"搬运工"，把西方的东西拿来转述一遍。国内文艺理论界普遍存在着"失语症"。这些批评应该说都有一定的道理，它警醒我们在理论建构方面不能无所作为，不能仅仅满足于译介西方的东西。但是"失语症"的原因究竟是因为我们缺少话语权，还是我们根本就没有话语？这一点值得我们思考。

我们都知道，李泽厚是较早受到西方关注的中国现当代本土文艺理论家。在美国权威的文学理论教材《诺顿文学理论与批评选集》(*The Norton Anthology of Theory and Criticism*)第二版中，李泽厚的《美学四讲》(*Four Essays on Aesthetics*)中的"形式层与原始积淀"("The Stratification of Form and Primitive Sedimentation")成功入选。这说明中国文艺理论在创新方面并不是没有话语，而是可能缺少话语权。概念化和理论化是新理论创立必不可少的过程，应该说老一辈学者王国维、朱光潜、钱锺书对"意境"的表述是可以概念化和理论化的；更近时期的学者叶维廉和张隆溪对道家思想在比较文学中的应用也是可以概念化和理论化的。后两者在这方面做了很多工作,但要在国际上产生影响力,可能还需要有进一步的提升,可能也需要中国的学者群体共同努力,去支持、跟进、推动、应用和发挥,以使它们产生应有的影响。

在翻译理论方面,我国的理论创新应该说早于西方。中国是翻译大国,二十世纪是我国翻译活动最活跃的时代,出现了林纾、傅雷、卞之琳、朱生豪等翻译大家,在翻译西方文学和科学著作的过程中积累了大量的经验。在中国翻译家提出"信达雅"的时候,西方的翻译理论还未有多少发展。但是西方的学术界和理论界特别擅长把思想概念化和理论化,因此有后来居上的态势。但是如果仔细审视,西方的热门翻译理论概念如"对等""归化和异化""明晰化"等等,都没有逃出"信达雅"的范畴。新理论的创立不仅需要新思想,而且还需要一个整理、归纳和升华的过程,这就是我们所说的概念化和理论化。曹顺庆教授在比较文学领域提出的"变异学"就是一个有意义的尝试,我个人认为,它有可能成为中国学者的另一个理论创新。

理论创新是一件重要而艰难的事情,最难的创新莫过于思维范式的创新,也就是托马斯·库恩(Thomas S. Kuhn)在《科学革命的结构》(*The Structure of Scientific Revolutions*)中所说的范式(paradigm)的改变。哥白尼(Nicolaus Copernicus)的"日心说"是对传统的和基督教的宇宙观的全面颠覆,达尔文(Charles Darwin)的"进化论"是对基督教的"存在的大链条"和"创世说"的全面颠覆,马克思(Karl Marx)的唯物主义是对柏拉图(Plato)以降的唯心主义的全面颠覆。这样的范式创新有可能完全推翻以前人们对世界的认识,从而建立一套新的知识体系。福柯(Michel Foucault)在《词与物:人文科学考古学》(*The Order of Things: An Archaeology of the Human Sciences*)中将"范式"称为"范型"或"型构"(épistémè),他认为这些"型构"是一个时代知识生产与话语生产的基础,也是判断这些知识和话语正确或错误的基础(Foucault: xxi–xxiii)。能够改变这种"范式"或"型构"的理论应该就是创新性足够强大的理论。

任何创新都要从整理传统和阅读前人开始，用牛顿（Isaac Newton）的话来说，就是"我之所以比别人看得远一些，是因为我站在巨人的肩膀上"。福柯曾经提出了"全景敞视主义"（panopticism）的概念，用来分析个人在权力监视下的困境，在国内的学位论文中得到比较广泛的应用，但是这个概念来自英国功利主义哲学家杰里米·边沁（Jeremy Bentham）；福柯还提出了一个"异托邦"（heterotopia）的概念，用来分析文化差异和思维模式的差异，在中国的学术界也很有知名度，但这个概念是由"乌托邦"（utopia）的概念演化而来，它的源头可以追溯到古希腊的柏拉图和十六世纪的英国作家托马斯·莫尔（Sir Thomas More）。雅克·拉康（Jacques Lacan）对"主体性"（subjectivity）的分析曾经对女性主义和文化批评产生过很大影响，但是它也是对弗洛伊德（Sigmund Freud）心理分析的改造，可以说是后结构主义语言观与弗洛伊德心理分析的巧妙结合。詹明信（Fredric Jameson）的"政治无意识"（political unconscious）概念常常被运用在西方马克思主义批评中，但是它也是对马克思和路易·阿尔都塞（Louis Althusser）的"意识形态"（ideology）理论的发展，可以说是传统的马克思主义与后结构主义和心理分析的巧妙结合。甚至文化唯物主义和新历史主义批评的两个标志性概念"颠覆"（subversion）和"遏制"（containment）也是来自别处，很有可能来自福柯、雷蒙·威廉斯（Raymond Williams）或其他马克思主义批评家。虽然对于我们的时代来说，西方文论的消化和吸收的高峰期已经结束，但对于个人来说，消化和吸收是必须经过的一个阶段。

在经济和科技领域也一样，人们也是首先学习、消化和吸收，然后再争取创新和超越，这就是所谓的"弯道超车"。高铁最初不是中国的发明，但是中国通过消化和吸收高铁技术，拓展和革新了这项技术，使我们在应用方面达到了世界前列。同样，中国将互联网技术应用延伸至电子商务、共享经济、线上支付等领域，使中国在金融创新领域走在了世界前列。这就是说，创新有多个层面、多个内涵。可以说，理论创新、方法创新、证据创新、应用创新都是创新。从0到1的创新，或者说从无到有的创新，是最艰难的创新，而从1到2或者从2到3的创新相对容易一些。

我们这套"丛书"也是从消化和吸收开始，兼具**学术性、应用性**：每一本书都是对一个核心话题的理解，既是理论阐释，也是研究方法指南。"丛书"中的每一本基本都遵循如下结构。1）概说：话题的选择理由、话题的定义（除权威解释外可以包含作者自己的阐释）、话题的当代意义。如果是跨学科话题，还需注重与其他学科理解上的区分。2）渊源与发展：梳理话题的渊源、历史、发展及变化。作者可以以历史阶段作为分期，也可以以重要思想家作为节点，对整个话题进行阐释。3）案例一：经典研究案例评析，精选1—2个已有研究案例，并加以点评分析。案例二：原创分析案例。4）选题建议、趋势展望：提供以该话题视角可能展开的研究选题，同时对该话题的研究趋势进行展望。

"丛书"还兼具**普及性**和**原创性**：作为研究性综述，"丛书"的每一本都是在一定高度上对某一核心话题的普及，同时也是对该话题的深层次理解。原创案例分析、未来研究选题的建议与展望等都具有原创性。虽然这种原创性只是应用方面的原创，但是它是理论创新的基础。"丛书"旨在增强研究生和年轻学者对核心话题的理解和应用能力，进一步扩大知识分子的学术视野。"丛书"的出版是连续性的，不指望一次性出齐，随着时间的推移，数量会逐渐上升，最终在规模上和质量上都将成为核心话题研究的必读图书，从而打造出一套外国文学研究经典。

"丛书"的话题将凸显**文学性**：为保证"丛书"成为文学研究核心话题丛书，话题主要集中在文学研究领域。如果有社会学、经济学、政治学领域话题入选，那么它们必须在文学研究领域有相当大的应用价值；对于跨学科话题，必须从文学的视角进行阐释，其原创案例对象应是文学素材。

"丛书"的子系列设置具有一定的合理性：分类常常有一定的难度，常常有难以界定的情况、跨学科的情况、跨类别的情况，但考虑到项目定位和读者期望，对"丛书"进行分类具有相当大的必要性，且要求所分类别具有一定体系，分类依据也有合理解释。

在西方，著名的劳特利奇（Routledge）出版社从二十世纪七八十年代开始陆续出版了一套名为"新声音"（New Accents）的西方文论丛书，产生过很大的影响。这个系列一直延续了三十多年，出版了大量书籍。我们这套"丛书"也希望能够以不断积累、不断摸索和创新的方式，为中国学者提供一个发展平台，让优秀的思想能够在这个平台上呈现和发展，发出中国的声音。"丛书"希望为打造中国的学术思想和学术派别、展示中国的视角和观点贡献自己的力量。

张剑
北京外国语大学
2018年10月

参考文献

Bodkin, Maud. *Archetypal Patterns in Poetry: Psychological Studies of Imagination*. London: Oxford University Press, 1934.

Foucault, Michel. *The Order of Things: An Archaeology of the Human Sciences*. New York: Vintage Books, 1970.

Leask, Nigel. *British Romantic Writers and the East: Anxieties of Empire*. Cambridge: Cambridge University Press, 1992.

Simpson, David. *Wordsworth's Historical Imagination: The Poetry of Displacement*. New York: Methuen, 1987.

前言

现代性（modernity）天然具有跨学科的庞杂特色。从时间范畴上来看，它首先标志着一种历史断裂。作为社会学概念，现代性也总是和现代化过程密不可分。欧洲自文艺复兴以来，随着宗教的衰微和世俗化的兴起，现代民族国家建立，市场经济和市民社会逐步形成，城市化进程加速，由此现代社会初具规模。同时，作为美学概念的现代性从一开始就承担了批判现代性的任务，启蒙运动以来，浪漫主义、现代主义和后现代主义都试图揭示出现代性的矛盾和危机。在心理学层面上，现代性再现了人类遭遇历史巨变的特定体验。可以说，现代化把人变成了主体，同时也把人变成了客体，人类从未像现在这样深刻地体验希望和恐惧、激进和保守、进步和倒退等种种矛盾心态。

我对现代性问题的学术思考始于对几个核心概念的诠释：现代性、现代化、中国式现代化（Chinese path to modernization）。杨春时曾总结，中国现代性是外发性的，是西方列强用坚船利炮强加给中国的（杨春时：438），这也迫使中华文明在历史大变局中寻找出路。鸦片战争以来，关于中国社会发展的叙事以现代性叙事为出发点，此外还包括现代化叙事、革命叙事、中华民族伟大复兴叙事、中国与西方关系叙事等，这无疑涉及"启蒙与救亡""追赶与创新"等诸多关系。

尽管由于中国现代性的后发特点，封建主义糟粕没有彻底肃清，也因中国受到二十世纪下半叶的西方后现代思潮的影响,当下中国社会环境与历史时期呈现出前现代性、现代性和后现代性同步渗透、杂糅的面貌。王建疆教授将其抽象概括为三位一体的"别现代"主义(bie-modernism),"中国正处于特定的历史时期和特定的社会形态中,这里既有高度发展的现代化物质基础,又有前现代的意识形态和制度设施,还有后现代的解构思想"(王建疆:5)。因此,中国的使命是要建立别样的、真正的现代性。别现代理论或别现代主义是中国思想界、理论界面对世界发出的声音,具有多重异质同构的特点。王建疆指出,现代、后现代与前现代共时存在的哲学基础是时间的空间化。别现代的思维方式是跨越式停顿,即在事物发展到高潮时突然停顿,追求更高的境界(23)。别现代的提出旨在突破西方话语霸权,建立中国式的话语场与思维场。

自十八世纪英国工业革命以来,现代化经历了从传统农业社会到现代工业社会的转型过程。在科学技术和现代工业的强力推动下,人类社会在文化、政治、经济和生态等方面都呈现出深度变化。"到20世纪初叶,中国人已强烈地意识到现代化的重要性"(罗兹曼:573)。近年来,更多中国学者认为中国式现代化的道路不是西方现代化道路的翻版,而是创新的社会主义现代化道路。刘儒、陈舒霄将中国式现代化理论解析为一种"大现代化观",即在将现代化作为一种世界性进程整体考察的基础上,建构起中国特色社会主义的"新现代性"(刘儒、陈舒霄:9)。"在社会主义制度的框架下,这一新现代性将'人口规模巨大'和'共同富裕'作为现代化的首要旨归"(14)。"'物质文明和精神文明相协调'则阐明了中国式现代化追求工具理性和价值理性的相得益彰,体现了新现代性的总体原则……将一切发展与进步统摄于中国梦的理想信念和社会主义核心价值观的精神旗帜下"(14)。中国式现代化在驾驭资本逻辑中改写现代性基因,从而保证现代性的生成不被资本力量所主宰,同时将人类命运共同体这种"新的全球现代性发展形式的酝酿"作为破解人类现代化往何处去的重要理论重构。两位学者指出,中国式现代化理论具有"人为主体、复合全面、多元全球"的鲜明特征,并以此实现了对西方现代化窠臼的理论超越:它把马克思主义基本原理同中国具体实际相结合,同中华优秀传统文化相结合,不断谱写马克思主义中国化时代化的新篇章。中国式现代化理论确立了以人为本的马克思主义现代化观,把全体人民共同富裕上升为制度性、体系性的实践指导和理论遵循。中国式现代化是一种并联式发展的现代化,强调社会价值目标的多向度达成,坚持人、自然和社会协调发展(17–19)。

  本书以现代性的不同历史阶段为分期,从现代性核心概念的构成与演变开始讨论,以重要思想家的现代性研究为节点,追溯现代性研究的源流,在此基础上审视理性与现代性、都市现代性、现代性与后现代性,全面总结现代性的多元形态和现代性的哲学话语。在全球化浪潮下,本书将中国纳入现代性研究中,揭示出中国在现代性命题中的主体性地位,以及中国对于现代化的理论和实践探索。此外,本书将通过现代性研究经典案例和原创案例阐明现代性研究的范式。在经典研究部分,本书通过现代性研究的经典著作,描摹日常生活的现代性体验,论述盲从现代理性带来的极端案例——犹太大屠杀,并凸显现代性的性别视角,肯定女性独特的现代性体验,以及她们对现代文明作出的独特贡献。在原创研究部分,本书关注弗吉尼亚·伍尔夫(Virginia Woolf)的女性都市空间书写和林语堂的文化现代性建构,实践了现代性研究的理论运用与方法创新。最后,本书概述了现代性研究的未来趋势,从而提供可能的研究选题建议,以期对研究者有所裨益。

  诚如赵毅衡先生所说,"现代性"是二十世纪最重要的一门功课。现代性和进步观念是欧洲文化的产物,中国传统文化中没有产生现代性的土壤,相反,更强调维持历史稳定。赵毅衡旗帜鲜明地指出,我们无须纠结优劣高下,也和面子无关,只需扬长避短而已,"如果现代化无可避免,学习就是;传统文化有维持稳定的价值,继承就是"(赵毅衡:2)。

  最后,感谢北京外国语大学张剑教授对书稿提出的中肯建议。感谢外研社编辑王丛琪一直以来耐心地回复我的邮件，反复确认书稿进度和体例问题。没有她的鼓励和不放弃，在拖延症之下，不知道本书何时才能最终完成。在本书的编校过程中，外研社编辑步忱纠正了我好些张冠李戴的错误，把我生生逼成了一个严谨的学者，在此表示感谢。

宋文

南京理工大学

2021年10月

第一章 概说

1.1 话题缘起

"现代性"是一个纷繁多样的理论领域,它涉及政治、经济、社会和文化之间复杂的历史进程,本身就充满矛盾和对抗——作为文化或美学概念的现代性总是和作为社会范畴的现代性处于对立之中。现代性首先是十六世纪以来的社会现实和观念现实,其中新大陆的发现、文艺复兴和宗教改革构成中世纪和现代之间的分水岭。在十七世纪,现代性等同于理性;到了十八世纪,现代性就已成为哲学讨论的主题;到了十九世纪,现代性等同于工业革命;而到二十世纪,人们开始反思现代性的后果。

现代性就是自觉的求新求变意识,是贵今薄古的创造性策略。在现代理念形成的过程中,从文艺复兴到启蒙运动,个人主义的种子开始萌发,最终确立了人在自然界的主体地位。笛卡尔(René Descartes)主张"我思故我在",其理性主义奠定了现代主体哲学的基础。十九世纪下半叶,法国诗人夏尔·波德莱尔(Charles Baudelaire)为现代性作了一个著名论述:"现代性就是过渡、短暂、偶然"(波德莱尔,1987:485)。1870年,另一位法国诗人阿蒂尔·兰波(Authur Rimbaud)发出咆哮,"绝对应该作一个现代人"(兰波:70)。二十世纪的美国学者马泰·卡林内斯库(Matei Călinescu)明确提出"求新意识",强调对传统进行批判和整合,融合异邦因素,建构一种具有世界图景的"现代意识"。美国诗人埃兹拉·庞德(Ezra Pound)把《礼记·大学》中的"日日新"作为自己的人生坐标与诗歌创新发展的动力,凸显出现代主义意象诗的"新奇"。德国哲学家尤尔根·哈贝马斯(Jürgen Habermas)把现代性理解为新旧交替的成果,它谋求与过去的决裂,表达"一种新的时间意识"(哈贝马斯,2002:178)。

现代意味着和传统的断裂,是新的资本主义制度的发端和成熟。在安东尼·吉登斯(Anthony Giddens)看来,断裂是现代制度特有的属性。马克斯·韦伯(Max Weber)从新教伦理中推导出资本主义组织方式的理性化,指出这是现代性的一个关键发轫点。韦伯讨论了英国清教徒的职业观,这种职业观发端于加尔文教,认为辛勤劳动是获得上帝恩宠的唯一手段。新教中赚钱和获利的正当性被资产阶级商人挪用到世俗生活中,清教徒作为天职的勤勉劳动演变成现代工人对职业的安分守己。由此,新教伦理在世俗化的过程中创造出了资本主义的条件——不停劳作的商人和勤勉的工人,也促成了资本主义精神的发育。在韦伯这里,现代性也就是社会的合理化。马克思将资本主义的诞生看作现代社会的开端,他认为以商品为核心——以商品的生产、分配和消费为核心——的资本主义社会同中世纪发生了决裂。资本主义的特征就是将一切商品化,马克思把劳动力的商品化过程看作资本主义生产过程事实上的基础或起点。韦伯从理性出发、马克思从商品出发来论述现代资本主义社会的开端和特质,福柯则坚持以法国大革命为标志来划分古典社会和现代社会:前者指十六到十八世纪,后者泛指十九世纪以后。福柯从知识谱系学的角度论述了现代社会同古典社会的世界观的断裂,更重要的是,他从权力角度论述了两种社会的生命管理和处置机制的断裂。现代社会的独特之处在于,它发明了以全景监狱和疯人院为代表的新的权力技术,从而实现对身体的惩罚,亦即规训。如果说古典社会的惩罚是镇压和消灭、暴虐和压迫,现代社会的规训就是矫正和改造、产出和造就,是生产出有用而驯服的现代个体。

在制度维度上，现代性既包括资本主义，也包括工业主义。十八世纪后半期发生了英国工业革命，这对于现代性进程是决定性的。没有工业化，现代化就无法想象。韦伯和马克思都相信，工业主义是资本主义的产物，其中，劳动力的商品化是两者之间的重要连接点。埃米尔·涂尔干（Émile Durkheim）则相信工业主义的进一步扩张将建立一种和谐而完美的社会生活，由此来整合劳动分工与道德个人主义。吉登斯将工业主义定义为具有以下特点的制度：在商品生产和流通的过程中运用能源与机器；包含生产机器和人力管理的组合；制造业得到普遍推广；在生产流程的制度化过程中出现集中性的生产地点，即工厂。机器和协作是工业主义催生的最直接的两个现象。总之，工业主义的机器特性和资本主义的商品特性一起，促使传统社会向现代社会不可逆地转变。

按照厄内斯特·盖尔纳（Ernest Gellner）的观点，工业主义还内在地促进了民族主义的形成。吉登斯也认为现代性包含着"一系列政治制度，包括民族国家和民主"（吉登斯、皮尔森：69）。民族主义无疑是现代性的一个标志性事件。工业社会需要流动的劳动力，社会分工需要提高技术专业能力，这种能力仰仗于基础性教育，而唯有国家才能承担和实施普及化、标准化的基础教育。对于这样一个工业主义——文化教育——国家的逻辑过程，其终点便是民族主义。现代人不再需要效忠某位君主，他要忠于的是一种文化。盖尔纳对民族主义的定义是，"为使文化和政体一致，努力让文化拥有自己的政治屋顶"（盖尔纳：57—58）。

从历史角度来看，现代生活的断裂首先表现为教会影响的逐渐淡化，人们从宗教束缚中解放出来，世俗生活得到肯定；其次则表现为现代都市生活同传统的乡村民俗生活发生了断裂。前现代性根植于乡村生活和宗教生活，而现代性关照下的生活则是都市化、世俗化的。波德莱尔的现代性是在十九世纪的都市巴黎中找到的，艺术家从瞬间性中发现了美；而格奥尔格·齐美尔（Georg Simmel）在对柏林贸易展的描述中，揭示出普通都市人为了应对这种瞬间性和不可预见性而发明了世故、冷漠和算计，"现代精神越来越精于算计"[1]（Simmel，1950：412）。在大都市中，理性心理状态和货币经济形式相互强化。农业社会的沉默和稳定被打破了，以工业经济为主导的现代大都市开始露出喧嚣的面容。到了成熟的资本主义时期，一切都被商品化。按马克思的总结，"一切固定的东西都烟消云散了"（马克思、恩格斯：254）。都市中的劳动分工使人孤立开来，变成都市精密机器的齿轮，都市成为一个异化和非人格化的场所。现代性的进程引发了人的忧郁和焦虑，令人恐惧也让人反抗，人与人之间的关系也日渐疏离。对此，瓦尔特·本雅明（Walter Benjamin）借助弗洛伊德的思想发现了都市人面对意外打击的"震惊体验"。现代主义诗人 T. S. 艾略特（T. S. Eliot）则用"荒原"的隐喻来描绘伦敦这个现代大都会。

丹尼尔·贝尔（Daniel Bell）认为现代性体现为资产阶级的经济冲动和现代文化两个方面。两者在构建现代性的初期有着共同的思想根源：自由和解放。然而，它们之间迅速产生了一种敌对关系，资产阶级精打细算、严谨敬业的自我约束逐渐同他们追求审美感性、渴望激动的自我放纵产生了冲突（贝尔：xxiii）。卡林内斯库也指出了现代性工程中的这一历史裂变事件。在十九世纪上半叶的某个时刻，即西欧浪漫主义的勃兴时刻，现代性分裂成两种类型：一种是代表着资产阶级文明的现代性，是"科学技术进步、工业革命和资本主义带来的全面经济社会变化的产物"（卡林内斯库：48）；另一种是审美现代性，就是"作为美学概念的现代性"（48），从其浪漫主义的始源就坚持强烈的反资本主义立场，以反叛精神、无政府主义、天启论和贵族式的自我放逐等姿态表达了其憎恶（48）。从那时起，两种现代性就处于对立冲突之中。伍尔夫曾说，"1910年的12月，或在此前后，人性发生了变化"（Woolf，1992：70），这一论断被一再引用，被视作现代派小说的宣言书。浪漫主义、现代主义和后现代主义

---

[1] 文中引用部分为本书作者所译，故参引括号内仍保留引用作品作者的原名。本书此类引用参照此做法，不再特别说明。

等种种文化运动似乎在扮演某种叛逆角色。这就是说，在西方现代性发生、发展的过程中，始终存在着对现代性保持警惕、不断反思的另一种思潮，对现代科技文明与理性进步观念保持怀疑甚至否定态度。

现代性就是一把双刃剑，信任与风险、进步与灾难、安全与焦虑彼此共存。黑格尔（G. W. F. Hegel）是第一位意识到现代性问题的哲学家。此后，尼采（Friedrich Nietzsche）试图打破西方理性主义的框架，代之以生命及其意志。韦伯提出了理性铁笼的概念，指的就是一张由官僚体制化、专业化织成的网，工具理性的过度膨胀导致人对自然的过分征服。制度化的经济和政治剥夺了人的自主性，并表现为文化合理化剥夺了意义，社会合理化窒息了自由。福柯认为现代性从根本上就是一种批判的精神，他把现代性想象为古希腊人所称的"社会的精神气质"（陈嘉明，2006：136），等同于"对时代进行'批判性质询'的品格"（5）。二十世纪下半叶西方哲学思潮的一个重要特点就是对现代性的全面反思，这方面最有代表性的莫过于两股哲学反思的思潮：一股以海德格尔（Martin Heidegger）为代表，他赋予现象学方法一种本体论阐释学的意义，即用对"此在"的生存"显现"根据取代了"我思"的逻辑推论，用非理性的实践关涉性取代了理性的认知构成性；另一股思潮的代表则为西奥多·阿多诺（Theodor Adorno）和马克斯·霍克海默（Max Horkheimer），他们在《启蒙辩证法：哲学断片》（*Dialectic of Enlightenment: Philosophical Fragments*）中将批判矛头指向启蒙理性，揭示出启蒙本身所隐含的自我消解、自我毁弃的倾向，即"神话就是启蒙，而启蒙却倒退成了神话"（霍克海默、阿多诺[1]，"前言"：5），该著作也因此成为二十世纪中后期欧陆思想理论界对现代性进行全面反思的新起点。

1979年，法国哲学家让-弗朗索瓦·利奥塔（Jean-Francois Lyotard）发表了《后现代状况：关于知识的报告》（*The Postmodern Condition: A*

---

[1] 该引用文献又译为阿道尔诺。

Report on Knowledge），自此，作为二十世纪七十年代西方哲学、美学、文艺批评、社会学最重要的话语事件，现代性和后现代性之争进入人们的视野，并标志着后现代的降临。正是后现代的到来，引发了对现代性的深度反思和对现代性道路的批判性重构。作为法兰克福学派第二代主要人物的哈贝马斯是现代性的坚决捍卫者，他认为现代性是"一项未完成的设计"（哈贝马斯，2011，"作者前言"：1）。现代性受到了来自社会学话语和美学话语两方面的攻击，而哈贝马斯要在二者的夹击中维护现代性的哲学话语，找到自黑格尔以来现代性与主体理性之间不言自明的内在联系，在主体理性的概念系统中正确表述现代性。通过"交往理性"理论，哈贝马斯指出，工具理性主宰下形成的资本主义科层制对生活世界进行殖民化。他从意识哲学转向语用学，将主体视作语言交往的主体、主体间性中的主体。由此，哈贝马斯以交往理性取代笛卡尔以来的主体意识哲学的个体理性。

　　后现代主义思潮在二十世纪中后期出现，它对现代性的批判也从特定角度激发了人们对现代性问题的兴趣。乌尔里希·贝克（Ulrich Beck）指出了两种现代性的冲突，一种是早期工业社会的现代性，一种是后工业"风险社会"的现代性，后一种现代性否决了前一种现代性。当代社会学家对现代性之弊端和灾难性后果进行了清算。阿多诺、霍克海默的《启蒙辩证法：哲学断片》和齐格蒙特·鲍曼（Zygmunt Bauman）的《现代性与大屠杀》（*Modernity and the Holocaust*）揭示了现代性与种族主义、民族主义的关联。鲍曼在后期用"流动的现代性"代替了后现代性，他借用贝克的话解释为，"现代性自己改变自己"（鲍曼，《流动的现代性》：30）。

　　吉登斯看到了西方社会结构转型中的断裂性质，指出现代性的根本性后果之一是全球化。他把全球化定义为世界范围内的社会关系的强化，而这种关系将彼此相距遥远的地域连接起来，也把个人同大规模的系统联结起来（吉登斯，《现代性的后果》：56）。现代性的全球化不仅体现在它的影响上，也体现在知识的反思性上。吉登斯认为，伊曼纽尔·沃勒斯坦

(Immanuel Wallerstein)的"世界体系理论"的不足在于把现代社会的转变集中归结于一种占支配地位的制度性关系——资本主义。吉登斯总结了全球化的四个维度：世界资本主义经济、民族国家体系、世界军事秩序和工业的发展。尽管全球化是一个发展不平衡的过程，但它也引入了世界相互依赖的新形式；它创造了新的风险和危险，也使全球安全的可能性延伸到远方（152–153）。

1.2 "现代性"概念

根据后现代哲学家詹明信的说法，"现代"（modern）一词最早出现在公元五世纪，源自拉丁语modernus，当时的学者卡西奥多罗斯（Cassiodorus）用它来表示基督教化的"现代"，和古罗马异教的"往古"形成区别，同时使得先前的古典文化有别于现代文化。詹明信指出，正是这种分界使"现代"一词形成了特定意义。借用福柯的《词与物：人文科学考古学》（*The Order of Things: An Archaeology of the Human Sciences*）一书提出的现代性理论，詹明信以历史进程为依据划分了现代性的四个时期，或者说四个类型：第一个时期是"前现代时期"，对应"神学的世界"；第二个时期即西方现代性的开始时期，也就是十七世纪到十八世纪，其突出特点为科学模式和工业生产方式；第三个时期即十九世纪到二十世纪，这是现代历史的发明时期，也是历史主义、生机论和人文主义的发展时期；第四个时期存在于现代性的缝隙中，对自己进行否定和消解，因而无法从技术的角度将其称为一个独立的历史时期。詹明信的现代性概念是一个"编年史"的范畴，用于解释历史事件与历史问题。

卡林内斯库从词源上考察了"现代性"，指出这一术语从十七世纪开始在英国流行，其现代性观念源自基督教末世教义的世界观。波德莱尔从现代生活的角度定义现代性，"现代性就是过渡、短暂、偶然，就是艺术的一半，另一半是永恒和不变"（波德莱尔，1987：485）。波德莱尔将现代性视为一种强烈的当下时间意识，恰与永恒和不变的"过去"形成对照。尼克拉斯·卢曼（Niklas Luhmann）从视角主义的立场观察现代性，认为"现代性概念的流行归功于中心从经济向文化的转变，而这种转变本身尚未得到解释"（Luhmann：2），仅仅意味着现代社会自我观察、自我理解的视角发生了从物质角度向文化角度的转换。英国社会理论家和社会学家吉登斯基本上将现代性看作一种现代社会的政治和经济制度，"现代性指社会生活或组织模式，大约十七世纪出现在欧洲，并且在后来的岁月里，程度不同地在世界范围内产生着影响"（吉登斯，《现代性的后果》：1）。在宽泛的意义上，现代性意指在二十世纪日益影响世界的"行为制度与模式"，大致等同于"工业化的世界"。

"现代性"概念无法精确定义，人们常常把它和"现代化"概念进行比较。直到二十世纪五十年代，"现代化"一词才被作为一个术语广泛采用。现代化是一种进化论的角度，涉及一系列过程。哈贝马斯对现代化的概括是："诸如资本的积累和资源的利用；生产力的发展和劳动生产率的提高；政治中心权力的贯彻和民族同一性的塑造；政治参与权、城市生活方式、正规学校教育的普及；以及价值和规范的世俗化等"（Habermas：2）。塞缪尔·亨廷顿（Samuel P. Huntington）认为"现代化是一个多层面的进程，它涉及人类思想和行为所有领域里的变革"（转引自程美东：4）。

另一重要概念"现代主义"是资本主义工业化的产物，也代指1890年到1950年间流行于欧美各国、由现实主义和浪漫主义文学转变后形成的国际文学思潮，其流派繁多，有象征主义、表现主义、存在主义、意识流等。彼得·盖伊（Peter Gay）指出现代主义的各个派别有两个共同的定义属性：一是对传统鉴赏品位的拒绝，并在异端的诱惑下发起行动；二是对原则性自我审查的使命感（盖伊：7）。盖伊继而提出，现代主义往往首先在工业化和城市化国家的一些繁华区域兴起。工厂体系保证了大规模生产和随之而来的大规模消费；铁路创造了运输旅客和货物的手段，从此人口分布和商业机遇经历了彻底改变；新型金融和银行帝国为一个前所未有的财富市场提供了资本。让-米歇尔·拉巴泰（Jean-Michel Rabaté）选取了1913年这一特殊年份，将现代主义置于新全球化的世界文学的广阔语境下，表现文学艺术中的"新"观念。他采用跨大西洋的比较主义和多学科研究方法，将文学艺术研究扩展到包括电影、戏剧、音乐及视觉艺术的范畴中。美国伍尔夫研究学者帕特丽夏·劳伦斯（Patricia Laurence）在《丽莉·布瑞斯珂的中国眼睛：布鲁姆斯伯里，现代主义与中国》（*Lily Briscoe's Chinese Eyes: Bloomsbury, Modernism, and China*）中，通过丽莉（Lily）的"中国眼睛"，透视二十世纪二三十年代英国布鲁姆斯伯里文化圈与中国"新月派"诗社之间的对话和交往，回顾和总结英国人认识、接受和融合中国文化的历史、途径及表现形式。她的研究强调中国、日本、印度对全球现代主义作出的贡献，说明了一种互补互利的文化交流。

国内学者一般认为，现代化是一个历史过程，现代性则是对现代社会的一种质性分析。现代化是指传统社会向现代社会的转变过程；现代性则是一个哲学范畴，它从哲学的高度抽象出现代社会的本质，从思想观念上把握现代社会的属性。刘小枫提出"现代学"研究，将其界定为"关于现代现象的知识学建构"（刘小枫，1998，"前言"：2）。他用三个层次来描述现代现象的研究：

> 从现代现象的结构层面看，现代事件发生于上述三个相互关联又有所区别的结构性位置。我用三个不同的述语来指称它们：现代化题域——政治经济制度的转型；现代主义题域——知识和感受之理念体系的变调和重构；现代性题域——个体—群体心性结构及其文化制度之质态和形态变化。（刘小枫，1998：3）

至于现代主义，汪民安将受到现代社会猛烈撞击的文人的感慨抒情称为现代主义(汪民安，2012：8)。盛宁梳理了现代主义在中国的曲折认识轨迹。二十世纪三十年代，现代主义思潮陆续被引进并开始涌动，但是受到抗日战争等国情影响，它被暂时搁置起来；到六十年代，中国的整个社会制度乃至意识形态语境发生了根本的变化，现代主义被视为资本主义没落、腐朽、垂死的阶段——帝国主义阶段的文化对应物而受到了最严厉的批评；直到"文化大革命"结束之后，外国文学研究界对"极左"思潮进行清算，现代主义才逐渐重新被主流意识形态接纳和包容。《辞海》对现代主义作了比较客观准确的介绍："反映现代西方社会中个人与社会，个人与他人，人与自然，个人与自我之间的畸形的异化关系，以及由此产生的精神创伤、变态心理、悲观情绪和虚无意识"[1]。杨春时探讨了现代性的内涵，考察了现代性与现代民族国家的关系，以及现代性与文学和文学思潮的关系。他以文学思潮为基本单位重构了中国现代文学史，改变了按年代排列作家作品的传统文学史编排方法。在现代性的视野下，杨春时得出了新颖结论："五四"文学是启蒙主义而非现实主义；浪漫主义加上革命现实主义构成革命古典主义；新时期的文学思潮是启蒙主义的恢复。他同时指出了中国文学的现代性和中国现代文学的未完成性。

主体性也是近代西方哲学最为核心的概念之一。笛卡尔的理性主义奠定了现代主体哲学的基础，人们通过理性来认识自然和改变世界，彰显主体性。笛卡尔的理性主体是自然身体和自然世界的对立面。康德(Immanuel Kant)在三大批判中通过对纯粹理性、实践理性和判断力的批判，进一步确立了理性主体的权威，而主体理性是理性认知、道德实践和审美评价的原则和源泉，理性主体凭借自我的自主、自律、自由成为文化领域的绝对立法者。西班牙哲学家何塞·奥尔特加·伊·加塞特(José Ortega y Gasset)在他的《什么是哲学？》(*What Is Philosophy?*)中就指出，

---

[1] 见"现代主义"，<https://www.cihai.com.cn/baike/detail/72/5587730?q=%E7%8E%B0%E4%BB%A3%E4%B8%BB%E4%B9%89>（2022年6月24日读取）。

现代性的根基是笛卡尔的"我思",以及植根于"我思"的自我反思性、自我批判的辩证逻辑、不断超越自身的动力机制等。笛卡尔的抽象主体性和康德哲学中绝对的自我意识,在根本上属于以理性为核心的"意识哲学"。

黑格尔发现主体性是现代的原则。"哲学把握自我意识的理念乃是现代的事业"(哈贝马斯,2011:20-21)。黑格尔在批判康德时认识到主体性原则的片面,他将主体理性提升为绝对理性,通过绝对理性将自身异化为"他者",并在"他者"中烙下理性的无限痕迹;黑格尔以此返回了理性的辩证发展,完成了理性与"他者"的对立统一。

现代性根植于主体理性的历史之中,按照哈贝马斯等人的概括,"主体性"观念实质上是现代性的根基。当主体理性把自身客观化为工业化的机器大生产、法制化与集权化的国家体制、现代化与组织化的科层制时,人的理性主体就不得不屈从于它自己的产物而限制了其自主性、自由性与独立性。霍克海默在《论理性之蚀》(*Eclipse of Reason*)一书中指出:主体理性一旦成为工具,人也就成了手段而不再是目的。于是,由启蒙运动开始的基于主体理性来反对神话与迷信的精神要求,到头来似乎正是通过主体理性本身达到了荒谬,即反对主体理性与理性主体本身,使之面临着自我毁灭的危险。

埃德蒙德·胡塞尔(Edmund Husserl)以没有成见的"自我论"去超越"唯我论",从"唯我论的自我学"转向"交互主体性的现象学"。他揭示出主体理性也是一种由交互主体性构成的"主体际性的世界"。如果说胡塞尔只是在现象研究基础上提出主体间性问题,承认他人的现实存在,哈贝马斯则是吸收语言哲学成果,从对话和行动能力方面来考察并界定人的主体理性,由此,人的理性主体不再是一个仅具有认知功能的主体,而是一个包容着整个交往与活动的实践主体。正是在交往活动中,主体间性,或称交互主体性得以重建,本我和他我的相互理解和相互作用得以实现。让-保罗·萨特(Jean-Paul Sartre)从人的存在的角度指出,由若干"我"结合而成的"我们"就是共同主体。

在对现代主体哲学的批判与超越中，海德格尔的独创性在于把现代的主体统治落实到形而上学的历史当中。其哲学本体论转向表明，他所探讨的不是康德的先验主体，而是构成主体的本体基础，他所追求的是一种把理性批判与本体论融为一体的思想。虽然海德格尔把认识论的基本问题转换成了本体论问题，探询此在的生存论基础，但他并没有真正走出主体哲学的怪圈，他必然要依靠主体去探询、去蔽，澄明存在的意义问题。

福柯把克洛德·列维-斯特劳斯（Claude Levi-Strauss）提出的"否定主体的话语"视为对现代性的批判，他提出的权力主体只是一种社会权力的运作——"我相信不存在独立自主、无处不在的普遍形式的主体。我对那样一种主体观持怀疑甚至敌对的态度。正相反，我认为主体是在被奴役和支配中建立起来的"（福柯，1997：19）。哈贝马斯指出福柯鲁莽地把权力对真理的依赖颠倒为真理对权力的依赖，"然而仅仅依靠基本概念的颠倒，无人能逃出主体哲学的策略概念的牵制。福柯从主体哲学中借来权力概念，但并没有摆脱主体哲学"（Habermas：274）。哈贝马斯从哲学的角度，将现代性视为源于理性的价值系统与社会模式。其中，"个人'自由'构成现代性的时代特征，'主体性'原则构成现代性的自我确证的原则"（陈嘉明，2006：4）。

最能代表西方文化现代品格的莫过于对自由的推崇。文艺复兴以来，个人摆脱了宗教等权威的禁锢，成为至高无上的价值中心。弗里德里希·哈耶克（Friedrich Hayek）将个人自由定义为"把个人'当作'人来尊重"（哈耶克，1962：19），允许个人发展其天赋和爱好。同时世俗的幸福得到确认，包括追逐财富和张扬个性，诚如彼特拉克（Petrarca）所言，"我自己是凡人，我只要求凡人的幸福"（彼特拉克：11）。哈耶克还提出有限理性论，他认为"建构的理性主义"信念是自负的，因为它对理性盲目崇拜，试图从总体上设计崭新的法律体系、制度构架和道德秩序。国家借合理的规划和道义之名膨胀，最后必定会伤害个人自由。由此，哈耶克提出"进化的理性主义"，以对理性主义的限度有一个清醒的认识。他强调知识不可能形成一个固定不变的总和,更不可能被个别人或个别机构完全掌握,个人既与他人竞争也要与他人合作。文明演进的成就是人的行动而非意图的产物,那种认为经由人的总体思路可以建构出一整套文明秩序的观念,是一种"荒谬的唯智主义"(哈耶克,1997:21),这样一种"社会设计理论"遭到哈耶克的猛烈批判。

自由是现代性的基本价值。作为重要的启蒙思想家,康德突出地论证了这一价值。让-雅克·卢梭(Jean-Jacques Rousseau)曾有名言:人生而自由。同卢梭一样,康德也把自由看作天赋人权,由"个人法权"和"公共法权"构成。前者存在的条件是"每个人自己的自由与每个别人的自由之协调一致"(康德:181),后者则是一种"现实的……与权力联系在一起的立法制度"(185)。受到卢梭契约论的影响,康德提出了国家政体应当遵循的三条原则:作为人的社会成员的自由原则,作为臣民之间的平等原则,以及作为公民的每个共同体成员的独立原则。按照此三项原则,康德得出的结论是国家唯一合适的体制是共和制。康德的政治哲学陈述了现代社会赖以建立的基本原则:"以自由为核心的权利,契约性的、公民平等的法制社会,代议制的共和政体"(陈嘉明,2006:65)。

自由也表现为追求个人生活方式的多样化和多元化。约翰·斯图亚特·密尔(John Stuart Mill)的逻辑是,个人有权选择自己的生活,发展自己的爱好,"生活应当有多种不同的试验"(密尔:66)。以赛亚·伯林(Isaiah Berlin)认为多元论之所以重要,就在于它为个人的自由选择设定了更为广阔的空间(Berlin:167-172)。伯林提出了"积极自由"(positive liberty)和"消极自由"(negative liberty)的概念,其中"积极自由"指的是通过理性的自我主导、自我控制和自我实现来获得,当这个自由的主体由个人膨胀为某种超人的实体——国家或民族,"积极自由"会导致极权和专制的恶果。卢梭的"自由"观被归入"积极自由"的范畴。他用"公意"理论设想人们制定某种社会公约,每个订约者将自身的"一切权利"让渡给整个的集体,一个抽象的政治共同体;这样做的危险是,如果有人不服从公意，社会全体会强迫其服从，从而威胁到个人自由。另一方面，伯林的"消极自由"指的是个人能够保有自己的空间，保有不受阻碍和干预的自由，也就是在个人领域内不受权力干涉的自由。约翰·洛克（John Locke）代表的就是这种消极自由的传统。依照洛克的古典自由主义理论，应确保个人拥有三项基本自然权利，即"生命""自由"和"财产"，这是神圣而不可让渡的。洛克还提出分权学说，认为国家权力由立法权、行政权和对外权组成，他强调为了保障公民的自由权利和公共安全，权力不能集中在一个人或一个团体之手。对于洛克来说，只有保卫个人权利的疆界，使之不受权力的侵犯，才能真正保障人的自由。

韦伯将个人的崛起置于现代境况的中心，他所刻画的"祛魅"（disenchantment）过程就是摆脱制度化教会的控制与影响，走向世俗化的过程。对于韦伯来说，现代更是一个理性化的过程，科学进步则是理性化进程的重要驱动力。吉登斯指出，时间—空间分离、脱域机制和反思性机制把现代性从传统中挣脱出来。中国学者张凤阳从文化社会学的角度，梳理出西方现代性的三个主要取向：世俗趣味的高涨、工具理性的蔓延和个性表现的放纵。在他看来，世俗化和理性化是现代文明的两股主导潮流，长期以来存在着一种积极的共生关系。

现代首先在审美批判领域力求明确自身。著名的古代与现代之争（"古今之争"）始于十七世纪末，要求摆脱古希腊罗马艺术传统的范本，否定中世纪经院哲学的权威，以进步、发展的观点证明今人超过古人。古今之争为艺术和科学的明确区分奠定了基础（克利斯特勒：277）。夏尔·佩罗（Charles Perrault）在《古今之比较》（*Parallele des Anciens et des Modernes*）中阐述了他的学科体系观念，将美的艺术从科学那里几乎完全独立出来。威廉·沃顿（William Wotton）在《古今学术回顾》（*Reflections upon Ancient and Modern Learning*）中强调，从古到今科学在不断进步，而艺术没有进步。"文学依赖于想象、感情、修辞，所以今人很难超越古人；科学依赖于知识积累和正确推理，它是建立在过去积累的全部知识之上的,所以后世不可避免地超越古代"(Wotton:156)。弗里德里希·席勒(Friedrich Schiller)的《审美教育书简》(*On the Aesthetic Education of Man in a Series of Letters*)成为现代性审美批评的第一部纲领性文献,他用康德哲学的判断力概念来分析内部已然出现分裂的现代性,设计出一个审美乌托邦。尼采诉诸理性的他者,求助于先锋艺术,开创了现代性的美学话语。主体从日常生活的实证性经验中脱离出来,被偶然性所震惊,达到忘我的境界,沉浸于审美领域之中。在西方文化史上,用自律的审美艺术对抗功利主义和理性主义逻辑,通过诗意想象超越庸俗生活常态,呵护人的情感和灵性,乃是浪漫主义留下的一份珍贵的思想遗产。格奥尔格·卢卡奇(Georg Lukács)则在美学领域持续不断地探讨现代主义的早期批判。

伴随着文化的世俗化,城市化进程日益加速。城市是现代性的载体,这里汇集着波德莱尔的现代礼赞,本雅明的大都市理论,齐美尔的"精神生活",米歇尔·德塞尔托(Michel de Certeau)的"城市文本",斐迪南·滕尼斯(Ferdinand Tönnies)的共同体和社会。威廉斯的《乡村与城市》(*The Country and the City*)勾勒出城乡对立的图景;韦伯的论文《论城市》(*The City*)接近城市生活系统理论,对都市社会学的研究方法具有重要影响。李欧梵的《上海摩登——一种新都市文化在中国1930—1945》(*Shanghai Modern: The Flowering of a New Urban Culture in China, 1930–1945*)是关于上海的文化地形图。

马克思在《共产党宣言》(*The Communist Manifesto*)中早就明确说过,资产阶级现代性会迫使"乡村屈服于城市的统治",同时会"使未开化和半开化的国家从属于文明的国家……使东方从属于西方"(马克思、恩格斯:255)。乔治·拉雷恩(Jorge Larrain)在《意识形态与文化身份:现代性和第三世界的在场》(*Ideology and Cultural Identity: Modernity and the Third World Presence*)中将现代性与第三世界关联起来,"第三世界在场"被纳入现代性/后现代性问题之中。从席勒、尼采、韦伯到海德格尔、阿多诺，这些公认的深刻的现代性批判者，考虑的主要是以西方为中心的启蒙现代性的内部问题，非西方世界的存在对现代性建构的作用根本就没有进入他们的视野。巴勒斯坦裔美国学者爱德华·萨义德（Edward Said）于1978年出版的《东方学》（*Orientalism*）标志着对这种漠视的改变。萨义德认为"东方主义"其实是西方统治、重建、管辖东方的一种风格，是一种借助在艺术、学术、历史和哲学文本中散布地缘政治意识而建立起的西方"霸权话语"。二十世纪八十年代初，哈贝马斯就把殖民地纳入其关于现代性的思考之中，马歇尔·伯曼（Marshall Berman）在1981年出版了研究现代性经验的经典著作《一切坚固的东西都烟消云散了：现代性体验》（*All That Is Solid Melts into Air: The Experience of Modernity*），精彩地描述了十九世纪后半叶到二十世纪初俄罗斯人所经历的现代性。这些都使现代性/后现代性问题之研究获得了一个新的、极为重要的维度和视野。

尽管哈贝马斯把现代性看作一项"未完成的设计"，二十世纪六十年代开始，后现代话语抓住了西方社会的新趋势和特征，宣称人类已然进入后现代时期，并将当前社会的时代精神和根本性质命名为后现代性。鲍曼认为现代没有结束，后现代也没有到来，他用流动的现代性来指称当下，其现代性具有液态性、流动性和生存的不确定性等特征，和先前强调设计、秩序、结构的固态现代性形成对照，也就是现代性之当前阶段的批判性理论。

利奥塔于1979年出版《后现代状况：关于知识的报告》，他将后现代性概念纳入现代性问题研究之中，构成二者之间的争论与互动阐发。利奥塔认为现代性以"宏大叙事"为标志，通过语言游戏的论争将知识审美化。让·鲍德里亚（Jean Baudrillard）以符号消解现代性，宣称一种由拟像（simulacra）以及新的技术、文化和社会形式所构成的后现代性纪元业已降临。他借用传播学家马歇尔·麦克卢汉（Marshall Mcluhan）的"内爆"（implosion）理论，论述了现代社会的"超真实"（hyperreality）境遇，说明拟像与真实世界之间界限的崩塌。在《完美的罪行》(The Perfect Crime)中，鲍德里亚透视了后现代社会的独特景观——符号与现实的关系日益疏远，模拟物取代了真实物，拟像比真实的事物更加真实——这种虚拟取代现实的严峻社会境况，变成一种"完美的罪行"。

二十世纪八十年代后，现代性/后现代性研究形成不同视角，体现出多元化态势。研究视角包括以下几种：(1)探究和描述现代性经验，经典作品为伯曼的《一切坚固的东西都烟消云散了：现代性体验》；(2)研究现代性/后现代性与知识分子问题，经典著作为鲍曼的《立法者与阐释者：论现代性、后现代性与知识分子》(Legislators and Interpreters: On Modernity, Post-Modernity and Intellectuals)；(3)现代性社会学、政治学领域的社会生活和社会制度意义研究，代表著作有吉登斯的《现代性与自我认同：晚期现代中的自我与社会》(Modernity and Self-Identity: Self and Society in the Late Modern Age)和《现代性的后果》(The Consequences of Modernity)，戴维·弗里斯比(David Frisby)的《现代性的碎片：齐美尔、克拉考尔和本雅明作品中的现代性理论》(Fragments of Modernity: Theories of Modernity in the Work of Simmel, Kracauer and Benjamin)；(4)现代性哲学话语研究，代表作品有哈贝马斯的《现代性的哲学话语》(The Philosophical Discourse of Modernity)，大卫·库尔珀(David Kolb)的《纯粹现代性批判——黑格尔、海德格尔及其以后》(The Critique of Pure Modernity—Hegel, Heidegger, and After)，罗伯特·皮平(Robert B. Pippin)的《作为哲学问题的现代主义——论对欧洲高雅文化的不满》(Modernism as a Philosophical Problem—On the Dissatisfactions of European High Culture)；(5)探索现代性之动力机制和逻辑，例如匈牙利学者阿格妮丝·赫勒(Agnes Heller)的《现代性理论》(A Theory of Modernity)；(6)审美现代性或现代性诗学研究，例如卡林内斯库的《现代性的五副面孔：现代主义、先锋派、颓废、媚俗艺术、后现代主义》(Five Faces of Modernity: Modernism, Avant-Garde, Decadence,

Kitsch, Postmodernism）；（7）现代性性别研究，经典著作有芮塔·菲尔斯基（Rita Felski）的《现代性的性别》（*The Gender of Modernity*）；（8）对现代性本身的反思性研究，例如贝克、吉登斯和斯科特·拉什（Scott Lash）合著的《自反性现代化——现代社会秩序中的政治、传统与美学》（*Reflexive Modernization—Politics, Tradition and Aesthetics in the Modern Social Order*），其中对现代性理性主义批判得最为猛烈的包括鲍曼的《现代性与大屠杀》、霍克海默和阿多诺的《启蒙辩证法：哲学断片》。

中国学者的现代性研究首先表现为对西方现代性思想的梳理，包括启蒙学说、现代性理论、后现代主义对现代性的批判等内容，以及对马克思、韦伯、福柯、利奥塔、哈贝马斯等思想家的专门研究。这类代表作有陈嘉明的《现代性与后现代性十五讲》，关注的是哲学层面上从现代性到后现代性的观念演变，从以康德为代表的"现代性态度的纲领"开始，经由尼采、海德格尔等对现代性哲学的批判，哈贝马斯的辩护，直至全球化背景下后现代性哲学思潮的产生。刘小枫的《现代性社会理论绪论——现代性与现代中国》一书的主要旨趣在于探究"现代结构"的要素与特征，关注个体信念及其言说与知识学、社会性的关系等问题，他吸收马克斯·舍勒（Max Scheler）的思想，指出现代性从根本上说是人本身的转变，是人的身体、欲望、心灵和精神的内在构造本身的转变，是所谓的"心性结构"的改变。另一方面，刘小枫"带着中国的现代性问题来审理欧美的社会理论"（刘小枫，1998，"前言"：3），着重将中国的问题与现代性问题融合在一起，正如他自己所言，让汉语学界参与现代性问题的修葺（4）。同时，他指出中国现代性的裂痕呈现为双重冲突：不仅是传统与现代之冲突，也是中西之冲突。金耀基要逾越中西文化的二元对立和"复古"与"西化"的二元对立，以"现代化"的一元论取代中西二元论。他认为只有从现代化景观来审视中西文化和传统与现代的冲突论，才是一种非情绪性的认知态度：首先，现代化是社会形态、文化取向和价值系统的现代转变；其次，现代化不仅是不可抗拒的历史潮流，而且是所有社会一致追求的目标。

其次是对当今中国现代性状况的研究。这方面的研究以汪晖为代表，他先后发表了《当代中国的思想状况与现代性问题》《韦伯与中国的现代性问题》《预言与危机——中国现代历史中的"五四"启蒙运动》等重要论文，其中尤以《当代中国的思想状况与现代性问题》一文反响最为热烈。汪晖力图分辨出当今中国社会所包含的各种不同成分，包括现代化的马克思主义意识形态、通过接入全球性的市场社会而实现的经济领域的市场化等，从而把中国社会解释为具有多种不同要素的复合体。在他看来，这种复合体是"以实现现代化为基本目标"的"中国的社会主义运动"，它构成"中国现代化的主要特征"（汪晖：10）。汪晖提出中国现代性是"反西方现代性的现代性"或是"反现代性的现代性"的命题。杨春时指出汪晖的失误"在于把现代性与中国现代性对立起来，造成了逻辑上的矛盾，更在于简单地把建立现代民族国家等同于完成现代性，忽略了二者的区别，尤其是忽略了中国的特殊国情：现代性与现代民族国家的错位"（杨春时，"绪论"：17-18）。

在中国现代性思想研究方面，汪晖的《现代中国思想的兴起》是一部力作，它从"天理世界观""公理世界观（科学世界观）"等概念出发，探讨了地域观念、主权意识、知识体系、现代认同等概念，以求最终达到对于中国的现代性问题的理解。高瑞泉立足社会学视野，将"进步、竞争、创造、民主、科学、大同社会理想和平民化的人格理想"解读为中国的现代精神传统，认为它们是古代传统、西方思想和现代人的创造之间辩证运动的结果，已经成为"中国人普遍的公共意识"（高瑞泉：101）。

陆扬的《日常生活审美化批判》是国内第一部系统论述"日常生活审美化"问题的学术论著。日常生活审美化可视为对后现代都市生活的一种概括，即消解艺术与生活的界限、生活模仿艺术，以及消费文化将日常生活拟像化，是一种布尔乔亚和波希米亚两相结合的"布波"族趣味等。陆扬以文化研究的西学东渐和本土化努力为线索，梳理有关的西方理论资源，并提倡在日常生活的常态中发掘艺术的潜质。

此外，译著也构成中国现代性研究的重要参考，为现代性研究提供了文献资源。这其中包括：汪民安等主编的《现代性基本读本》；周宪、许钧主编的商务印书馆"现代性研究译丛"，其中有代表性的作品包括华明翻译的特里·伊格尔顿（Terry Eagleton）的《后现代主义的幻象》（*The Illusions of Postmodernism*），赵文书翻译的贝克等的《自反性现代化——现代社会秩序中的政治、传统与美学》，郭国良、徐建华翻译的鲍曼的《全球化：人类的后果》（*Globalization: The Human Consequences*），阎嘉翻译的大卫·哈维（David Harvey）的《后现代的状况——对文化变迁之缘起的探究》（*The Condition of Postmodernity—An Enquiry into the Origins of Cultural Change*），徐大建、张辑翻译的伯曼的《一切坚固的东西都烟消云散了：现代性体验》；徐向东、卢华萍翻译的《启蒙运动与现代性：18世纪与20世纪的对话》（*What Is Enlightenment?: Eighteenth-Century Answers and Twentieth-Century Questions*）；刘东主编的译林出版社"人文与社会译丛"，代表性译著有曹卫东翻译的哈贝马斯的《现代性的哲学话语》，田禾翻译的吉登斯的《现代性的后果》，刘精明翻译的迈克·费瑟斯通（Mike Featherstone）的《消费文化与后现代主义》（*Consumer Culture and Postmodernism*），杨渝东、史建华翻译的鲍曼的《现代性与大屠杀》。鲍曼的作品近年来被集中译介过来，包括欧阳景根翻译的《流动的现代性》（*Liquid Modernity*）、《共同体：在一个不确定的世界中寻找安全》（*Community: Seeking Safety in an Insecure World*）等。

1.3 话题的当代意义

自十九世纪中期开始，随着西方列强的坚船利炮叩开中国国门，人们开始思考古老文明如何走向现代社会。内忧外患下，启蒙和救亡交织，中华民族现代化的进程艰难而漫长，不时出现迂回反复。中国的现代性以晚清为起点，从一开始就被展望和制造为一种文化的"启蒙"事业。梁启超在其主办的《新民丛报》上发表多篇政论文，呼吁要完成从帝国臣民到现代国家国民的转化。他提出重要的"新民说"，以承载强国保种的重任。

五四新文化运动转向现代性和世界主义，颂扬科学、民主，批判国民性和传统文化，民族主义的诉求被抑制。二十世纪三十年代后，一方面国家面临着日本的侵略，"救亡压倒启蒙"（李泽厚，2008：21）；另一方面左翼文化界接受了苏俄传来的马列主义，阶级意识和新的国家主义开始盛行。中国共产党以不同于西方现代性的方式取得了革命胜利，初步完成了建立"社会主义国家"模式的现代民族国家的任务（杨春时：15）。二十世纪八十年代的新时期延续了"五四"启蒙主义的传统，主张更积极地向现代西方世界开放，吸取西方人文思想资源，争取现代性的实现，这种思潮被称为新启蒙主义。

大约从二十世纪九十年代中期开始，对现代性概念的研究再次成为中国理论界的热点。究其原因，正如陈嘉明所分析的，这一时期中国社会步入现代化的轨道，伴随着经济、社会的现代转型，人们相应地开始关注现代性的思维理念、价值观念和行为方式。进入二十一世纪以来，更多学者认为我们已走出了一条独具特色的"中国式现代化道路"。沈江平指出中国式现代化道路中包含红色革命文化与社会主义先进文化、优秀传统文化以及外部有益文化三种文化传统，并强调应依托中国实践，"不断地对三种文化传统进行马克思主义的改造与融合，赋予其新的内涵，着力推动中国话语体系的创新性发展，努力提升中国特色社会主义文化软实力"（沈江平：19）。中国式现代化道路创造了"人类文明新形态"，同时也可为后发国家走向现代化提供中国智慧与发展经验（19）。

国外的现代性研究偏重于西方视角。对于由西方发动的现代性进程来说，所有的非西方国家和区域都是"迟到的民族"。另一方面，几乎所有现代性研究大家都是男性，缺乏一种性别关照。"第三世界在场"以及诸如中国的非西方国家和区域的现代性经验研究刚刚起步，仅仅表现为研究视野的拓展，暂未产出强有力的研究著述。就中国目前的状况来看，国内的现代性研究译介充分，理论建树不足。当前社会的内在文化精神从根本上还处在远离现代性的"前现代"情境中，前现代的经验性和人情化文化模式在许多方面依旧影响深远。陈嘉明指出，当今中国社会科学研究的一个普遍缺陷是局限于现象层面的描述，而不能上升为概念层面的把握，"时下的中国只有'哲学史家'（在不同程度上了解西方的哲学思想），而没有真正意义上的'哲学家'（未能具有自己原创的哲学思想体系）"（陈嘉明，2009：76）。牛宏宝认为，"'西方化'、'文化原教旨主义'和身份缺失及其重构，构成了非西方区域现代性文化经验的三副面孔"（牛宏宝，2007：108）。

在全球化语境下，非西方国家和区域的现代性经验研究才刚刚开始。本书力图引入中国视角，带着中国问题，跨学科、多角度地论述西方现代性理论，呈现多元化的现代性形态。本书也力图勾勒一个从乡土中国向都市中国、从传统向现代转型的中国，描绘它如何面向世界，回应西方，展现中国智慧。本书还将进一步考察中国特定社群的意识结构或心理结构，思考如何在现代性经验共同体中，构筑当代中国人共同的民族记忆和想象，重振民族文化自信，最终实现人类命运共同体的大同世界理想。诚如李欧梵所说，中国文学书写必须具有国际视野，内核表现中国民间的东西，用欧洲现代主义叙事呈现方式在世界舞台上传播和提升中国形象。

在中国，现代性无疑还是个问题。而在率先遭遇现代性的西方世界，现代性也仍旧是个难题。

第二章 渊源与流变

本章从四个方面论及现代性的渊源和流变。首先，探讨理性和现代性的关系。理性是西方哲学史上重要的哲学范畴，正如哈贝马斯所言，"哲学的基本论题就是理性"（哈贝马斯，1994：14），其源头可以追溯到古希腊。其次，本章试图厘清都市化和现代性的关系。都市已经成为现代性的载体，社会学家齐美尔早已明确指出，从十九世纪开始，大都市是历史发展的方向，现代化的结构就是都市化。再次，探讨现代性和后现代性之间的联结。二十世纪下半叶以来，后现代理论以反对理性主义、反对西方传统的形而上学、反对先验的思维的激烈方式，得到了广泛的传播，这是对现代性的一种反驳。最后以中西汇通的理式，把中国纳入世界现代性的进程中，揭示出中国现代性的独特面相。

2.1 理性与现代性

在西方思想史上，推崇人的理性的传统源远流长。理性早在古希腊斯多葛学派的自然法思想中就已现雏形。苏格拉底（Socrates）用"认识你自己"开启了理性主义的大门；柏拉图的洞穴说则说明现实世界是理型世界的倒影，理型世界才是世界的本质；而亚里士多德（Aristotle）进一步宣称人是有理性的动物。然而到了中世纪,在宗教的影响下,人们对理性的态度有所改变。约翰·罗尔斯(John Rawls)概括了中世纪基督教的特征,归结起来就是宗教信仰的权威化和神圣化。文艺复兴时期,理性与信仰的矛盾凸显出来,人的尊严、人的价值得到颂扬,这一时期开始了人的自我发现和对教会的质疑,同时交织着个人主义和权威主义、批判精神和教条精神的冲突。随着十七世纪自然科学的兴起,弗朗西斯·培根(Francis Bacon)提出学术进步观,认为科学知识、实验和经验可以不断积累,因此今人无疑优于古人。启蒙运动更是宣扬理性至上,如笛卡尔的"我思故我在"就说明了科学知识的确定性。康德继承了理性主义传统,对科学知识进行审视,他的物自体和现象界的二元论划清了科学知识和形而上学的界限,但不否定任何一方。黑格尔是第一位形成清晰的现代性概念的哲学家,他用启蒙的辩证法提出了一个批判性的现代总体性概念——"绝对精神"(理念)。黑格尔指出有用是启蒙的基本原则,由此,抽象的理性、自由、平等和人权加上"绝对的自由",本质上都源自启蒙理性的普遍性和同一性。这种普遍性和同一性也体现为卢梭的"公意",即一种抽象的主权。邦雅曼·贡斯当(Benjamin Constant)认为正是此"公意"为法国大革命中的暴政提供了武器,以合法组织或大众暴力的方式实施压迫(启良:262)。

工具理性是韦伯诊断现代欧洲理性主义危机的关键性概念,为现代性研究提供了一个理论出发点及分析框架。霍克海默和阿多诺借用了韦伯的工具理性概念,在他们看来,启蒙的工具理性造成了自然界和人的异化,继而导致文化的堕落。与霍克海默和阿多诺的悲观主义不同,哈贝马斯则试图用内在于交往行动的理性结构来完善工具理性。

2.1.1 韦伯的工具理性批判

现代性的显著特征之一就是普遍的理性化,理性是现代性的核心观念,被确立为人的根本。西方哲学史通常把理性主义溯源至笛卡尔,他为理性主义注入的首要精神就是"怀疑"的精神,没有怀疑就没有理性。这种理性的怀疑与批判首先指向宗教教会的迷信与神秘。从认识论开始,笛卡尔把理性看作一种天赋的思想能力,是"理性之光"。在荷兰哲学家巴鲁赫·德·斯宾诺莎(Baruch de Spinoza)看来,理性是一种高级的认识能力,它能够如事物所是那样真实地感知事物。德国哲学家、数学家戈特弗里德·威廉·莱布尼茨(Gottfried Wilhelm Leibniz)认为理性高于感觉之处就在于它能够使我们认识普遍必然的真理。早期的理性概念强调它高于感觉,是一种能够把握事物本质与普遍必然真理的认识能力。可以说,理性实际上是一种科学精神。韦伯进一步区分了理性和理性化的概念:理性演化为工具理性和价值理性,而理性化和资本主义精神勾连起来。反对理性的声音主要来自尼采非理性的唯意志论,而福柯揭示出理性和权力的关联。

文艺复兴和宗教改革拉开了现代性的序幕,而对宗教神圣化的解构就是韦伯所说的西方现代性进程中的"祛魅"过程,同时也是挣脱制度化教会的控制,走向世俗化的过程。在韦伯看来,现代社会的产生与理性主义有着内在的联系,理性对宗教的批判导致了宗教世界图景的瓦解。现代性的世俗化过程首先是一个理性化的过程,用理性代替宗教,以理性为判断与衡量事物合理性的标准。列奥·施特劳斯(Leo Strauss)同样认为"现代性是一种世俗化了的圣经信仰"(施特劳斯:83)。世俗化反对中世纪神学主张的禁欲主义和来世观念,肯定人的价值和尊严,而肯定世俗生活的这一过程,归根到底就是人性的复归,用人来取代神,实现犹如康德提出的"人的目的王国"的目标。世俗化使宗教退出世俗的领域,社会的政治与经济活动获得其独立性,同时在观念意识上用功利主义的经济观取代了道德观。

启蒙运动以来,随着对个人价值的肯定,对自由平等的要求出现了。人们相信,在所有社会的和理性的关系中,个人应当拥有完全的自由。法国启蒙思想家伏尔泰(Voltaire)在其《哲学通信》(*Lettres*

Philosophiques）中，道出了对理性、科学和自由的推崇。康德在《答复这个问题："什么是启蒙运动？"》（"An Answer to the Question: What Is Enlightenment?"）中就指出，启蒙的目的是引导人类"脱离自己所加之于自己的不成熟状态"（康德：22），启蒙的口号是"勇于智慧"，即人"必须永远有公开运用自己理性的自由，并且唯有它才能带来人类的启蒙"（24）。康德写下了著名的三大批判，系统地对理性的能力与作用进行了思考，使理性与现代性有了明确的关联，继而成为现代性的基本构成要素。理性的运用首先是启蒙发生的前提；其次，理性是认识之源，价值之源。道德伦理能够提供一种绝对的道德律令，作为实践理性的本源根据，也作为人的道德责任，从而使人在道德判断与行为上实现自律；这一道德律令也提供了一种善恶的价值标准。伯林对启蒙运动的核心观念的理解与康德相似，他认为"宣扬理性的自律性和以观察为基础的自然科学方法是惟一可靠的求知方式，从而否定宗教启示的权威……否定传统、各种清规戒律和一切来自非理性的、先验的知识形式的权威"（伯林，2002：1）。

哈贝马斯认为，理性的"自我立法"在康德这里还是分裂的，是黑格尔把理性概念推向最高峰。在黑格尔看来，理性是所有人类精神意识的最高表现与成就。他继而把理性精神发展史展现为一个严格的概念体系，证明这本身就是一种历史与逻辑相统一的思维逻辑。他为事物建立了一个理性标准，"凡是合乎理性的东西都是现实的；凡是现实的东西都是合乎理性的"（黑格尔，1961，"序言"：11），这一标准对于韦伯来说极其重要。

在德国理性主义的影响下，韦伯对现代社会的分析主要是通过两个概念——"理性"与"理性化"而展开的。理性演化为价值理性与工具理性两个对立概念，而理性化成为他描述和评判现代资本主义的经济、政治和法律等行为规范的特定概念，也成为现代社会及其现代性的标志性符号。在资本主义现代化的过程中，韦伯的这种分析表现为一个全面理性化的过程，而理性化也因此成为"资本主义精神"，亦即资本主义的现代性。在经济行为中，理性化表现为计算投资与收益之比的"簿记方法"；在政治行为中，表现为行政管理上的科层化、制度化；在法律行为中，表现为司法过程的程序化；在文化行为中，表现为世界的"祛魅"过程，即世俗化过程。这种"形式"上的行为合理性，最终的结果只能是一种"工具合理性"（陈嘉明，2004：6-7）。

自启蒙运动以来，不同价值领域开始了自我立法过程，并逐渐分化成三个独立的价值领域：科学技术、道德法律和艺术。现代化是三大领域的制度化，职业化的科学、普遍的道德准则和自由的艺术创造成为现代化的成果和标志。韦伯认为现代就是社会文化领域的分化。在考察西方理性主义时，韦伯把新教精神视为一种特殊的生活方式，他称之为主体的"自律行为"，此类行为使生活本身实现最大程度的理性化，因而与资本主义规范化的管理方法一致，也就是使个人行为的多样化服从组织管理的单一理性化过程。韦伯把"合理性"视为衡量现代资本主义及现代社会经济、政治、法律等方面进步性的标准。他对西方理性主义的成就作了广泛的描述，其论述包括数学形式的理论知识、系统的科学专业活动、形式化的法律机制、资本主义的经营伦理。

韦伯将清教伦理视为理性化的生活——世界的引擎及早期资本主义的发动机。在哈贝马斯看来，这是借镜于清教伦理的资本主义理性化的选择模式（哈贝马斯，1997：159）。哈贝马斯概括与整理了韦伯的理性主义，从社会、文化和人格的维度对合理化进行阐释：合理化在社会上的表现是资本主义经济和现代国家的分离；在文化上，合理化表现为现代科学技术、独立的艺术、法律和道德的自主化导致的价值领域的分化，哈贝马斯认为文化的合理化是现代社会典型的意识结构；合理化的人格体系是在行为处理和价值方向上的自我控制、自我独立的生活指导。韦伯认识到科层制的组织形态为现代社会的经济发展和公共行政机关提供了高效并合乎经济原则的动作模式，这是理性化的高度成就。但科层制在发展过程中反过来具有了缺乏人性或非人性的性质，现代社会的组织系统成了一只庞大的铁笼，制约着人类的自由。

和康德一样,韦伯强调行动者的理性选择。韦伯的工具合理性和价值合理性的概念也可能受到了康德道德哲学的影响,二者都以"目的—手段"的关联来解释人的行为。韦伯继而对两种理性加以区分。工具合理性又叫目的合理性,"通过对外界事物的情况和其他人的举止的期待……以期实现自己合乎理性所争取和考虑的作为成果的目的"(韦伯:56);而价值合理性"即通过有意识地对一个特定的举止的——伦理的、美学的、宗教的或作任何其他阐释的——无条件的固有价值的纯粹信仰,不管是否取得成就"(56)。韦伯提出,把赚钱视为天职的价值理性是资本主义兴起的精神动力。然而,西方现代性的结果是工具理性过分膨胀,价值理性相对暗淡,进而打破了价值和工具间的二元平衡。工具理性使人对象化、客体化,人不再是主体、不再是目的,而是成为手段。一方面,经济或物欲至上,清教伦理丧失,人们失去提升的动力而沦为物质和消费的动物;另一方面,官僚国家对人的宰制使人丧失了人性。韦伯的"工具理性"论说成为西方马克思主义,特别是法兰克福学派进行"技术理性"批判的主要概念根据与话语源泉。

对人的本质是理性这一观念最猛烈的冲击来自弗洛伊德的精神分析学说。弗洛伊德把人的本质认定为一种性本能的冲动,即所谓的性力"力比多",而人们最深层的心理结构表现为一种非理性的"无意识"。

尼采以非理性的唯意志论向理性本质论发起冲击,他要恢复人的自然本性,解放人的生命力。尼采拒绝复活理性概念的修正,正式告别启蒙的辩证法,他从狄俄尼索斯(Dionysus)的疯狂中发掘出一种非中心的主体性自我显现的经验,从认识和目的活动的全部强制中,从功利和道德的全部命令中解放出来,"个体原则的爆破"成为现代性逃逸的路线。尼采把狄俄尼索斯的形而上学概念化,得到"权力意志"的概念。"创造意义的权力构成权力意志的真正核心,这也是幻象的意志、简化的意志、隐蔽的意志、表象的意志,艺术是人的真正形而上学的冲动,因为生命建立在幻象、欺骗、视觉的基础上"(Habermas:95)。尼采从生命作为被科学文化所压抑的他者的角度，批判理性不仅使科学自身丧失了自我批判的能力，而且压制了意志的自我创造，造成了生命的萎靡。尼采所批判的机械论的科学真理观，和韦伯的工具理性一起，成为"技术理性"批判的思想源泉。

福柯考察理性的角度是历史的，他指出理性历史地与权力联系在一起。在福柯看来，十八世纪以来的理性主义革命理想中，理性扮演的是"专断"角色。他批评理性的"专断"，却又肯定理性所具有的"自我创造"性，以及由此产生的体现在科学文化、技术装备、政治组织等方面的"合理性"形式。福柯尝试分析有关合理性的问题域，诸如理性对疯癫的统治以及疯癫的主体的真实性，有关话语主体、知识主体的真实性问题，有关罪犯与惩罚的问题，以及有关性问题的研究，尤其是自我作为性快感主体的真实。首先，福柯强调制度性的因素在合理性问题上的影响。"阶级关系、职业矛盾、知识模式乃至整个历史以及主体和理性都参加了进来"（福柯，1998：496-497）。其次，福柯突出了合理性概念与权力的关系。他把自我、性、知识、惩罚、规训等现象，都归结为"权力"运作的产物，把各种社会控制都还原为权力的功能，"权力关系是我试图分析的诸联系中的决定性要素"（506）。再次，在合理性问题上，福柯注意到它与偶然性的关系，在偶然中把握必然性，各种不同的合理性形式是通过偶然的事件而展现出来的，不过它们最终又表现为一种必然性的形式。最终，福柯提出合理性的代价问题，即人类对某些论域的合理性的认识与把握是经历了曲折与错误的。福柯通过对疯癫、惩罚和性的历史分析以及对现代社会制度的研究发现，现代社会是一个以管制和控制为唯一目标的"规训"的社会，规训的结果就是产生服从社会规范而又驯服的肉体。

2.1.2 霍克海默和阿多诺的启蒙理性批判

本节主要论述霍克海默和阿多诺的启蒙理性的理论来源、主要观点及其局限性。霍克海默和阿多诺通过对启蒙理性进行批判与反思，破除了新

29

的理性神话；启蒙的辩证法是人类理性历史的辩证法，同时也是守护启蒙理性反思维度可能性的希望所在。

培根曾提出"知识就是力量"，在他看来，知识就是权力和权威，人类可以依靠知识去认识自然并改造自然。在康德看来，启蒙思想更多地侧重于人的自我启蒙，只有个体反观内在理性，以自律为基础，才能构建出理性化的现代社会。在《何为启蒙》("What Is Enlightenment?")中，福柯认为十八世纪以来，哲学思想的中心任务仍是康德提出的问题：什么是启蒙？什么是理性？福柯既不是启蒙主义者，又不是反启蒙者，他指责留在理性主义传统里的人，理性主义和人道主义是他终生攻击的两个目标，但他也无意于批评启蒙。启蒙是为了"永久地激活某种态度，也就是激活哲学的'气质'"（福柯，1998：536）。哈贝马斯认为启蒙思想是神话的对立面，启蒙反对世代延续的传统的权威束缚。

启蒙就是反对神话、反对英雄主义，试图使人们摆脱恐惧、树立自主精神。当荷马（Homer）以史诗的形式记下民间流传的关于特洛伊战争的短歌时，对以往神话的破除就已经开始了，因为史诗所关照的主体不再是神，而是现实生活中的人。卢卡奇在《小说理论：试从历史哲学论伟大史诗的诸形式》(*The Theory of the Novel: A Historico-Philosophical Essay on the Forms of Great Epic Literature*)中从历史哲学的角度讨论了史诗的诸多形式。他认为史诗的主体总是以经验为依据，指明史诗对神话的破除首先体现在向现实主体的人的复归。阿多诺和霍克海默在《奥德修斯或神话与启蒙》("Odysseus or Myth and Enlightenment")中明确指出，荷马史诗的理性记叙过程是对神话的超越与打破，因为它纳入了主体人的意识，表现出从神性中解放人性的渴望以及用理性取代蒙昧的萌芽。哈贝马斯解释了《启蒙辩证法：哲学断片》中的两个中心论题，其中之一是"神话就是启蒙，而启蒙却倒退成了神话"（霍克海默、阿多诺，"前言"：5）。通过发掘自荷马史诗就开始的启蒙历程，阿多诺和霍克海默认为启蒙的永恒标志就是对客观的外部自然的统治和对内在自然的压抑，理性实际上就是操纵自然和本能的目的的合理性,即工具合理性(Habermas: 112)。

启蒙理性是法兰克福学派批判理论的一个重要概念。阿多诺的启蒙理性批判有着深厚的理论渊源,从滥觞于苏格兰的启蒙传统到作为核心阵地的法国启蒙思想,并直接受到德国启蒙哲学家的影响。启蒙作为一个欧洲历史事件最早起源于英国,苏格兰启蒙传统的最大特征在于其对于理性的理解与认识。阿多诺对启蒙的理解是从培根的学说出发的,理解培根是理解启蒙何以走向自我反面的起点。培根把知识的获得奠基于观察和实验之上,他将知识与实用相结合的方法带来了巨大的思想进步,但同时也产生了很多现代问题,当人们在"知识就是力量"的驱使下企图全面统治自然和一切时,启蒙便开始异化了。随着科学知识的不断获得,怀疑论诞生,其中大卫·休谟(David Hume)的温和怀疑论对后来的启蒙思想有着深刻的影响。以休谟为代表的苏格兰启蒙思想家从未把理性提高到绝对的高度。笛卡尔通过普遍怀疑来寻找无可置疑的真理,从而确立了推演科学体系的基石。

卢梭对启蒙精神的道德盲点作了进一步的阐发:如果用世俗的功利算计代替传统宗教对彼岸幸福的向往,那么,启蒙理性就是以解放的名义对人生价值作了恶劣的误导。卢梭在《论科学与艺术》(*Discourse on the Sciences and Arts*)中便指出了科技进步和工业文明的弊端,认为"科学与艺术都是从我们的罪恶诞生的"(卢梭: 21);他同时抨击科学研究,认为它"有多少危险、多少歧途啊!要达到真理,又必须经历多少错误啊!"(21)贝尔评价卢梭确立了一套影响深远的文化原则,"我感觉,故我存在"(贝尔: 182)。卢梭认为人在摆脱教会和神权的统治后,不能沦为只擅长理性谋算的、追逐功利的怪物,而是要循着自然人性的指引,用淳朴的情感来为卑琐的理性纠偏。卢梭对文明的鞭挞具有现代性批判的新质,在他看来,将人类变为怪物正是理性主义的无度扩张带来的最大威胁。

阿多诺对启蒙理性的理解直接受到康德和韦伯的影响。霍克海默和阿多诺的《启蒙辩证法:哲学断片》进一步深化了康德的启蒙观念,直接指控启蒙的异化。韦伯在《新教伦理与资本主义精神》(*The Protestant Ethic and the Spirit of Capitalism*)中指出，科学本身是要祛魅的，这是为了更好地了解自然以利用自然，但当科技抛弃了价值和意义而获得完全的自主性的时候，它便成了纯粹的工具与手段。面对韦伯课题，阿多诺批评韦伯时代的启蒙理性沦为了工具理性，沦为了极权主义的理性。哈贝马斯评论说，两位作者相信：现代科学已进入自己的逻辑实证主义，完全被工具理性所吸纳；理性从道德和法律中被逐出，宗教形而上学世界观崩溃；在大众文化中，艺术与娱乐混合，不再有批判的力量。在文化现代性中，"理性已失去其有效断言，同化于纯粹的权力"(Habermas: 112)。

在《否定的辩证法》(*Negative Dialectics*)中，阿多诺通过深刻批判启蒙理性和工业文明，反思奥斯威辛之后如何把握理性。他指出，法西斯主义惨无人道地对犹太人进行人身迫害，是西方文明几千年来追求同一性原则所导致的。阿多诺认为，在资本主义文化工业和法西斯主义的统治之下，人们传统的思维模式错误地将同一化当作所有领域所追求的目标，正是对同一性的盲目追求导致了启蒙理性的异化。阿多诺力图用"星丛"和"力场"来破除同一性。星丛是表明概念聚集方式的一个隐喻性术语，它包含着异质性要素，而只有异质性才能避免思想落入虚假的同一性窠臼。力场则是维持异质性要素之间关联的重要所在，可以防止对非同一要素的过分夸大和人为的分割。法西斯主义者背离了理性，其理性建立在要求其他人同意其观点的基础之上，不允许任何不同意见。霍克海默开启了法兰克福学派批判工具理性的先河，这种技术和理性相结合而形成的工具理性已经渗透到社会的总体结构和社会生活的各个方面，使得人们在社会中失去独立性，逐渐变成单向度的人。

黑格尔的理论也是霍克海默和阿多诺启蒙思想的重要来源。黑格尔认为，一切事物本身都既包含肯定的因素，也包含着自我否定的因素，他试图从批判的角度来实现对启蒙的扬弃和克服。黑格尔敏锐地指出，现代的特征是分裂(Entzweiung)，"因为必然的分裂是生命的一个因素……理性使自身与之对立的乃是由知性而来的分裂的绝对固定"(黑格尔，1994：10)，而所有的这些分裂，其根源恰恰在于启蒙。在《启蒙辩证法：哲学断片》中，霍克海默和阿多诺将黑格尔的辩证法发挥到了极致。他们批判启蒙理性的自毁，指出了启蒙理性异化为工具理性的根源。启蒙理性超越自身的边界，直接导致文化工业和反犹主义的诞生。在思想文化领域，文化工业表现出同一性、商业性、欺骗性；在政治领域，极权主义和法西斯主义盛行。

在工具理性支配文化工业的十九世纪三十年代，西班牙哲学家加塞特在《大众的反叛》(The Revolt of the Masses)中首次提出了大众文化的概念。大众文化肯定了人的平凡性和世俗性，拉近了大众与文化之间的距离。在《启蒙辩证法：哲学断片》中，霍克海默和阿多诺提出了如下逻辑：大众文化作为市场经济的产物，作为文化与工业、技术联姻的产物，已经演变成为文化工业。继而在《文化工业：作为大众欺骗的启蒙》("The Culture Industry: Enlightenment as Mass Deception")中，两位作者不仅首次提出文化工业的概念，更是直接揭示了文化工业的特性，指出它是控制和欺骗大众的"社会水泥"，使大众日益丧失批判和反思现实社会的能力。

启蒙想要确立人的主体自由，却把人变成理性的奴隶。启蒙颂扬理性，推崇科技，让人获得对自然的统治权，同时也毁灭了自身。在抽象的同一性原则指导下，启蒙大力讴歌工具理性，压制价值理性；科技文明得到迅速发展，而人文文明遭到冷落。赫伯特·马尔库塞(Herbert Marcuse)对工具理性或技术理性进行了批判，在他看来，工具理性的霸权使人退化为单向度的人，工具理性本质上是统治的合理性、组织化的统治原则。"文化、政治和经济都并入了一种无所不在的制度……技术的合理性已经变成政治的合理性"(马尔库塞，"导言"：7-8)。

霍克海默和阿多诺看到了启蒙的同构性和启蒙走向毁灭的历史必然性，但他们没有找到一条具体可行的解决启蒙困境的道路。可以说，霍克海默和阿多诺的局限性首先在于启蒙理性建设性架构的缺失，其启蒙批判没有对资本主义制度本身进行批判，没有把启蒙放在特定关系中解读，从而出现了科技批判和社会批判之间的割裂。由此，他们的理论丧失了自身的立足点，也没有突破形而上学的视阈，不可避免地具有存在论根基的缺失。这直接导致了霍克海默之后的长久沉默，他在晚年沉浸到对宗教拯救的希冀之中；而阿多诺试图深入到审美经验的领域来寻找解决方案。

阿尔布莱希特·维尔默（Albrecht Wellmer）通过研究阿多诺的美学思想和哲学规划，探寻艺术在与占主导地位的现代性理性形式进行抗辩的过程中可以扮演的角色。阿多诺的总体性概念可以概括为非暴力的多样统一体。他在哲学体系中发现狂妄的、强迫性的元素，对"同一性思考"的批判变成了对总体化理性的批判，而他自己的哲学也成为某种试验，挣脱概念性思考中的秩序强迫。阿多诺把现代艺术描述为反理性主义的力量，他认为现代艺术具有拓展意义和主体界限的潜力，可以解放审美主体性，解除某种内化了的社会压迫。在他看来，传统的意义综合体中存在着虚假和暴力的成分，而现代艺术基于一种解放了的审美意识，打破了界限，是对传统的总体性中虚假和暴力性内容的回应。现代艺术应对个性化和个体进行更高层次的全面塑造，作品的"开放性"和"打破界限"要求更高程度的审美能力，并在无序和主体间产生一种新的主体性，即在"交往中液化了的"自我同一性，并通过拓宽主体的界限而获得一种新的与无序世界可能的接触。在新的"综合"和"统一"的模式中，混乱的、非融入性的、远离主体的、无意义的和支离破碎的东西被带到一个非暴力的交往场所中（维尔默：181–182）。

2.1.3 哈贝马斯的交往理性

哈贝马斯的《交往行动理论》（*The Theory of Communicative Action*）以韦伯的现代性合理性为起点，整合社会传统中的行动理论（德国唯心论）和系统理论（实证主义），全面重建现代性。哈贝马斯指出韦伯的合理化概念存在不足。他认为,韦伯混淆了现代性发展过程的"形式"或"逻辑"与其发展的"内容"和"动力",前者指合理性的特质,后者指实际发展中的偶因,这导致韦伯的合理化概念过于狭窄。一方面,哈贝马斯认为韦伯受到目的合理性的观念局限,以个人的自利行为为主解释理性化,将理性化与工具理性紧密联系。另一方面,韦伯把合理化的西方历史形式与普遍的社会合理化等同起来。哈贝马斯认为这是在合理性的名义下实现无法公开承认的政治统治的一种特殊形式(单世联:134-135)。

韦伯的得失使哈贝马斯得出两条结论,"一是扩大理性的概念,在工具理性之外提出'交往理性'概念,以期通过理性的协调发展来控制工具理性的恶性膨胀,表明另有一种现代性的发展方案;二是引进'系统理论',划分'生活世界'与'系统'……为现代性的重建开辟道路"(单世联:136)。

从工具理性转向交往理性,就是从(主体)意识哲学转向语言(交往)哲学。哈贝马斯说:"我所提出的交往理性概念超越了以主体为中心的理性,它应当能够摆脱自我关涉的理性批判的悖论和平庸"(哈贝马斯,2011:384)。哈贝马斯的交往行为理性充分地发挥了启蒙理性的潜能,弥合了现代性的分裂,重建了统一性的规范。哈贝马斯用普通语用学代替意识哲学,要使现代性摆脱作为形而上学的"意识哲学"的"独立性幻想"。

> "意识哲学"即以主客体关系为论题的哲学,它关注作为主体的人的意识与作为客体的世界的关系,以及意识对世界能动的认识功能。……意识哲学之所以长期以来成为现代性哲学话语的中心范式,是由于它得到现代化过程中片面发展的工具理性的配合与支持,工具理性的哲学话语就是主体对客体的认识、支配,它混淆并封锁了探讨交往行动复杂的对话性的特点,排除了相互认可的解放的合理性。(单世联:231)

为反对意识哲学的"主体"观,哈贝马斯以交往行动来强调"自我"是在与"他人"的关系中建构起来的,"自我"的核心意义不是孤立的个人,而是"主体间性",即与他人的社会性关联。

哈贝马斯认为要解决现代性的难题就要回归交往行动理性。交往合理性概念有三个层面:第一,认识主体与事件的或事实的世界的关系;第二,在一个行为社会世界中,处于互动中的实践主体与其他主体的关系;第三,一个成熟而痛苦的主体与其自身的内在本质、自身的主体性、他者的主体性的关系(哈贝马斯,1997:57)。而哈贝马斯写作《交往行动理论》的目标,就是要在日常实践和交往实践自身中,在交往理性被压制、被扭曲和被摧毁之处,发现这种理性的生命力。正是在这个意义上,理查德·伯恩斯坦(Richard J. Bernstein)称他为理性的园丁。生活世界的理性化就是体现交往行动的演化和创新的动力因素,具体转化成社会实践的再生产过程。只有建立独立而非依从的公共领域,才能在互为主体的条件下开展平等对话,摆脱权力和工具理性的限制,重建生活世界和社会系统之间的平衡机制。

在二十世纪哲学"语言学转向"的背景下,哈贝马斯认识到要制定合理的交往理论,就必须深入到语言中。哈贝马斯语言哲学的核心观点是语言和人的生活世界无法分开,二者处于一种相互作用之中。交往行动就是主体间通过符合协调的作用,以语言为媒介,通过对话实现人与人之间的理解和一致的行动。普通语用学的研究对象是语言实践,它从对日常语言的语用学分析出发,研究人们以理解为目的的交往行动,揭示内在于语言的生活世界的理性结构,确立和重建关于可能理解的普遍条件。普通语用学赋予了语言以规范性功能,理性则保持了其统一性和批判性的双向功能。因此,交往能力所展现的是一种交往理性,理性即是在交互主体性之间的开放和诚信。由此达成的是主体间的"共识",共识以交互主体性的开放和多元为前提。故而交往理性的焦点是主体间性和相互理解。

罗尔斯的"公共理性"和哈贝马斯的"交往理性"有共同之处,都强调通过人们之间的交往来达成对社会事务的共识。他们之间的不同之处在于，罗尔斯认为，公共理性适用于立法者、政府官员或司法官员，是一种从上至下的路线；而哈贝马斯的交往理性从广大的市民社会之政治参与者本身出发去寻求共同基础，走一种自下而上的大众路线。

罗尔斯从政治哲学的角度提出"公共理性"的概念，来补充传统的个人理性。"公共理性"是罗尔斯的《政治自由主义》(*Political Liberalism*)一书的重要基本概念之一，与"重叠共识"共同构成了他的政治自由主义理论的支柱性概念。在他看来，公共理性"是一个民主国家的基本特征。它是公民的理性，是那些共享平等公民身份的人的理性"（罗尔斯：225）。罗尔斯试图通过公共理性构建一种政治的正义观念，把公共理性的理想看作立宪民主的一种恰当补充。他希望建立起一种有别于个人理性的公共理性精神，能够在公共世界或是公共领域里进行交流，就根本性的社会正义问题达成重叠公识，从而确保社会的统一性和稳定性。

2.1.4 小结

本章探讨了理性与现代性的关联，梳理了现代理性主义的核心概念。韦伯的理论贡献之一就是确立了现代性的性质，一方面是理性化，一方面是价值多元化。西方现代性的结果却是工具理性过分膨胀，使人对象化、客体化，而价值理性相对暗淡，价值和工具间的二元平衡被打破。从反对神话到树立理性，从反对神统到实现人统，阿多诺和霍克海默揭示了启蒙理性沦为工具理性的根源，探究了工具理性支配下的文化工业霸权以及极权主义统治。哈贝马斯认为解决现代性困境的唯一出路就在于重建启蒙理性。他提出的交往理性将理性同语言结构联系在一起，认为交往活动有效进行即理性的体现。理性内在于交往行动中，理性化意味着交往行动重新被纳入系统化的世界中，使再语言化的互为主动性的交往动力重新扩展为社会演化的基础。

2.2 都市现代性

本节从现代性和都市的关系着手，首先论述现代性意味着一种新的都市时间和空间体验，集中探讨时间观的重构、时空压缩、公共领域等核心概念，对亨利·列斐伏尔（Henri Lefebvre）的空间生产和鲍曼的"瞬时"性理论也有所涉及。经乔冶-欧仁·奥斯曼（Georges-Eugène Haussmann）改造的巴黎是当之无愧的现代性之都，而哈维的研究试图将都市的空间生产同现代性概念连接起来。威廉斯揭示出"乡村"和"城市"对立的实质，及其所反映的现代大都市和工业化生活方式的危机，描绘出英国文学传统中基于情感结构的乡村与城市叙事。最后，通过齐美尔和鲍曼的研究，指出大都市和现代人精神生活之间存在的关联。

2.2.1 都市时空转向

十三世纪末，机械时钟被发明出来，在此之前，因为没有准确的时间测量手段，人们的时间意识淡薄，按照中世纪神学思想来理解时间，将其看作人类生命短暂的明证。文艺复兴时期，对时间的关切被引向古代。彼特拉克将时间划分为古代、中世纪和现代，开启了一种新的历史断代观；"中间"的时代分割开了古代的黄金盛世和"现代"的"文艺复兴"，由此形成一种厚古之风。随着十七世纪自然科学的兴起，培根的悖论"我们才是古代人"成为英国科学史和观念史的核心论题，它让人们去思考古代和现代这对时间概念。在培根的时代，古代意味着优秀、卓越、权威。而培根的实验科学相信经验的积累，并由此推断现代比古代更好。

"书籍之战"即源于一种区分"古代"和"现代"的时间观。1690年，厚古派的威廉·坦普尔（William Temple）发表《论古今学问》（"Upon Ancient and Modern Learning"），拉开了英国书籍之战的序幕。他在文中大量论证古代人相比现代人的绝对权威性，认为现代人无法超越古代人。紧接着乔纳森·斯威夫特（Jonathan Swift）发表《书籍之战》

("Battle of the Books"),用寓言描绘图书馆里古书和新书的战斗,表达自己的厚古派立场,把古今之争推向高潮。理查德·本特利(Richard Bentley)驳斥了厚古派观点,认为"现代作家可以比古代作家伟大,现代人拥有科学,将科学的方法运用于创作,就有可能超越古人"(Bentley: 27)。艾萨克·沃尔顿(Izaak Walton)指出,对古今关系的反思不能忽视未来这一概念。时间是线性不可逆的,只有确立未来这一时间维度,才能证明历史是可以延续的。由此,线性发展的进步理念得以形成。古今之争所争论的不仅是相互对立的时间概念,更是认识问题的不同视角与时间观的重构,本质上是历史进步观和退步观之争。

现代性意味着一种新的时间经验,这就是时间的标准化。机械时钟的出现与城市按时间雇佣工作的模式相契合,时间的标准化促成了教堂、学校、医院等机构的标准化。彼得·阿克罗伊德(Peter Ackroyd)在《伦敦传》(London: The Biography)中描述道,早在十四世纪,富裕的伦敦人首先把大立钟陈列在家里,他们在规定的时间起床、吃饭、工作、休息,这代表着物质主义和商业在这座城市的全面胜利。一位十八世纪的观察者评论道,在伦敦人们"很少说话,我猜测是因为他们不能浪费时间";伦敦人走路速度飞快,很可能"来自根深蒂固地认为时间就是金钱的本能"(阿克罗伊德:558-559)。

第一次工业革命之后,资本主义生产完成了从工场手工业向机器大工业的过渡,英国成为世界上第一个实现城市化的国家。到了十九世纪四十年代,伦敦已成为地球上最大的城市,是帝国的都市、国际贸易和金融中心、万物争相汇集的巨大世界市场。这里成了引擎和蒸汽动力之家,电磁力被发现和推广,这里的需求和供应、利润和亏损构成了卖家和顾客的关系。在这里一支由雇员和簿记员组成的大军监督着贸易和行政。伦敦人变得紧跟分分秒秒,只重速度。对于一座奠基于工作和劳动、权力和商业的城市来说,时间成了重商主义的一个方面。伦敦以时钟而闻名,从圣保罗大教堂的钟,到威斯敏斯特的大本钟。伦敦也成为世界钟表制作中心,我们甚至可以说伦敦掌控了世界的时间。现代性在萌生之际首先盯住的是时间，时间是金钱、是效率，追赶时间是现代性的向导（陆扬：338）。

彼得·奥斯本（Peter Osborne）在《时间的政治：现代性与先锋》(*The Politics of Time: Modernity and Avant-Garde*)中明确指出，现代性是一种关于时间的文化，它是某种形式的历史时间，把"新异"（the new）当作不断自我否定的时间机制的产物。奥斯本颠倒了亚里士多德式通过变化来解读时间的传统路径，反过来通过时间来理解变化。他把时间的政治定义为"把社会实践的各种时间结构当作它的变革性（或者维持性）意图的特定对象"（奥斯本：8）。奥斯本认为现代性是历史的时间化的总体化，他遵循保罗·利科（Paul Ricoeur）的思想，用叙事形式在现象学的和宇宙论的"哲学家时间"和"历史时间"之间架起一座概念之桥，并指出因为时间化的生存论结构，我们不可能逃避历史的总体化。同时，海德格尔在本体论上把时间化看作一个离心的、瞬间完成的总体化工程。奥斯本接着参照《存在与时间》(*Being and Time*)解读黑格尔的《精神现象学》(*The Phenomenology of Spirit*)，他指出海德格尔的成功在于，其"先行到死中去"（experiencing the death first）揭示了时间化的生存论结构。紧接着，奥斯本运用法国精神分析的超心理学（metapsychology），阐释历史经验是借助于文化实践建构而成的，除非它们反映的是无意识欲望的时间模式。另一方面，本雅明的文化形式的历史社会学指出，我们开始通过文化形式来解释历史的时间化。奥斯本的目的在于把"历史分期和文化变迁的争论与关于时间的哲学文献联系起来……整个后现代的观念网络牢牢地刻印在现代性的时间辩证法这个问题中……在那些文化的自我意识的范畴中可以发现一种概念逻辑在起作用……这种历史总体化的逻辑提出了历史时间自身的本质问题"（2-3）。

十九世纪三四十年代，时间和空间的废止、压缩观念与铁路的发展结合在一起，广泛流行于欧美思想界。新的运输方式和信息交流将整个世界连接在一起（哈维：57）。"时空的废止"这一概念源自亚历山大·蒲柏

（Alexander Pope）的诗歌，"让时间和空间废止吧／让恋人幸福"。这也是巴尔扎克（Honoré de Balzac）的小说中最常出现的主题，他相信能将一切事物内化于自己的心智之中，宣告时空的废止，描述一个不受时空限制的崇高时空。资产阶级不断地想要弱化乃至去除时空的藩篱。征服时空和主宰世界成为资本家的幻想，也成为现代性欲望的一种崇高表现。因为时间总是压制着他们，"榨光时间"就是资产阶级现代性的又一个神话。

马克思在《政治经济学批判大纲》（*Outlines of a Critique of Political Economy*）中明确提出"时空压缩"的概念。他认为资本主义具有周期性的时空压缩倾向，并用这一概念表示资本主义在地理扩张和加速资本流通上隐含的革命性质。哈维在《后现代的状况——对文化变迁之缘起的探究》中也提出"时空压缩"概念，这个概念既有美学的、政治的考量，也有一定的社会基础，即从福特主义向资本弹性积累的后福特主义的转化。哈维理解的福特主义指通过组合权力来建构社会、八小时工作制、五美元时薪，这些手段将工人牢牢绑定在流水线上。与此同时，工人在休闲时间消费大批量生产的商品。

信息技术的突飞猛进，卫星实时转播的全球化传播，这是时空压缩理论出现的可能和必然条件。哈维举证了距离不断缩小的四种世界图式：1500年起到1840年，帆船的时速为10英里；1850年到1930年，蒸汽机车的时速为65英里，汽船为36英里；1950年，螺旋桨飞机时速为300到400英里；到1960年，喷气飞机时速为500到700英里。随着交通工具的不断提速，全球的空间经验都在发生变化，而且变化不仅局限在空间的范畴，和时间也紧密相连。这可视为时空压缩命题的由来。交通工具的日益高效化和电子通信革命使世界变小，其结果就是全球化的到来，即分散在世界各地的本土市场组成了一个全球化的大市场，生产和消费都是全球化的。在同一时间和空间里，各式各样的商品世界聚合到一起，构成各式各样的拟像、仿制和并置。正如哈维所说，"世界上五花八门的不同空间，在晚间电视屏幕上组成了一幅图像拼贴"（Harvey，1990：302）。

现代性也带来了人们对空间概念，尤其是公共空间概念的新认识。"市民社会"是黑格尔解读现代性的关键。市民社会以利己动机为杠杆，同时市民社会中的人们又相互依存。一方面每个人都以自身为目的；另一方面只有与他人发生关系，才能达到特殊目的，取得普遍性的形式，在满足他人福利的同时满足自己（黑格尔，1961：197）。黑格尔把市民社会看作独立于国家的公民"自治"领域，它赋予公民一个保有自己的利益，不受国家干预的自由的空间。哈贝马斯沿着黑格尔有关家庭、社会与国家三元结构的思路，进一步阐述市民社会既有由私人利益所构成的私人领域，又有由非国家的社会组织开展活动的公共领域。哈贝马斯在《公共领域的结构转型：论资产阶级社会的类型》（*The Structural Transformation of the Public Sphere: An Inquiry into a Category of Bourgeois Society*）中将公共领域定义为国家和日常社会之间的一个公共空间，在其中市民们可以自由表达，对权力机构进行批判，不受国家机器的干涉，并形成公共舆论。公共领域可以在社会与国家之间进行协调，充当安全阀。

公共领域背后的框架也是现代性。公共领域是一种用于传递信息和表达观点的网络，包括广场、公园、图书馆、街道、商场等市民可以免费进入，在其中休憩交往和娱乐的空间，最早出现在十八世纪，其历史背景就是资产阶级登上历史舞台的中心。汉娜·阿伦特（Hannah Arendt）从现象学分析出发展开论述，她所讨论的公共领域是一个人们得以平等对话并参与行动的政治空间。哈贝马斯重点将英国的咖啡馆、酒吧、俱乐部和同人报刊，法国的文艺沙龙，德国的聚谈会归纳为早期的公共领域。从哈贝马斯的立场来看，谈天的空间、舆论的空间与印刷的空间逐渐构成了所谓的公共领域。哈贝马斯强调在公共领域进行公开且理性的讨论，而阿伦特更注重个性的自我彰显。

阿克罗伊德在《伦敦传》中回溯了伦敦公共领域的兴起。1711年春天，理查德·斯梯尔（Sir Richard Steele）和约瑟夫·艾迪生（Joseph Addison）创办的杂志《旁观者》（*The Spectator*）发行第一期，杂志以一

个旁观者的自述描述了咖啡馆世界:

> 时或见我把脑袋探进威尔咖啡馆的政客圈,聆听这些小圈子的谈话。时或我在切尔德咖啡馆抽烟斗,似乎对周围全然漫不经心,浏览着《邮报》,耳朵旁听咖啡馆里每张桌上的夜话。星期天晚上,我去圣詹姆斯的咖啡馆,有时参加内室的政治家委员会小圈子,因为我们来这里正是为了听大事、提高自身素质。此外,我也频繁光顾希腊人咖啡馆、可可树咖啡馆……(转引自阿克罗伊德: 269-270)

十八世纪,英国的俱乐部逐渐兴起。艾迪生对俱乐部作出了如下评价:"人是社会的动物,我们利用所有场合和借口,为自己形成那种小小的夜间聚会,通俗地被称为俱乐部"(转引自阿克罗伊德: 302)。起初人们每周在客栈聚头,吃酒、唱歌、争论,之后便形成了俱乐部。俱乐部往往是争论的中心,到十九世纪,一些俱乐部公然藐视官方政策。1817年汉普登俱乐部在铁锚客栈聚会,首次提出男性普选权要求。在一定程度上,客栈俱乐部里的辩论和十八世纪咖啡馆时兴的辩论有关。这一习俗影响重大,促使一种"绅士俱乐部"的产生,其成员试图引起"一场社会制度的革命"(阿克罗伊德: 302-304)。

1702年,伦敦的第一份日报《每日新闻》(*The Daily Courant*)开始发行。在十八世纪,新闻的传播大多靠咖啡馆和酒肆供应的日报和周刊。《旁观者》评论道,"我们的新闻确实理应以最快的速度出版,因为新闻是一种冷不得的商品"(转引自阿克罗伊德: 340)。"新闻、谣言、八卦来得那么快,从而给予它们的注意力也只能迅捷而短暂。……这是隽永的神话,也是转瞬即逝的现实。这是人群、谣言、遗忘的舞台"(阿克罗伊德: 340)。可以说,咖啡馆、俱乐部和报刊培育了英国现代公民,改变了他们的生活方式,让他们有了理性地讨论公共事务、参与社会变革的平台和机会。《旁观者》就以介绍所谓的俱乐部成员创刊,鲜明地表达了自己旁观者的中立立场。

空间的转向是后现代文化的一个标志。从二十世纪六十年代开始，列斐伏尔开始运用马克思主义进行城市研究，对他而言，城市化是现代性的空间化与日常生活的策略性规划的主要隐喻。1974年，列斐伏尔出版《空间的生产》(The Production of Space)，这是他最后一部重要的城市研究著作。列斐伏尔在该书中提出了空间生产理论，集中讨论了物理空间、精神空间和社会空间三种空间，以此作为城市研究的新起点。

空间生产理论被认为是列斐伏尔对马克思主义最根本的一次改造，将辩证唯物主义的基础从时间移向了空间。所谓新空间的生产，是指世界市场压力之下的城市化过程，它消抹了空间和时间的差异，摧毁了自然和自然的时间。列斐伏尔理论的核心是生产和生产行为空间的概念，即空间是一个社会的生产的概念，(社会)空间是(社会的)产物。他的空间是一个社会关系的重组与社会秩序实践性建构的过程，是一个动态的、矛盾的异质性实践过程。

列斐伏尔强调要将城市空间置于资本主义方式下考察，强调城市空间在资本积累与资本循环以及资本主义生存中的功能和作用，注意分析世界政治经济因素对城市社会变迁的影响，以及将城市空间过程与社会过程结合起来，深入研究城市空间变化背后权力的作用和制度的力量，具有独创性(吴宁: 367)。

在硬件的、沉重的现代性的资本主义时代，也就是韦伯的工具理性时代，时间成了为使价值回归，即空间最大化而必须加以管理和运用的手段；而在软件的、轻灵的资本主义时代，光速运动可以在瞬间穿越空间，空间不再对行动和现代的效用产生作用，也就是鲍曼所说的，"软件时间的'接近瞬时'(near-instantaneity)预兆着空间的贬值"(鲍曼，《流动的现代性》: 202)。

鲍曼指出软件世界的时间是虚幻的、瞬时的，也是不连贯的、不合逻辑的。现代性的架构出现了新内容："对'接近不确定性的渊源'的追求，已经减缩并集中在'瞬时'这个唯一的目标上"(鲍曼，《流动的现代性》:

205)。如果说"固态的"现代性将永恒持续设为主要目标和行动准则,那么"液态的"现代性就把"瞬时"视为其终极理想,让持续性失去了意义。鲍曼比较了约翰·洛克菲勒(John Rockefeller)和比尔·盖茨(Bill Gates)的不同,前者想要长久地拥有油井、建筑物、大型机械和铁路,而后者的产品以迅速推出、迅速被替代而著称。盖茨的成功就在于缩短持久性时间跨度的能力。鲍曼感叹永恒持久的贬值,认为这预示着一场文化剧变,或是文明史上一次最为关键、最具决定意义的转折。

2.2.2　巴黎——现代性之都

在《巴黎城记——现代性之都的诞生》(*Paris, Capital of Modernity*)中,哈维从地理学角度入手,借助马克思主义理论,融合后现代思想,深入研究了奥斯曼的巴黎改造。在第二帝国时期,奥斯曼由拿破仑三世(Napoléon III)任命,成为巴黎大规模改造的总负责人。奥斯曼改造巴黎采取与过去一刀两断的态度,要在巴黎的废墟上重建一个新的巴黎,这是奥斯曼的创造性破坏。哈维将"创造性的破坏"定义为历史会在某个时间点将能量聚集起来,一举将过去击毁。他认为是奥斯曼强迫巴黎走入现代(哈维:2)。

哈维在书中反复提到历史—地理的概念:"用地理和空间的维度将历史的单纯直线炸开;或者,反过来,用时间和历史的维度将单纯的封闭性的空间物理牢牢地裹住"(汪民安,2010:XI)。巴黎的改造是政治、经济、社会、文化等不同领域互动的结果。政治上,要展现帝国权力的气度,体现出巴黎作为欧洲核心的尊严;经济上要化解经济危机,让各个阶级有利可图;从社会层面来说,要消除拥挤,改善交通和居住状况;从生产方面看,要提供劳动力和技术保障;从文化上说,要符合新的城市观念和意识形态。新的空间生产就是对新的社会关系的生产:宽阔的大道、咖啡馆、百货公司、餐馆、剧院、公园、标志性的建筑,一旦生产出来,就塑造了新的阶层区分与新的社会关联。阶级的区分铭刻在空间的区分上,公共空间与私人空间也开始泾渭分明。每个空间都在塑造人的习性，划定人的范围，维护一种社会秩序。每个空间也是一种权力和财富的景观展示。在巴黎，新空间的生产塑造了新的共同体，新的情感结构，新的城市概念。

帝国景观也试图直接歌颂现代的诞生，而奥斯曼是设计帝国景观的行家。他将巴黎市政厅改造成举办舞会和节庆的永久性景观中心，通过节日、庆典来动员民众，凸显新政权的正当性。1855年与1867年举办的世界博览会更进一步彰显了帝国的荣耀，如本雅明所言，世界博览会是"商品拜物教的朝圣之地"，也是"资本主义文化幻影的臻于极致"（Benjamin, 1973: 165–167）。商店橱窗引诱行人驻足凝望，商品本身成为一种景观，其力量的最佳展现处就是新百货公司。商品景观逐渐支配了公共/私人空间，资产阶级妇女作为消费者沉迷于逛街、看橱窗、购物，在公共空间展示她们的战利品；她们自己也成为景观的一部分，不仅吸引旁人的目光，也成了商品与商业的展览场。新的城市道路的建设创造了就业机会，也促进商品、金钱和人潮的流通。咖啡馆以"外向"发展的形式溢出到新大道两旁的人行道上，大道成了商品拜物教统治的公共空间。提供娱乐节目的餐馆、马戏团、音乐厅、剧院及全民歌剧院数量激增，促成民众娱乐的兴起。公园和广场转变成社交与休闲的场所。新铁路运输带来了新的休闲方式，越来越多的游客与外国人出现，而利用周末到海边和乡间也成了广受欢迎的活动。

广大的工人群众必须在别处消费生活。他们到小饮食店吃喝，去咖啡馆、舞厅、酒馆找乐子。工人阶级的咖啡馆后来成为巴尔扎克所说的"人民议会"——工人区知名人士聚会的地方。也就是说，咖啡馆和酒馆在工人的生活中扮演了制度、政治和社会的角色。对工人阶级妇女来说，洗衣店成为社会互动、亲密关系、传递八卦和偶然冲突的中心。

波德莱尔的《恶之花》（*Les Fleurs du Mal*）是第一部完全以城市经验作为艺术灵感来源的诗集。波德莱尔把巴黎描写成一个罪恶之花盛开的现代都市。他擅长描摹都市中人的状况，波德莱尔称之为"人群中的人"。

他笔下的"游荡者"(flâneur)最能体现现代都市流动不居的碎片形象。"游荡者"悠闲漫步在陌生人群之中，他们每个人都是现代生活的主角，每个人都是匿名的陌生人。而照列斐伏尔的说法，这类花花公子是都市中自然而然的艺术家，追求将自己的日常生活转化为艺术作品。巴黎成为欲望都市，当欲望成为城市的核心与动力，欲望也被赋予审美的光环。由此，在孤独、忧郁之外，颓废和浪荡作风成为重要的都市经验，也是波德莱尔的《恶之花》中最重要的都市经验主题。

波德莱尔把握现在，体验瞬间和流动，这涉及都市的流动性所形成的时间体验。费瑟斯通指出，波德莱尔推崇"现代生活的画家"康斯坦丁·盖伊(Constantin Guys)，他努力追求"转瞬即逝，川流不息的美，它正以前所未有的速度，在被不断重构"(Featherstone：73)。而这正是巴黎这个现代大都市的日常生活特征，也是波德莱尔的现代性的来源。

波德莱尔早在1846年的沙龙中就发出反传统的声音，催促艺术家去发现现代生活的史诗性格，去寻找巴黎的不同侧面。他一方面是游手好闲的纨绔子弟，一个摆脱世俗常规、愤世嫉俗的偷窥者；另一方面又是一个热烈追求自己目标的人。他选择为游荡者在大街上捕捉意象的碎片，然后像炼金术士一样，将意象的碎片在更高层次上关联起来。在《巴黎的忧郁》(Le Spleen de Paris)中，他先是把巴黎描绘成大型剧院："到处是充满生命力的狂热发泄"，"到处是欢乐、收益和大吃大喝"(波德莱尔，2004：52)。在庆祝帝国纪念日时，在"一片光芒、烟尘、叫喊、欢乐和嘈杂"中(52)，波德莱尔看到一个可怜的老小丑，他弯腰驼背又沉默不语，"他的前途已成定局"(52)，喜剧扮相更加深了他悲剧的绝对性。在《巴黎的忧郁》结尾处，波德莱尔把巴黎称为"妓院与医院、监狱、炼狱与地狱"(转引自哈维：282)。奥斯曼将巴黎交给了资本家、投机客和银行家，波德莱尔看到巴黎沦为狂欢场，在诗人的笔下，娼妓、拾荒者、赤贫的老小丑、美丽而神秘的女郎，都成了都市戏剧中不可或缺的角色。

"都市经验是现代性审美的策源地和孵化器，它孵化出审美现代性的三副面孔：启蒙的审美现代性、先锋现代性的审美和大众文化的审美。这三副面孔体现出都市经验所孵化的审美的不同面相"（牛宏宝，2021：16）。波德莱尔在陌生人群中漫步，是巴黎都市审美现代性的体验者，试图在转瞬即逝的生活中把握永恒的美。

费瑟斯通认为，波德莱尔熟悉的现代都市生活也是本雅明的《拱廊街研究》(The Arcades Project)的主题。本雅明的巴黎研究采用了以片段研究整体的方法。本雅明强调现代性体验，他所看到的现代性是一种巴黎都市经验：瞬间变化经验，碎片经验，商品和商场经验，街道和人群经验，车间和厂房经验，所有这些经验都是新奇和梦幻的。正是在新奇和梦幻的意义上，它们才是现代的产物，而巴黎街头的游荡者承载了这些现代经验。波德莱尔和抒情诗成为本雅明捕捉现代经验的核心。在"光晕"（aura）消殒的"大众文化"语境中，绘画演变成广告，建筑演变成技术工程，手工艺和雕塑演变成机械复制艺术。游荡者不动声色地对周边的花花世界作寓言式的观察，他们漫步在巴黎拱廊街，必须对扑面而来又很快消失的各种意外现象快速反应，本雅明将之称为"震惊体验"。游荡者出没于人群中，却并非要与芸芸众生同流合污，他们不断克服震惊体验，成为新兴都市生活的当代英雄。

哈维借助巴尔扎克的《人间喜剧》(The Human Comedy)来描述现代经验。他所描述的现代经验和本雅明有相似之处：麻木的感知，游荡者在人群的漩涡中绘制城市地图，丰富的巴黎街道展示，拜物教盛行，偶然、短暂的互动和接触，未来时间和过去时间在现在汇聚。对于本雅明来说，空间受制于个人的目光和脚步，而哈维的巴黎现代性经验有其特殊性：外省人身份的隐去，对乡村的拒斥，巴黎道德秩序在空间模式中的再现，社会关系在社会空间中的镌刻，资产阶级价值观的虚构和空洞，追逐金钱导致的对亲密关系的压制，席卷一切的资产阶级的欲望、野心和抱负，流通资本的绝对主宰。哈维特别强调巴黎内外空间的关系以及巴黎的政治经济关系。他从空间生产的角度看待经济生产与都市大规模改造。正是从资本主义时代开始，商品生产变成空间生产，空间被有意图地生产出来，"空间也是资本在其上流通和运转的媒介，是各种权力竞技和角逐的场所，是各种政治经济奋力捕获的对象"（汪民安，2010：IX）。十九世纪中期巴黎的庞大改造工程就被哈维视为"空间生产"。从本雅明到哈维的转变，就是从空间体验到空间生产的变化。

2.2.3 乡村和城市叙事

威廉斯被誉为二十世纪中叶英语世界最重要的马克思主义文化批评家，是文化研究的重要奠基人之一。1954年，威廉斯在与迈克尔·奥罗姆（Michael Orrom）合作的《电影序言》（*Preface to Film*）中创造了"情感结构"（structure of feeling）这个术语，作为分析艺术表达与社会变迁之间关系的工具。用威廉斯的话说，情感结构"如同'结构'一词所暗示的那样，它是稳定和确定的，但是它作用于我们的活动的最微妙和最不可捉摸的部分。在某种意义上来说，这种情感结构是一个时期的文化：它是社会总体中所有成分的特殊的现存结果"（Williams，1961：64）。情感结构用于描述身处特定时代背景下人们的情感感受，它们隐藏在日常生活的肌理之中，是一种连接个人、群体、社会的纽带，一种复杂而矛盾的共同的认识经验。威廉斯把情感结构扩展到文化领域，成为社会批判的一种方式。

在《乡村与城市》中，威廉斯以英国文学中根深蒂固的乡村怀旧为起点，分析城市与乡村的文化形象，并将之与资本主义社会的整体发展过程联系起来，揭示出"乡村"和"城市"对立的实质。威廉斯发现英国社会和文学中充斥着"田园牧歌"的神话。他从古希腊诗人赫西俄德（Hesiod）的《工作与时日》（*Works and Days*）谈起，指出严格意义上的田园诗在公元前三世纪出现，这一传统而后在维吉尔（Virgil）的《牧歌》（*Eclogues*）中得到沿袭。威廉斯集中驳斥了诗人本·琼森（Ben Jonson）描绘的"快乐的英格兰""黄金时代"等缅怀旧日乡村的错误观念，严厉批评了把乡村戏剧化和浪漫化的学者。威廉斯认为,乡村不等同于落后和愚昧,城市也并不必然代表进步,因此,城市无法拯救乡村,乡村也拯救不了城市。在"一个被体验为紧张状态的现在",乡村与城市的对比被"自然地"用来确认"我们内心各种冲动的悬而未决的分裂和冲突"(Williams,1973:297)。

威廉斯对田园诗的研究揭示出英国封建社会解体、资本主义扩张时代诗人们对旧秩序和新秩序的复杂情感。他们描绘十八世纪以来退隐乡村的理想化生活,不再表达对"变迁"和"逝去"的深切和忧郁的意识,而是建立起一种新的"追忆结构传统",一种根植于历史发展进程却又不同于主导性社会价值观的感觉经验世界。

在支配田园诗的现实政治经济学中,温情的道德面纱背后掩盖的是卑鄙的权力,井然的等级秩序和经济关系背后是赤裸的征伐和掠夺。从封建忠贞和义务桎梏中解放出来的现代人,面临的变化是物质主义取代了以人为中心的价值观。威廉斯在文学和历史两种文本之间游走,始终将宏观时代背景的分析融于细致的文本解读,超越文学表征的假象,揭示背后的权力运作,进而达到社会批判的目的。乡村和城市的变迁不仅是地理空间的改变,也是生活方式和情感结构的变化,而社会权力是潜伏在背后的根本驱动力。"资本主义,作为一种生产形式,(主导了)乡村和城市的大部分进程。其抽象的经济动力、社会关系对经济的强调、关于增长和盈亏的标准,几个世纪来始终在改变着乡村,并创造了当下的城市。而其最终形式,帝国主义,则改变了整个世界"(Williams,1973:302)。

威廉斯从圈地运动开始追溯英国乡村的衰落,并将其归结为工业化的后果。圈地运动使大量农民失去耕地,日益严重的贫穷使农民离开乡村,成为城市建设的重要力量。乡村最终沦落为工业资本主义阴影中的乡村。威廉斯用托马斯·哈代(Thomas Hardy)的作品对此过程作了诠释。通过接受新观念的"游子""还乡",哈代记录了新旧变革期间两种观念的冲突。受到新观念教育的主人公和乡村有了隔阂,但迫于家庭的纠葛又和乡村纠缠在一起，无从逃避。在《远离尘嚣》(*Far from the Madding Crowd*)中，毁掉加布里埃尔·奥克(Gabriel Oak)的不是城市主义，而是小资本农业。

对于英国的城镇化，D. H. 劳伦斯(D. H. Lawrence)有过激烈的控诉。在他看来，城市是丑陋、体制弊端和贪欲的根源，而工业主义和财产占有是死亡的征兆。他在一种近似原始主义的激情下，呼唤人与自然、男人与女人的亲密关系，希望回归古老的农业英国。威廉斯认为劳伦斯对工业文明的尖锐批判和他对过去的憧憬，暴露了他反民主、反教育和反对劳工运动的反动政治倾向。

威廉斯主要以伦敦为例来展示城市的黑暗与光明。现实的逐利行为、资本榨取的决心取代了温情的道德，成为主导的情感结构。他列举了查尔斯·狄更斯(Charles Dickens)和伊丽莎白·盖斯凯尔(Elizabeth Gaskell)的作品，认为他们的作品描绘了城市中的阶级对立。狄更斯的作品反映了对城市下层阶级既同情又批判的矛盾态度，他们被视为不稳定和不安全的因素，被看作一群随时会被煽动起来挑战社会秩序的暴民，代表着都市中存在的黑暗的现实。到了十九世纪八九十年代，"最为黑暗的伦敦"成了一个习惯性称号，尤其以伦敦东区为标志，"伦敦的黑暗和贫穷现象占据了主导地位，在文学和社会思想中都处于中心位置"(Williams, 1973: 221)。然而伦敦依然是"光明"之城，表面上被城市灯光照亮，进而被引申为耀眼和强势的大都市文化，"不是靠怀旧性的纯真，而是靠自觉的进步，通过教育、科学和社会主义"(230)。

随着英帝国的扩张，资本主义将现代意义上的城市化推向了全世界，将遥远的地方变成了工业英国的"乡村地区"。在盖斯凯尔的小说《玛丽·巴顿》(*Mary Barton*)中，威廉斯看到，解决英国本土贫困的方法就是向殖民地移民，殖民地由此变成新的田园诗式的、逃避城市危机的场所。实际上，大都市伦敦在把现代性推向殖民地的时候，其自身的现代性也被作为"乡村地区"的殖民地所塑造：一方面印度城市的现代性常常被看作殖民统治的后果；另一方面，伦敦这样的宗主国中心城市依靠殖民地的财富和劳动形成了现代性——伦敦的现代性有赖于印度的现代性（哈莫：86）。

十九世纪八十年代后，将英格兰视作"家"的观念得到了长足的发展。一方面，英国的绿色乡村和殖民地的炎热、荒芜形成对比；另一方面，英国乡村的归属感和殖民统治的紧张以及异域的孤立形成对比。此时，处于工业化和城市化影响下的英国乡村成为那些在海外奋斗的游子的精神归宿，伦敦则被视为至高无上的首都。从大都市的角度出发，英国的乡村和城市都被赋予了新的内涵。

在《现代主义的政治——反对新国教派》(*The Politics of Modernism: Against the New Conformists*)中，威廉斯进一步探讨了大都市和现代主义的关系。他从英国维多利亚时期由工业化到都市化的进程中，来考察现代主义的演化。在他看来，在大英帝国的强盛时期，现代主义也随着大都市的发展而成长起来。构成现代主义的各种运动"是公共媒介的各种变化的产物。这些媒介（技术发明调动了它们），以及指引发明并表达其关注领域的各种文化形式，出现于新的大都市之中……它们将本身显现为一门没有边界的艺术的跨国首都"（威廉斯：51）。威廉斯从这一时期的英国文学中总结出五个主题：现代城市的陌生人，城市中的孤独与异化，对城市"不可预测"的不同解释，工业城市中的新团结，城市的活力、变化与自由。大都市促成了现代主义、先锋派的成长，而现代主义又影响了大都市的文化状况。具有文化影响力的大都市又往往是技术上先进，经济上占主导的现代辐射性城市。大都市让现代主义和帝国主义建立了联系，这让现代主义吸收各种从属文化成为可能。大都市的开放性让文化变化更为迅速、混杂，语言也成为媒介的一种，推动了大都市的文化可变的惯例意识。

2.2.4 大都市与精神生活

波德莱尔和威廉斯都留意到,对现代都市新特性的感知往往令人联想起一个人独自在街头漫步的形象。本雅明则认为"巴黎人疏离了自己的城市,他们不再有家园感,而是开始意识到大都市的非人性质"(转引自唐晓峰:Ⅴ)。理查德·森尼特(Richard Sennett)对城市作了一个经典定义:"城市就是一个陌生人可能在此相遇的居民聚居地"(Sennett:39)。最典型的服务于消费的公共空间就是购物中心和大型商场,在所谓的购物天堂里,人们"戴着公共面具"礼仪客套,相互设防,又在表明独来独往的希望,掩饰并保护自己(264)。人们的相处情形就是陌生人的相互遭遇,也是鲍曼眼中"不合适的相遇"(mis-meeting)(鲍曼,《流动的现代性》:95),一种无谓的相遇,因为它既没有过去,多半也没有将来。消费社会的居民对待人际关系的态度是节制的、轻描淡写的、不愿投入的、马上遗忘的。

齐美尔更关注现代都市中人们的精神状态,也就是现代之于个体人格的影响,他认为现代性的本质是心理主义的。他对十九世纪晚期大都市和精神生活的研究表明,现代都市文化在令人目眩的物和经验中带来了特有的精神与社会混乱。齐美尔在其代表作《大都市和精神生活》("The Metropolis and Mental Life")中提出,城市中的精神生活以冷漠、保留、漠不关心的态度为其特点。齐美尔把神经紧张看作"现代、尤其是最近的时代"的一个特征。"我们的意识觉察不到的"神经衰弱症,根植于"和自然不断增加的距离,以及以货币经济为基础的城市生活强加给我们的极端抽象的存在"(Simmel,1978:479)。

齐美尔创造了理性面具的概念,认为正是这种把冷漠当作保护机制的概念具有某种理性。他将对外界刺激的吸收和反应能力视为现代城市人的生存技能。货币经济的发展强化了一种理性思维,即将质的差异简化为量的差异,提倡精打细算,弱化了情感依附和私人关系。这导致了一种特有的现代情感:"生活没有意义,我们在一种尚属初级阶段、仅由粗浅工具构成的某种机制的驱使下四处奔忙，我们永远不可能把握构成生活意义的终极与绝对"(齐美尔[1]: 140)。齐美尔把它归结为一种"腻烦态度，首先是由神经的急剧变化和高强度的正反两方面的刺激引起的……无休无止地追欢逐乐使得人们腻烦，因为它太长时间将神经激发到最强的反应状态，最后反而造成神经完全停止反应"(Simmel, 1969: 193)，或是导致一种"自保式的算计和高傲的卓尔不群"(汪民安，2005: 5)。本雅明从齐美尔那里了解到，城市人对城市生活的震惊无动于衷，对城市带来的既荒唐又令人震惊的事物漠不关心。本雅明在城市的废墟中，在城堡和教堂中，包括曾经时髦的巴黎拱廊下，发现了前几代人的梦，我们可以认为本雅明描写的是人们在现代性中所经历的异化。

鲍曼认为，经过网络社会和虚拟关系训练的人们沉迷于不附加任何义务和责任的关系。技术进步在人类交往中产生的最大后果就是"虚拟邻近"，也就是使沟通和交流摆脱了对"身体邻近"的依赖。鲍曼总结说，"虚拟邻近的到来，使得联系同时变得更频繁而肤浅、更热切而简短。联系往往太肤浅、太短暂而无法淬炼成纽带"(鲍曼[2], 2007: 128)。在专门讨论人际纽带脆弱性的著作《液态之爱：论人际纽带的脆弱》(*Liquid Love: On the Frailty of Human Bonds*)的前言中，鲍曼强调这本书的主角就是没有纽带的人。

鲍曼继而指出，身处充满不确定性的当代社会，我们不知不觉间发明了一种寄托理想与慰藉的方法，即回到过去。这种怀旧情绪之猛烈，已然在全球范围内形成一股怀旧思潮。鲍曼在《怀旧的乌托邦》(*Retrotopia*)中引用哈佛大学教授斯维特拉娜·波伊姆(Svetlana Boym)的观点，认为到了二十一世纪，全球都在流行怀旧病，"越来越多的人渴望拥有一种集体记忆的共同体情感，渴望在一个碎片化的世界中获得一种连续性"，这

---

1 该引用文献又译为西美尔。
2 该引用文献又译为包曼。

种怀旧是"身处生活与历史加速剧变的时代中的人们的一种防御机制"(转引自鲍曼,《怀旧的乌托邦》:5)。在现代都市中,受到愤怒折磨的人群数量不断增多,而他们往往缺少一个有效的、明显的发泄出口。

鲍曼把当代流动的现代社会视为焦虑的、压抑的、精神性疾病高发的社会。在鲍曼看来,在现代历史的个体解放与自由的背后,实际上是一场征服不确定性和对抗恐惧的战斗。身处这样一个社会,个人只能成为孤独的狩猎者。和固态现代性的"园丁"热衷于未来的美好世界不同,他对世界的态度是漠然的(鲍曼,《流动的现代性》:115–116)。狩猎者沉迷于追猎过程,其生活是多种打猎片段的集合,注定是虚幻的、短视的、插曲化的,从中无法产生现实的思想、计划、意义和希望(许小委:203)。

2.2.5 小结

现代性的都市体验凸显对瞬时性的唯一追求,它从时空的变化开始,造成时空压缩的状况。巴黎的改造是现代性进程的一个重要案例,在这座现代性之都,波德莱尔笔下的游荡者在大都市的人群中体验现代性,在瞬间感受永恒。哈维试图将都市的空间生产同现代性概念连接起来。"哈维的巴黎是对本雅明的巴黎的补充……本雅明的巴黎,看上去像是美学;……而哈维的巴黎,是政治经济学……本雅明的拱廊计划无法效仿,而哈维的研究可以说[是]历史地理学的完美一课"(汪民安,2010:XIII)。威廉斯从主体的情感结构着手,考察了英国乡村如何随英国都市化的发展在文学中成为一个持续变化的主题,描述工业社会的一整套生活方式带来的鲜活而微妙的感受,最终形成特定时代背景下人们共同的认识经验。随着技术的高度发展,大都市给人们带来生活便利的同时也造成精神症状,齐美尔和鲍曼的研究为我们揭示出资本主义经济下都市人的冷漠、恐惧、焦虑、愤怒,而这一系列精神症状目前仍找不到理想的解决方案。

2.3 现代性与后现代性

在《后现代性的起源》(*The Origins of Postmodernity*)中，佩里·安德森(Perry Anderson)清晰地展现了西方后现代性的来龙去脉。"后现代性"这个名词最早见于二十世纪三十年代的西班牙文坛，弗雷德里科·德·奥尼斯(Federico de Onis)用这个词描述现代主义内部一股保守的逆流："回避难以遏制的抒情性挑战，抑制情感，极力追求细节和反讽式幽默"，并能够全新而真实地表现女性(安德森：2)。但当时它的出现没有产生广泛影响。直到二十年后，这个术语出现在阿诺德·汤因比(Arnold Toynbee)的历史时期划分中。在《历史研究》(*A Study of History*)第八卷中，他以普法战争为界，将此战争开启的时期称为"后现代时代"。他认为一旦西方社会制造出足以主导社会的资产阶级，这个社会就进入"现代"了；而到了后现代时代，中产阶级不再掌权(Toynbee：338)。1951年，美国诗人查尔斯·奥尔森(Charles Olson)提出，二十世纪的上半叶是现代，下半叶就是后现代。他还特别指出后现代的动力不是来自西方，而是来自第三世界。他在1949年为中国写下名为《翠鸟》(*The Kingfishers*)的长诗，全诗贯穿着"光明在东方"这样一种情绪。

伊格尔顿区分了后现代性和后现代主义两个概念。他认为后现代性是一种思想风格，怀疑关于真理、理性、同一性的经典概念，怀疑关于普遍进步和解放的观念，怀疑单一体系、大叙事或者解释的最终根据。它发生在西方向着以技术运用、消费主义和文化产业为特征的短暂、无中心化世界转变的进程之中。后现代性认为这个世界偶然又多样、易变又不确定。而后现代主义是一种文化风格，它以一种无深度、无中心、反讽、自我戏仿、游戏、折中主义、多元主义的艺术反映这个时代性变化的某些方面，它模糊了高雅文化和大众文化之间、艺术和日常经验之间的界限(伊格尔顿，"前言"：1)。可以说后现代主义是一个充满内在矛盾的幻象，既是对现代主义精英文化的一种反驳，一种艺术的民主化，又被斥责为艺术向现代资本主义社会的犬儒化和商品化的全面投降。

直到二十世纪七十年代,后现代的观念才得到广泛的传播。1970年秋,《疆界2》(boundary 2)创刊号在宾厄姆顿出版,副标题就是"后现代文学杂志"。[1] 戴维·安廷(David Antin)为创刊号定下基调,在《现代主义和后现代主义:美国诗歌现状研究》("Modernism and Postmodernism: Approaching the Present in American Poetry")一文中,他扫视了包括艾略特、W. H. 奥登(W. H. Auden)在内的几乎所有经典诗人,也猛烈批判庞德,指出他们的狭隘和退化的传统。《疆界2》的早期撰稿人之一伊哈布·哈桑(Ihab Hassan)考察了后现代主义的迹象,如地球村、纪实小说和偶生艺术、对传统形式的戏仿、暂时性特征和综合性艺术等,并把它们概括为"精神无政府状态",认为它们戏谑性地颠覆了现代主义超然离群的真实性。后来哈桑又运用福柯的知识论断裂观念说明,在德国物理学家沃纳·卡尔·海森堡(Werner Karl Heisenberg)和哲学家尼采之后,科学和哲学领域也出现了类似转变。他总结说,后现代主义的内在一致性在于"不确定性和内在性的作用"(转引自安德森:18)。哈桑首次将后现代扩大到艺术领域,并指出了后来被广泛接受的派系区别。当他在1987年末为自己的《后现代转向:后现代理论与文化论文集》(The Postmodern Turn: Essays in Postmodern Theory and Culture)写导言时,他认为后现代主义已误入歧途,"陷入了意识形态的无谓争斗和非神秘化的无聊琐屑,陷入了它自身的低劣与做作。它已经变成一种折中主义的戏弄"(哈桑:36)。按照詹明信的说法,所谓文化上的现代和后现代与西方经济历史的发展相关,后现代阶段始于1960年前后。詹明信于1985年来北京大学讲授后现代文化理论,对于后现代主义在中国的传播起到了中介作用。

1980年,哈贝马斯在法兰克福接受阿多诺奖时发表了题为《现代性:

---

[1] 参见https://www.boundary2.org/about-boundary-2/(2022年6月24日读取)。

一项未完成的设计》("Modernity—An Unfinished Project")的演讲,这篇演讲后来成为关于后现代的重要参考文献。哈贝马斯为后现代研究树立了一个对立面,却也因此产生了创造性的理论张力。在演讲中,哈贝马斯承认,诞生于波德莱尔时代的美学现代性精神以及新的时间意识都已经衰落了,先锋派也已然老去。现代性的启蒙规划有两方面的突破:一方面,它首次把科学、伦理、艺术与宗教区分开来,使它们有各自自主的价值领域和规范;另一方面,它将这些解放了的领域的潜能释放进日常生活的主体变化中,并使其相互作用。哈贝马斯评论这是走入歧途的规划,每个领域非但没有涉足日常交际的共同资源,反而发展成限于小圈子的专门之学,因此现代性规划还有待于实现。他认为我们有必要用讲述共同经验的语言来表现每一个价值领域内的专门文化,然而这却不利于使生活世界免受市场力量和官僚行政部门的侵犯。在哈贝马斯看来,后现代的标志就是生活世界被拓殖。安德森评论哈贝马斯的现代性"规划"是专门化和大众化的矛盾组合,不是尚未结束,而是无法实施。

2.3.1 后现代话语思想资源:尼采、海德格尔、维特根斯坦

按照陈嘉明的观点,从哲学的角度来看,尼采、海德格尔以及路德维希·维特根斯坦(Ludwig Wittgenstein)的后期哲学构成了后现代话语的思想资源(陈嘉明,2006:132)。哈贝马斯一方面声称现代性构想还没有完成,另一方面将尼采哲学看作"步入后现代的"转折。他把尼采的《悲剧的诞生》(The Birth of Tragedy)称为后现代性的开山之作,尼采由此被视为后现代主义哲学的鼻祖。尼采首先对现代性的权威——理性进行批判,反对将理性作为人的本质。尼采寻求一个"理性的他者",即艺术的酒神精神,重新定义"生命"这一最高价值,从根本上说为的是恢复人的自然本性,以象征旺盛生命力的权力意志的新哲学来形塑一种反传统道德与价值、具有超强个性与创造力的"超人"。可以说,尼采是要用"生命"来颠覆"理性"。

尼采用虚无主义把握与刻画现代性的根本特征。他把虚无主义分为消极的虚无主义和积极的虚无主义。消极的虚无主义将会瓦解各种价值，导致精神力量的下降，"虚无主义运动只是生理颓废的表现"（尼采，1991：679）；他宣称"上帝死了"，以上帝为代表的基督教最高价值就此瓦解，同时指出柏拉图式的理念世界的崩溃。积极的虚无主义能够帮助精神的力量得到迅速的提升，能够作为巨大的破坏力实现精神力量的最大值，因此"可以作为强力的象征"（280）。尼采提出重估以往一切价值，以"超人"的气势形成一种全新的价值体系。

尼采返回理性他者式的现代性救助实际变成了一种通过审美活动克服现代性难题的理论尝试。尼采希望回到伟大、自然而充满人性的古希腊，用神话克服现代性的弊端。他寄希望于经过审美革新的酒神神话，用它来克服虚无主义。在希腊神话中，酒神象征的是醉狂、激情、音乐、想象、生命、本能、矛盾。"酒神精神"是一种解放了的精神，"肯定生命，哪怕是在它最异样最艰难的问题上；生命意志在其最高类型的牺牲中，为自身的不可穷竭而欢欣鼓舞"（尼采，1986：334）。

尼采的现代性批判最为关注的是"现代灵魂"，即构成现代性核心的人的精神和意识。在他看来，现代人之所以处于一种颓废的状态，是因为现存的道德基调宣扬逆来顺受，使人丧失自己的意志，造就的人格是卑顺与怯懦的混合体。"一个有道德的人就是低贱的种类"，因为他不具备独立的价值；这种没有个性、缺乏创造力、生命力颓败的人，尼采称之为"末人"（尼采，1991：338）。相反，他推崇"超人"，因为超人勇于重评一切道德价值，勇于向传统观念挑战，具有鲜明个性与非凡创造力。超人将权力意志充分予以发扬。然而，尼采把人分为高贵的"超人"和低贱的"末人"，视前者为理想而鄙视后者为"群氓"，这种"等级制"观念就为种族主义、法西斯主义提供了理论上的根据。

海德格尔被看作后现代的先驱，他的哲学是一种"存在哲学"，也构成后现代主义的重要思想资源。他把现代看作一个"世界图像的时代"。

"世界之成为图像，与人在存在者范围内成为主体是同一个过程"（海德格尔：902）。也就是说，存在者作为与人相对立之物，被强行纳入一种与人的关系之中，即一种表象与被表象的关系，其中人是表象者，是主体，而世界对象是客体，是被表象者。世界成为图像和人成为主体对于现代的本质来说是具有决定性意义的两大进程。

正由于人自视为主体，世界才成为被摆布与征服的对象。达到这一目的主要依靠的是技术的手段。海德格尔把现代看作一个"作为技术的世界"而存在的时代，把现代性归结为一种"无家可归"状态：它源于对存在的遗忘而导致的技术统治人的状况，而不是人统治技术。海德格尔把技术的本质解释为"座架"："我认为技术的本质就在于我称为'座架'的这个东西中……座架的作用就在于：人被座落在此，被一股力量安排着、要求着，这股力量是在技术的本质中显示出来的而又是人自己所不能控制的力量"（海德格尔：1307）。在技术社会中，人被放置在某种"座架"，即某一种境遇、某种既定的生存方式中，被命运所摆弄，身不由己。由此，他把现代社会的特征归结为技术的统治，在批判技术座架作用的同时，也对主体性进行了批判。

和尼采相似，海德格尔推崇"艺术是神力和宝藏"（海德格尔：955），他希望把人从技术崇拜引向艺术崇拜。在《存在与时间》中，海德格尔用"解蔽"来表示真理的去蔽、展示的性质，艺术本身就是一种解蔽，它表现的是事物的真实性，而真理也是真实的本质，是存在者的"袒露"。因此，艺术成为他摆脱技术的座架命运的寄托。

海德格尔强调精神是世界的根本，也是人存在的根本。他认为欧洲存在严重的危机，集中表现在对精神力量的剥夺。对精神的误解表现在四个方面：

> 一是把精神曲解为智能……而没有看到精神不仅是智能的源泉，而且也是肉体之力与艺术之美的源泉，是它们的承载者与统治者；二

是，与此相关联，精神就沦为其他事物的工具的角色……；三是，用这些工具及其产生出的产品一起被想象为文化的领域，精神的世界变成了文化，科学成了一种仅仅获取知识与传授知识的技术的、实用的事务；四是，作为为目的而设的智能的精神与作为文化的精神最终就变成了人们用来装饰的奢侈品与摆设……（陈嘉明，2006：177）

关注存在是海德格尔哲学的"终极关怀"。存在论优于认识论。他斥责主体性形而上学为遗忘存在的虚无主义，继而把哲学的关注引向人的生存，为的是解救欧洲的时代命运，把它从技术座架所摆弄的命运中，从遗忘存在的虚无主义的精神危机中解救出来。他引用弗里德里希·荷尔德林（Friedrich Hölderlin）的诗句"人诗意般地栖居"，来表达他所憧憬的理想生存状态。

后期维特根斯坦的"语言游戏"哲学在思维方式上突破了概念的同一性问题，它认为概念所表达的并不是某种"同一"的东西，而只是"家族相似性"。根据维特根斯坦的说法，所有的语言现象和"游戏"现象并不存在一个"共同点"，这也就意味着不存在事物的共同本质；相反，人们应当重视现象的差别，把握事物的多样性和异质性。这一观点被利奥塔视为"后现代知识的法则"（利奥塔，1996：31）。

在思想方式上，维特根斯坦提醒人们注意日常生活形式在认识论中所起的作用。在语言意义的形成过程中，概念不以抽象的方式出现，而总是"具体的"。想要把握先于一切经验的"世界的先验秩序"的企图，实际上是我们思想的一种"幻觉"（陈嘉明，2006：131）。维特根斯坦放弃了传统理性主义的思考方式，走向语境主义，从同一性思维转向差异性思维，这是后现代思潮的趋向和形成特点所在。

2.3.2 后现代主义哲学理念的主要阐释者：利奥塔

当代法国著名哲学家利奥塔被公认为后现代主义哲学理念的主要阐释

者，在其《后现代状况：关于知识的报告》中，他把"元叙事"视为"现代性的标志"，将后现代定义为"不相信元叙事"，而"合法性"成为现代性与后现代性之争的核心问题。现代性标志着一种"元叙事"，或者说一种"宏大叙事"，它"确切地是指具有合法化功能的叙事"（利奥塔，1997：169）。利奥塔列举的元叙事包括自由、启蒙、精神辩证法等。"合法性"问题一般认为是当代德国哲学家哈贝马斯提出的。他认为晚期资本主义社会之所以产生合法性问题，是由于国家干预经济领域，介入生产过程，负担起越来越社会化生产的公共费用。哈贝马斯从社会学层面提出合法性问题，而利奥塔将现代性的合法性问题上升到哲学层面，归结到"元叙事"，即形而上学理念，认为现代性的合法性在于它被认为对人类有普遍的指导意义。

利奥塔提出，现代性的合法性是由元叙事赋予的，因此随着宏大叙事本身产生信任危机，现代性也就产生了"合法化"危机，甚至可能会导致现代性事业的毁灭。合法性丧失集中表现在两个方面：一是科学和技术的发展并未给人带来更大的自由，更多的公共教育或者更多的公平分配的财富；二是在"民族"理念的作用下，不同民族的人们试图用争论和战争来确立各自的民族理念。利奥塔认为德国法西斯屠杀犹太人就是一个典型的例子，在他看来，"奥斯威辛"不但代表着现代性的合法性的丧失，而且代表着现代性本身的"毁灭"与"清算"。

利奥塔认为后现代不相信元叙事。元叙事之所以产生危机，原因在于知识的"非合法化"根源，以及十九世纪的宏大叙事本身所具有的虚无主义因素。在利奥塔眼中，后现代的到来与贝尔和阿兰·图海纳（Alain Touraine）从理论上阐述的后工业社会紧密相连。在后工业社会里，知识成为主要的经济生产力，超出民族国家的界限。科学也只是其中的一种语言游戏。利奥塔把知识主要分为叙事知识和科学知识，讨论其性质及合法性问题。叙事知识具有评判事件与历史、社会的功能，以及自我合法化的功能；科学知识由一些命题组成，这些命题必须是论辩性的，需要以论据为基础，并给出相关证明。

"科学自身合法化的基础建立在宏大叙事本身的两种形式上。第一种宏大叙事形式源于法国大革命，它讲述了一个人类借助于认知进步而成为自身解放的英雄能动者的故事；第二种宏大叙事形式源自德国唯心主义，讲述了一个逐步展现真理的精神的故事"（安德森：26-27）。知识借助元叙事来获得合法化，这里的元叙事就是指政治叙事（自由叙事）和哲学叙事（思辨叙事）。自由叙事的本源是一种自律性的自由，也即卢梭在政治哲学层面上所论证的"公意"理论，以及康德从道德哲学层面加以深入论证的自由意志学说。这种知识的合法性将优先性赋予康德称为"道德命令"的语言游戏，即社会规范或法规的东西。利奥塔接着以亚历山大·冯·洪堡（Alexander von Humboldt）关于教育与科学的思想为例来说明思辨叙事。洪堡希望达到科学活动和道德行为之统一，这最终的综合构成了知识合法的主体。对洪堡来说，它代表着"思辨的精神"。在利奥塔看来，不论合法化采取的是思辨叙事还是自由叙事，在当今的后工业社会与后现代文化中都已处于一种"非合法化"的过程，他宣称，"合法性丧失早已是现代性的一部分"（利奥塔，1997：168）。另一方面，为权力服务的科学在效率上获得了新的合理性，但在后现代，科学真正的实效性在于制造谬误推理。叙事本身没有消失，而是变得更微小，代替宏大叙事的"小叙事保持想象创造最基本的形式"（Lyotard：60）。

在《后现代状况：关于知识的报告》中，利奥塔有关后现代合法化模式及其后现代思维逻辑的论述，是以维特根斯坦的语言游戏说为基础的。他高度认同维特根斯坦的语言游戏说，将之誉为后现代世界有关的一切。利奥塔概括了维特根斯坦的语言游戏说的三个基本规定：首先，语言游戏的合法性只能是游戏者之间的契约的产物；其次，没有规则就没有游戏；再次，每一种言说的方式都应当看作游戏的一种"步法"（move）。他主张游戏的多元性、异质性、平等性。

利奥塔用"悖谬逻辑"来表达后现代的思维方式。一方面他宣称现代的思维方式以"普遍性"为准绳；另一方面，利奥塔断言各种语言游戏的目的不是要追求达到"专家的一致性",而是要寻求"悖谬"。合法化是由这种悖谬逻辑达成的,因而构成"后现代知识的法则"的不是专家的一致性,而是创新者的悖谬推理(利奥塔,1996:31)。哈贝马斯把"共识"作为民主政治的合法基础,而利奥塔提出"局部决定论",指出有关游戏规则的任何共识、任何"步法"都必须是局部的,在特定时空有效,以此反对"共识论"与"系统论"。共识是科学探讨的一个特殊状态,而非其目的;相反,科学探讨的目的是寻求悖谬(186)。共识和异识是相对的。利奥塔强调,科学研究中重要的是对异识的探求,并把它界定为语言游戏的目的。语言游戏的异质性,以及在规则的形成与采用上的局部决定论共同构成了利奥塔的悖谬逻辑的基本内涵。利奥塔的悖谬逻辑反对的就是追求总体性、普遍性、确定性的哲学思想方法。他对总体性哲学的反对具有强烈的政治思想背景,其中最根本的就是对"极权主义"政治的极度痛恨与猛烈批判。

《后现代状况:关于知识的报告》是第一部将后现代性当作人类所处境况普遍变化的著作。利奥塔用天体物理学勾画出一个"后现代寓言",他把资本主义视为一种象征。作为一种制度,"资本主义的热源不是劳动力,而是能量本身,物理现象";作为一种象征,"资本主义从无限的理念(the idea of infinity)里获得力量"(转引自安德森:34)。"资本主义的原动力不是渴求利润或人类的什么欲望,而是作为反熵(neguentropy)的发展"(安德森:36)。安德森犀利地指出,"被宣布为宏大叙事死亡的后现代状况,结果在发展的寓言中得到了永生的复活"(37)。

2.3.3　马克思主义后现代理论家:詹明信

詹明信是当代美国马克思主义文化批评家和后现代理论家,他明确肯定后现代社会,并将它与晚期资本主义阶段相对应,认为这是一个与战前的旧社会彻底断裂的新型社会(詹明信,1997:418)。詹明信把后现代社会的出现时间定在第二次世界大战之后,称之为"后工业社会""跨国资本主义""消费社会""媒体社会"等。

詹明信的后现代理论建立在有关"晚期资本主义"这一分期的根据之上。"晚期资本主义"的理论来源是欧内斯特·曼德尔（Ernest Mandel）的《晚期资本主义》（Late Capitalism）一书。根据曼德尔的论述，资本主义的第一阶段是市场资本主义，第二阶段是帝国主义的"垄断式的资本主义"，第三阶段是当代的"晚期资本主义"。与资本主义三阶段论相对应，詹明信提出资本主义文化分期的三类型论，即"现实主义""现代主义"与"后现代主义"。他又借用法国哲学家吉尔·德勒兹（Gilles Deleuze）和皮埃尔-费利克斯·瓜塔里（Pierre-Félix Guattari）的"解码""重新编码"和"精神分裂"三个概念，分别对应三个文化分期："解码"的时代对应现实主义；"重新编码"的时代对应现代主义；患精神分裂症而要求回归原始时代的理想恰恰代表了后现代主义一切新的特点（詹明信，1997：282–283）。十九世纪的现实主义提倡"再现"美学，认为认识主体能够接近现实，并且现实是可以再现的。现代主义的特征是"符号"和它的指涉物之间的分离，与之相随的是符号和文化本身的自主性的出现，但詹明信认为这种符号的自主性还只是一种"半自主性"。后现代主义对应跨国资本主义的或者说失去了中心的世界资本主义的阶段（286–287）。符号达到完全的自主，只是纯粹的能指本身所有的一种新奇的、自动的逻辑，即文本、文字、精神分裂者的语言。詹明信用"精神分裂症"来描述后现代主义的符号的任意性。他把精神分析症视为后现代文化理论中"一个非常流行的主题"，并举出后现代文学的典型例子——法国的"新小说"。这种文学以一种零碎的、片段的形式出现，表现为意象的杂乱堆积，詹明信视之为一种"东拼西凑的大杂烩"（292）。

詹明信将后现代文化的特征归纳为商品化、平面化、零散化以及情感的消失。其一是文化的商品化，它抹掉了以往高雅文化和通俗文化、纯文学和通俗文学之间的差别，矫揉造作成为文化特征。其二是詹明信称之为一切后现代文化最明显特征的"无深度感"，即浅薄化。"影像"（image）与"拟像"构成后现代主导性的文化形式，在削平思想的深度之后，后现代主义专注的只是符号、文本字面上的肤浅意义。其三是"主体""自我"及其"情感"的消失。詹明信认为，如果我们用"疏离和异化"来刻画现代世界的主体状况，那么进入后现代状况后，则应当用"主体的分裂和瓦解"来描述(陈嘉明，2006: 276-278)。

最初，詹明信把后现代主义看作现代主义内部一种内在拆解的标志，补救方法是一种新的、有待于想象出来的现实主义。这种思想显著体现在他的论文《文本意识形态》("The Ideology of the Text")中。他宣布"现代时代业已结束"，有一条质的分界线把我们与二十世纪初现代主义的新世界分离开来，这就是"文学和艺术里的后现代主义"(Jameson，1988: 17-18)。詹明信认为罗兰·巴特(Roland Barthes)的《S/Z》(*S/Z*)可被解读为现实主义和现代主义论争的重演。巴特把文本划分为可读和可写的两种对立文本，这种二元性鼓励了对现实主义叙事的苛评。詹明信提出对这类评价最好的矫正方法就是"补充第三个术语，将这个二元对应历史化"(31-32)。他认为现实主义和现代主义必须被视为它们分别对应的社会经济结构(即古典资本主义和消费资本主义)的表现，詹明信后来修改了自己的论述，"我们试着用不同的方法去置换前资本主义(古典的)的叙事形式，即引进第三个术语，可以说这个术语处在时间光谱的另一端。事实上，后现代主义吸收了巴特式美学的所有特点"(66)。

早在二十世纪七十年代初，詹明信就出版了一部全面概括西方马克思主义的著作《马克思主义与形式》(*Marxism and Form*)，展示了西方马克思主义的多样性和统一性，他通过集中论述阿多诺、本雅明、马克·布洛赫(Marc Bloch)、马尔库塞、卢卡奇和萨特等人的观点，绘制出这一世系的美学性质。詹明信对后现代主义的理论化始于八十年代初，这是西方马克思主义的一座伟大知识丰碑(安德森: 74)。他把来自西方马克思主义的不同方法和主题融为一体。他的后现代主义论述第一次发展了资本的"文化逻辑"理论，同时勾画出这一社会形式的整体转变。安德森极为推崇詹明信，认为他把西方马克思主义传统推向了极致。在詹明信之后，任何一种重要的文化理论都必须涵括更多的资本文明,从而能够更加集中地描述当代生活状况,且更具政治意义(76)。詹明信总结说,后现代主义不是外加的而是内在的,是否定一切地理划分的全球系统的文化氛围。他推动论著从文字形式研究转向视觉形式研究,同时他的研究涉及欧洲以外的其他地区和文化,大大拓宽了后现代状况的文化空间。

迈克·迪尔(Mike Deere)在《后现代都市状况》(*The Postmodern Urban Condition*)中关注了列斐伏尔出版于1974年的代表作《空间的生产》以及詹明信的《晚期资本主义的文化逻辑》(*Postmodernism, or, the Cultural Logic of Late Capitalism*)——前者是以现代主义传统对空间加以分析的典范,后者则提供了后现代视野——揭示出列斐伏尔和詹明信之间的后现代的联系。"列斐伏尔理论的核心,是生产和生产行为空间的概念,换言之,'(社会)空间是(社会的)产物'"(迪尔:86)。列斐伏尔概括出研究空间生产的基本本体论构架,在此过程中,他强调了全球空间和区域空间不同层面的相互关联,这些空间被高度碎片化,并被多重符码化。他也提出了后现代性的空间变革,认为现代主义对时间的迷恋已经被后现代理论对空间的重视所取代。

詹明信把社会看作文本,空间概念也是詹明信后现代主义的核心所在,他认为后现代就是空间化的文化(詹明信,1997:293)。反之,"时间化"则是现代主义的一个术语,时间的体验构成现代主义的主导因素(陈嘉明,2006:281)。詹明信理论图景的核心思想是,我们正在体验人工空间中的某种变革,即后现代的"超空间"的生产。列斐伏尔和詹明信"都继承了马克思的传统,所关注的问题都突出了空间和生产方式的变革,都强调表象和日常生活,都认同通过以阶级为基础的政治来实现社会变革。与此同时,现代与后现代之间的传承也是不言自明的"(迪尔:109–110)。迪尔认为,詹明信的思想中至少有三个有助于我们对后现代社会作出分析的新重点,即超空间、文化、超符码化(110)。世界面临着一个新的全球性体系，"超空间"是对现实生活空间中所产生的"精神空间"的观感。后现代的超空间吞没了自我主体，主体最强烈的感受是一种深深的无奈。

2.3.4 小结

本节首先明确后现代话语的思想资源，总结了尼采、海德格尔和维特根斯坦哲学的共同点：反对西方传统的形而上学，反对理性主义，反对先验的思考方式，从而开后现代思想之先河。作为后现代主义哲学理念的主要阐释者，利奥塔探讨了知识和合法性问题，解构现代性元叙事，激活差异，向总体性开战，反对亚里士多德以来的形式逻辑，用悖谬逻辑表达后现代思维。马克思主义后现代理论家詹明信主要论述了晚期资本主义说、资本主义文化的三阶段说，以及后现代文化逻辑特征的"空间化""平面感""断裂感"。詹明信用"零散化"来描述主体消失的"后现代主义的病状"，除了表示自我的不复存在，它还表明自我已变成"无数的碎片"（陈嘉明，2006：284）。

2.4 现代性的中国面孔

没有一个国家能够单独实现现代化，体验现代性。查尔斯·泰勒（Charles Taylor）从文化角度来解析现代性，认为现代性不是单一的，而是"多重现代性"（modernities）。他主张一个民族可以面临多种可能的选择，因而产生自己的现代性模式，也就是说源自西方的现代性理论很难对中国、印度和日本等国家的现代性模式有主宰作用。如果说现代性理论已经脱离了西方霸权式的理论体系，那么多种现代性又如何各有其面貌？什么是中国现代性的面孔呢？

长久以来，五四运动代表着中国现代性的开端。它代表着现代中国的起点，革命精神的发祥，新文学的开端，以及旧思想的终结。周策纵的《五四运动史》(The May Fourth Movement: Intellectual Revolution in Modern China)于1960年问世，开海外"五四"研究之先声。在文学研究领域，夏志清的《中国现代小说史》以"优美作品之发现和评审"为己任，在中国现代文学感时忧国的大传统下，为"五四"一代作家的文学地位重排座次。李欧梵的《上海摩登——一种新都市文化在中国1930—1945》醉心于二十世纪三四十年代上海都市的声光化电，世故苍凉。

近年来，越来越多的中国学者认为中国现代性始于晚清，李欧梵的研究更是把中国的现代性上溯到晚明。和哈贝马斯一样，李欧梵认为直到当代，我们也没有解决现代性的问题。王德威在二十一世纪初提出"没有晚清，何来五四？"的诘问，在大陆学界引发诸多争议。刘小枫指出"中国问题"是指晚清士大夫看到的中国所遇"三千年未有之大变局"：中国社会制度和人心秩序的正当性均需要重新论证。

2.4.1　抒情现代性

王德威在《被压抑的现代性——晚清小说新论》中评估了中国晚清小说，具体时间段为从太平天国起义至清朝倾覆。他致力于讨论有关中国文学现代化的问题，特别是晚清文化的重新定位。晚清最重要的文类——小说——的发行多经由四种媒介：报纸、游戏、刊物杂志与成书。早在十九世纪七十年代，小说即为报纸这一新兴出版媒介的特色之一。晚清也是翻译文学大盛的时代。晚清小说研究的拓荒者之一阿英早已指出，晚清的译作不在创作之下，基于阿英的晚清小说目录，有论者稽考出479部创作，628部译作。近年陈平原就此统计，1899至1911年间至少有615种小说被译介至中国，包括狄更斯、大仲马(Alexandre Dumas, père)、小仲马(Alexandre Dumas, fils)、维克多·雨果(Victor Hugo)、列夫·托尔斯泰(Leo Tolstoy)等读者耳熟能详的名家的作品。至于畅销作家，则有夏洛克·福尔摩斯（Sherlock Holmes）的创造者阿瑟·柯南·道尔（Arthur Conan Doyle）、感伤奇情作家亨利·赖德·哈格德（Henry Rider Haggard），以及科幻小说之父儒勒·凡尔纳（Jules Verne）等。

清末重被发掘的稍早作品，如1877年发现的沈复的《浮生六记》，以及1878年付梓的张南庄的《何典》，显示出在文学传统内另起炉灶的意义。《浮生六记》描摹对情性自主的向往、《何典》夸张人间鬼蜮的想象，对二十世纪作家的浪漫或讽刺风格各有深远影响。《何典》依循以往话本小说生鲜活泼的市俗叙述，并点染极具地域色彩的吴语特征，自然可视为"五四"白话文学的又一先导。

"情"的辩证是晚清文论的重要议题之一。人们在寻求强国之道的同时，也同样在努力建构主体意识，而对"情"的重新认识便是题中应有之义。严复、夏曾佑的《本馆附印说部缘起》提出了"英雄之情"和"浪漫之情"的辩证；梁启超在《论小说与群治之关系》中强调笔锋应常带感情；龚自珍继承了公羊学派对于晚清山雨欲来的"衰世"说，他在《赋忧患》诗中将"忧患"作为自己的抒情姿态，甚至把忧患变成可以倾诉的拟人化对象。百年之后，他的忧患在夏志清教授提出的中国现代知识分子"感时忧国"情结中得到了回应。刘鹗在《老残游记》序言中提出哭泣论，他的问题是，哭泣怎样能够带出那一代文人的忧国之思。王德威不仅细数老残哭的次数——黄河结冰时哭，听地方官吏为虐时哭，听环翠家被大水淹了也哭，而且注意到游记中三位女性带出来的抒情场面：王小玉在济南大明湖畔的表演，其歌声深入山川宇宙，令观众如痴如醉，暂时忘却现实的忧患；桃花山遇到奇女子屿姑解说天下大事，是一种对于宇宙世事的形而上自省；还有在泰山遇到尼姑逸云讲述前世今生，达到了俗世纷扰之外的彻悟的境界。李欧梵把《老残游记》看作中国式的世纪末抒情，其中黄河结冰寓示着中国文化已经进入秋冬季(李欧梵，2019：22)。吴趼人在《恨海》开篇即提至情论，讲述乱世的两对男女生不逢时，阴差阳错结局惨烈,是"恨";然而男女情可以得到升华,可以被导向一个更大、更包容的情,即家国、父母,甚至还有教化之情。从龚自珍到吴趼人,他们都在重新规定晚明汤显祖一脉的"情教"。在《董解元西厢题辞》中,汤显祖把"诗言志"中的"志"解释为"志也者,情也"。

从"情"到"抒情"的转化,二十世纪初的王国维和鲁迅已各有表述。王国维在《英国大诗人白衣龙小传》[1]中推崇拜伦为"纯粹之抒情诗人,即所谓'主观的诗人'……每有所愤,辄将其所郁之于心者泄之于诗"(王国维:400)。他思考的是如何升华"情",化主观为客观。鲁迅在同一时期写作《文化偏至论》,讨论西方文明重"物质"与"众数"的得失。鲁迅受到麦克斯·施蒂纳(Max Stirner)、叔本华(Arthur Schopenhauer)和尼采的影响,他所谓的抒情带有生命"意力"的维度,"渊思冥想之风作,自省抒情之意苏,去现实物质与自然之樊,以就其本有心灵之域"(鲁迅:54)。接下来王国维和鲁迅分别发表《人间词话》和《摩罗诗力说》,王国维在追求抒情的解脱和升华后,发明了"境界说",试图打通中国传统的诗话和席勒、康德以降的美学论述,从审美活动中创造"无我之境"。鲁迅从抒情"意力"中发现了撒旦式的"诗力"。他心目中的诗人是"精神界之战士",他认为西方雄猛刚健的摩罗诗力者非拜伦莫属,而中国的屈原虽"抽写哀思",且"放言无惮",却受制于"芳菲凄恻"之音(王德威,2010:29)。

从赞赏屈原、司马迁,再到推崇魏晋风度,"发愤抒情"的传统支配着鲁迅的现代意识,而他本人感时愤世的块垒也尽情贯注其中(陈平原,1998:330-403)。王国维上承严羽《沧浪诗话》的"兴趣说"、王世祯《神韵集》《池北偶谈》的"神韵说",发展出"境界说"。他虽然强调心无对应,直观感悟,形成"境界",然而他的现代意识表现在引进了主观、客观、有我、无我等观念与词汇,所构思的抒情主体与严羽、王世祯等禅

---

[1] 白衣龙即拜伦。

悟妙要、机锋闪烁的看法有所不同(叶嘉莹: 315–337)。更何况, 他不能摆脱历史的忧患, 只能以寻求解脱为前提。

在《华夏美学》中, 李泽厚以艺术为场域, 试图勾勒出中国华美丰饶的精神史, 重建民族的美学主体性——中国性。而抒情传统的建构类似于一种审美乌托邦的建构, 审美主义预设的是一种精神性的、感性的超验主体, 相对于"五四"以来引入的工具理性及普遍的理性主体, 从中更可以看出抒情传统之创造的特定政治面向——创造一个精神的自主场域(黄锦树: 703)。陈平原在《中国小说叙事模式的转变》中曾大胆论断, "五四"一代开创的抒情小说, 即注重情调、着重心理描写、淡化情节、好用第一人称限制观点、抒情诗化的小说, 直接来源于中国两大古典传承——史诗传统与诗骚传统。李泽厚在二十世纪八十年代的美学论述中提出"建立新感性"的必要, 后又提出"情本论"作为对"文革"后精神废墟的反拨, 认为"情"是人类社会共通的价值。王德威认为抒情应该是"新感性"重要的一端, 感性的新旧尤其要在更繁复的历史脉络——抒情传统中定义(王德威, 2010: 63)。由此, 王德威提出, 在革命与启蒙之外, "抒情"代表着中国文学现代性, 尤其是现代主体建构的又一面向。

陈世骧认为中国文学的光荣在抒情诗的传统里, "以字的音乐做组织和内心自白做意旨是抒情诗的两大要素"(陈世骧: 32)。他认为《诗经》和《楚辞》结合了这两大要素, 展现了抒情道统。陈世骧的抒情道统论由高友工进一步扩展, 后者认为需找出文化史—文学史中的美学典范, 并将其称为"抒情美典", 即"以自我现时的经验为创作品的本体或内容"(高友工: 215)。而"自我现时的经验"包含了三个要素: 抒情自我(经验—超验的抒情主体)、现时、美感经验; 其中对时间的处理——当下瞬时化、空间化——是个关键问题。此一形式美感经验能够召唤"人生意义的一种洞见和觉悟"(215–217)。高友工为后继者提供了一个庞大的、可向哲学美学延伸的解释框架, 以及一个普遍被接受的关于中国文化以诗为主体之自身逻辑的合法化叙事。与此类似, 吕正惠提出抒情传统最大的特色是借由文字"把经验凝定在某一范围内，加以深化和本体化"（吕正惠：57）。张淑香总结了抒情传统的本体意识，她的《论"诗可以怨"》从美感经验的抽象角度探讨了中国式的悲剧精神。

蔡英俊在《比兴物色与情景交融》中呼应高友工的论述，他观察到抒情传统的基本规范程序应达至的效应是含蓄，以情景交融达致比兴。他从观念史—历史诗学的角度详细追踪"最能够具体反映抒情传统中'表现自我心境'的理想意义与价值"的"情景交融"美学典范形成的轨迹（蔡英俊：352）。法国学者朱利安（François Jullien）从话语型构的角度，以"迂回"为总论题，同样讨论了意在言外、情景交融等问题，探讨中国文化传统里的一种习惯表述策略，也即抒情传统的含蓄美典（黄锦树：704）。迂回的背后是一种免于政治迫害的技艺，一种隐微表述，作为表述策略，也可能成为文人的精神逃逸空间。

沈从文在1961年写出《抽象的抒情》，强调"有情"的结晶是艺术的创造，即抽象的抒情。他曾以《史记》为例，谈到中国历史的两条线索——"事功"和"有情"。两者常常形成一对矛盾对峙，对人生有情，就会和在社会中"事功"相背斥，顾此失彼。"年表诸书说是事功，可因掌握材料而完成。列传却需要作者生命中一些特别东西……即必由痛苦方能成熟积聚的情"（沈从文等：202）。抒情的代价巨大，又由痛苦转化而来。他不仅呼应了司马迁，更发出了屈原"发愤以抒情"的心声。沈从文认为抒情是抵抗历史暴政下文人安身立命的寄托。

沈从文后来放弃创作，成为古代文物研究员。他在民间的工艺和生活形态中体会象意缘情的真谛，即艺术家和工匠们如何将他们的深情投入创造之中，"一块顽石，一把线，一片淡墨，一些竹头木屑的拼合，也见出生命洋溢。这点创造的心，就正是民族品德优美伟大的另一面"（沈从文：504）。这些文物是历史"挫伤"所遗留的结晶，也是延续文明的契机。这也是他对于汉魏六朝以来"物色"与"缘情"传统的回应。在沈从文的"感物"中，情的基调有感于"物"的推移的悲哀（吉川幸次郎：25）。

艺术家凭借个人感官和情致的触知,梳理日常生活材料,形成一种新的艺术形式,这是沈从文所谓"抽象"的必要过程,目的是建立一个有条理的安顿生命的方式,来抵抗时代的风暴。历史喧哗之后,一切灰飞烟灭,但或有一二"有情"声音能够萦绕不去,成为一个时代最后的启示(王德威,2010:12–56)。

捷克学者普实克(Jaroslav Průšek)也对中国的抒情作出论述,代表着欧洲汉学界的重要声音。1957年,普实克发表《现代中国文学的主体主义和个人主义》,指出中国新文学的特色在于以小说为代表的叙事文学的兴起,其演变呈现了由抒情的诗歌过渡到史诗叙事的过程。抒情成为普实克心目中中国文学的精神,他对白居易和杜甫的研究既有史诗也有抒情的倾向:他认为两者都具有社会关怀(史诗),但这种关怀必须成为个人寄托(抒情)。陈国球评论说普实克可能运用了布拉格派的形式/结构主义史观,视抒情、史诗等为构造文学史的元素。普实克、沈从文、陈世骧三人在现代语境里重新认识抒情传统,他们的洞见为我们示范了三项课题:"诗与史""情与物""兴与怨"(陈国球:745)。

2.4.2 二十世纪二十年代浪漫文人群体的出现

十八世纪末至十九世纪上半叶,英、法、德诸国兴起浪漫主义运动,伯林将其称为"发生在西方意识领域里最伟大的一次转折"(伯林,2019:2),它崇尚自由意志和主观精神,改变了西方的理性主义传统。浪漫主义思想家马丁·亨克尔(Martin Henkel)指出,"可以把浪漫主义概括为'现代性(modernity)的第一次自我批判'"(转引自俞兆平:40)。浪漫主义争自由、反压制的精神特质,使之成为二十世纪初中国启蒙运动的思想与情感资源。可以说浪漫主义在一定程度上推动了国民精神的改造,使少年中国重新屹立于世界民族之林。

据王德威考证,中国文人引进浪漫主义始于1902年。梁启超在《新小说》第二号介绍了拜伦和雨果,把拜伦尊为"英国近世第一诗家也,其所长专在写情……实为一大豪侠者"[1]。梁启超因西方浪漫主义而推崇"烟士披里纯"(inspiration),他不仅引进"烟士披里纯"这一个人主义的新名词,更是在报刊上发表政论文,论述国民精神与传统文化的思想。梁启超发现一种不同于儒家谦逊内敛、道德完善的"君子"人格,而是以个人自由为目的的情感本体之"自我",并以此为建构现代人格即独立意识和公民意识的基础。他提出"少年中国"的理想,形成晚清以降的浪漫主义基调。浪漫主义终结了中国的古典文学,也开启了中国人的现代生活。"五四"是晚清以来中国启蒙历史上唯一将个人主义作为基本价值观的时期,故被称为中国"人的发现"的时代。这里的"人"相比晚清梁启超等提倡的"国民"更接近现代人的本质,指独立自由的个人。鲁迅则从西方浪漫主义和其老师章太炎的学说中整合出一套以人为本位的个人主义哲学。

到二十一世纪,俞兆平从现代性角度重新审视二十世纪上半叶西方浪漫主义思潮在中国的传播和接受,提出浪漫主义在中国的四种范式:早期以鲁迅为代表的尼采式的哲学浪漫主义;以沈从文为代表的卢梭式的美学浪漫主义;以郭沫若为代表的高尔基式的政治学浪漫主义;以林语堂为代表的克罗齐式的心理学浪漫主义。刘小枫认为浪漫派思想的论述和风格对二十世纪思想有很大影响,即使在后现代理论中,仍然可以发现浪漫派提出的问题和思想风格。"'后现代'论述中的形而上学终结、哲学之终结、人的终结等论点,以及对元知识学的攻击和对诗的隐喻、性感美化的强调,浪漫派均已着先声。浪漫派思想本身仍是现代性原则的一种类型,它包含着对现代性问题的独特提法,对现实政治和日常生活结构的转变的独特反应态度"(刘小枫,1998:187)。

在《中国现代作家的浪漫一代》(*The Romantic Generation of Modern*

---

[1] 见《新小说》第二号,1902年11月15日发行。

Chinese Writers)中，李欧梵把"五四"一代的中国文人标明为浪漫主义的一代，并把二十世纪二十年代视为浪漫主义的十年。李欧梵从阐释文学革命的发生背景开始，介绍晚清报业的兴起及在其带动下文人阶层的出现，继而描绘了民国时期注重个人浪漫主义的作家文人群体的群像。王德威评论道，李欧梵多年之前就以"浪漫的一代"概括"五四"各等维新人物，他们以大胆的言行和激进的姿态表达与传统决裂的决心，而以自我的建立作为奋斗的目标。杨联芬指出，二十世纪初中国的文学革命可比作十九世纪欧洲的浪漫主义运动，浪漫主义"既是中国文化现代转型的一种方式，也是中国政治、伦理与文化现代性的一种表征。它使中国在躁动不安、激情四射、不断求新的状态中走向现代，同时也因价值的破碎而逐渐丧失哲学与文化的主体性"（杨联芬：46）。

　　李欧梵为我们复原了中国现代文学史的文化地图。新文化运动尚未勃兴，林纾、苏曼殊已为中国现代文学播撒下浪漫的种子：做普罗米修斯式的英雄，还是做少年维特式多愁善感的才子，中国现代作家的浪漫派始终在这中间纠结不定。林纾和苏曼殊是"现代中国文化与生命的激烈主观潮流的先驱者"（李欧梵，2005：73）。李欧梵从林纾的生活情感方面入手，分析林纾译作里透露的浪漫主义气息。林纾翻译《巴黎茶花女遗事》（*The Lady of the Camellias*），与自己感情丰富的个性相贴切。另一方面，他试图以正确的道德操守为基础，将以效忠国家为己任的世界和另一个讲求艺术文化、不拘礼节与歌女交往的轻松世界合而为一。按李欧梵的话说，"这个着重道德观念的儒家弟子，尝试以自己对道德操守的认真态度来对待感情事，填补道德观和感情观之间的空隙"（45）。在翻译狄更斯小说时，林纾在孝道中找到感情和道德糅合的完美化身，也看到中西伦理上的差异。他翻译得最多的是哈格德的作品，林纾清楚地看到西方历险小说"劫"的野心，即征服其他国家与土地的帝国主义意识，并表达了一些有建设性的见解。他翻译的《鲁滨孙漂流记》（*Robinson Crusoe*）是一个典型早期白人英雄的故事，他认为鲁滨孙（Robinson）的冒险精神，以及独立、随机应变、实干等素质展示了儒家"中庸之道"的精髓，而中国社会习俗中逃避麻烦、小心谨慎的态度是假"中庸"(李欧梵，2005：55)，林纾再三强调西方的反抗、无畏、坚韧等精神于中国社会未尝无益。林纾的翻译影响了后来的浪漫主义作家，这一点证明他不愧是中国现代浪漫主义的一分子。

李欧梵从苏曼殊的社会生活和精神生活两方面解读他的作品及其作品透射出的苦闷和烦恼。苏曼殊最接近自传的小说《断鸿零雁记》揭示了主人公修道的倾向，情节涉及寻亲以及与两位女性的三角恋爱关系。他小说中的女性既有传统专一的美德，也带有激情、主动和放纵于肉欲的特质。他心目中最理想的情感，是一种带着最强烈激情的涅槃，它接纳了中西方的传统特质。苏曼殊首次将拜伦这位英国浪漫主义诗人引入国内，他向往拜伦英勇战士的形象。和拜伦一样，苏曼殊长期旅居海外，沉迷于传奇，追求自由的精神领域；但和拜伦不同的是，苏曼殊是由一个颓废的革命者转而自封为迷失的诗人。

拜伦可能是在中国最受赞誉的西方浪漫主义作家。梁实秋评论说，"拜伦主义的精髓即是反抗精神"(转引自李欧梵，2005：294)，反叛是所有解放运动的先决条件，而解放是浪漫主义的精髓。中国日益增强的民族主义，促使中国文人把自己的祖国和希腊的困境相比较。拜伦帮助希腊人重获自主的英雄行为被视为民族主义的行为。拜伦成了英国的弃儿，却被中国的追随者视为反叛的英雄主义的标志——这种对社会习俗的反抗，非常符合"五四"一代打破习俗、寻求解放的特征。

徐志摩的偶像崇拜也具备真实和想象的力量，在他看来，拜伦是用短暂生命来创造历史的英雄，凯瑟琳·曼斯菲尔德(Kathrine Mansfield)在他眼里完全变成了美的化身，同时他视泰戈尔(Tagore)为灵魂的指引，穷其一生疯狂而无理性地追求爱、美与自由。他在散文《话》中感谢人生与自然两位"伟大的教授"，"凡物各尽其性"，而人生的意义在于发展独特的个性，他认为内在生命的精髓就是爱(徐志摩：74-77)。在他的诗歌中，爱情被幻化成燃烧着热情的女人。在他的"创造的理想主义"中，"健康"与"尊严"是两大重要原则，这两个原则也可以概括他的一生和他的理想化个性。李欧梵把徐志摩视为真正的艺术原型——伊卡洛斯（Icarus）形象——来跟欧洲浪漫主义接触（李欧梵，2005：177）。徐志摩希望以艺术的天分和敏感作翅膀，高飞在二十世纪中国俗世的凡人之上。在最终的飞行中，他得到了伊卡洛斯式的死亡：他搭乘的飞机在浓雾中撞到济南附近的一座山上。

郁达夫的一生有两个偶像：欧内斯特·道森（Ernest Dowson）和黄仲则。这两个敏感、孤独而伤感的天才不仅让郁达夫有了精神的依靠，甚至成了他模仿的对象。《沉沦》剖析了一个青年的忧郁病症，也揭示出现代人的苦闷，即性的要求和灵肉的冲突，这是中国文人第一次认真地把性与情感并在一起处理。颓废的道森和女侍者的故事激发郁达夫写出《沉沦》，小说主题是主人公对年轻女侍者的失恋，既有高度的模仿，更有他对自己生活的描写。郁达夫为清代诗人黄仲则写了小说式的传记《采石矶》，黄仲则一生潦倒，落落寡合，又英年早逝，但其诗歌却简洁而情感丰富。郁达夫在传记中创造了一个自我的幻象，一个脆弱而孤独的天才，时常生病和忧郁，只能在与他疏远的社会里耗尽自己的生命与才华，或者成为屠格涅夫式的零余者（李欧梵，2005：119–120）。

二十世纪二十年代末，"无产阶级文学""革命文学"等口号开始出现，左倾标示了新文学的一个新方向。郭沫若、蒋光慈和萧军被李欧梵称为浪漫的左派。郭沫若宣称自己信奉泛神论，"泛神就是无神"，他认为"我即是神，一切自然都是自我的表现"（郭沫若，1949：3）。要理解其泛神论，就不能脱离郭沫若性格上的英雄主义倾向与思想上的"反逆"主题，而这两者的基础正是一种激进主义特质（李欧梵，2005：190）。郭沫若通过阅读托马斯·卡莱尔（Thomas Carlyle）的《论英雄和英雄崇拜》（*On Heroes and Hero-Worship*），找到了自己的英雄角色，就是做一个诗人。他在1924年宣布归附马克思主义，在《革命与文学》中，他提出"一个革命的时期中总含有一个文学的黄金时代"(郭沫若,1926: 6-7)。他把英雄崇拜从个人扩展到无产阶级大众,将个人情感扩充到集体情感。李欧梵评论道,"与其说他的理论证实了他的马克思主义立场,倒不如说是进一步巩固了他早期的浪漫主义"(李欧梵,2005: 200-201)。

王德威揭示出郭沫若的贡献在于将浪漫的抒情政治化(王德威,2010: 31),俞兆平也把郭沫若归类为高尔基式的政治学浪漫主义。而最早接触苏联"政治学的浪漫主义"这一理论的是蒋光慈,他在《死去了的情绪》一文中就指出,浪漫主义如果不与革命理想结合起来,就失去了创作活力,失去了诗的源泉,就会干枯,就会灭亡(蒋光慈,1988: 62)。郭沫若1936年在日本应蒲风答问时,提到"新浪漫主义"是新现代主义侧重主观的一方面的表现,和新写实主义并不对立。1958年,郭沫若在《红旗》杂志发表文章《浪漫主义和现实主义》,指出"马克思列宁主义为浪漫主义提供了理想,对现实主义赋予了灵魂,这便成为我们今天所需要的革命的浪漫主义和革命的现实主义,或者这两者的适当的结合——社会主义现实主义"(郭沫若,1958: 4)。

作为东方劳动者共产主义大学远东班的学生,蒋光慈很早就成为一个热诚的马克思主义者,在莫斯科的生活把他带向俄国和欧洲文学,激发了他的诗歌创作。他在一首赞美"皮昂涅尔"(Pioneers)的诗中,宣称自己为"一个东方的青年诗人";在一首赞颂拜伦的诗中,他也让自己成为中国对抗外国压迫的政治斗士(蒋光慈,1955: 35-37)。他在苏俄文学中的偶像是革命诗人亚历山大·布洛克(Alexander Blok),布洛克认为"革命就是艺术,真正的诗人不能不感觉得自己与革命具有共同点"(蒋光慈,1927: 85)。蒋光慈坚称"革命是最伟大的罗曼蒂克"(李欧梵,2005: 213)。

"九一八"事变以后,一群年轻作家从东北逃到关内,在迅速席卷中国的爱国主义风潮下,见证了日本侵略的他们几乎一夜成名。萧军是这群青年作家的领袖人物。他来自草根,个性里有一种鲁莽大胆的英雄主义。

他自述早年做过许多角色,其中有流浪汉、小文员、职业拳师的学徒、侍应,而最终的志愿是成为"舵子"。他后来参军,拿起笔杆子,把土匪精神带到上海和延安的文学舞台上。在《八月的乡村》中,萧军塑造的萧明代表着"知识分子"的那一面,联结了萧军从拿枪到握笔的人生转变。他还创造了铁鹰队长这样一个正面的英雄典型,来补充萧明的不足。李欧梵看到,铁鹰队长结合了理想共产党员和草根土匪英雄的性格特征,是萧军理想的士兵——艺术家的自我形象(李欧梵,2005:236)。萧军从鲁迅那里学到撰写大胆尖锐的讽刺性文章,他的个人英雄主义主宰了他的共产主义。萧军的一生体现了浪漫主义左翼作家经历灾难性变动的命运,也意味着政治战胜了个性。

学者张旭春比较了十九世纪英美浪漫主义和中国"五四"以后的浪漫主义,指出前者借助华兹华斯式的以"自我政治"取代"自治政治",加上雪莱式的以审美先锋表演取代政治先锋主义,营造出一个自足的政治审美乌托邦,暗示了一种"政治的审美化"过程;而后者以创造社为代表,前期以审美个人主义为主要追求,然后导入革命话语和行动,转向革命的罗曼蒂克,走上一条中国现代性追求的泛政治化道路。因此"创造社虽然始于审美,但最后却终于政治,是对审美的政治化"(张旭春:357)。

2.4.3 二十世纪三十年代的摩登都市现代性

都市生活是现代性的主要载体,现代化进程就是城市化进程,都市经验即现代性的最佳表征。李欧梵认为中国文学现代性的一部分显然与都市文化有关,而上海是可以与西方的巴黎、伦敦等现代大都市相比拟的、最能与中国文学现代性相联系的大都市。在《上海摩登——一种新都市文化在中国1930—1945》中,李欧梵"对老上海的心情不是目前一般人所说的'怀旧',而是一种基于学术研究的想象重构"(李欧梵,2001,"中文版序":4)。他首先重绘了当时上海都市文化背景的各个方面:英、美、法等国建立的租界为上海带来了西方文化和生活方式,一方面体现为上海外滩的建筑风格，另一方面，咖啡馆、舞厅、公园、跑马场等西式的公共空间吸引了众多羡慕西方生活方式、渴望融入其中的人，这其中就包括描写都市生活的文人。而这些人同时还要面对上海固有的生活空间——亭子间，这显示出上海被西方影响后仍然保有的中国特色。其次，对上海都市文学产生重大影响并与之共生共存的还有印刷文化、电影文化和出版业。诸如《东方杂志》《良友》等杂志为人们提供了一个了解西方生活方式的窗口，也为作家们提供了表达对西方生活方式的认知和态度的平台。另外，商务印书馆等出版商也发挥了很大作用，书店对上海都市文学作家产生了很大影响。好莱坞电影无疑为上海人提供了了解西方文化和生活的绝佳途径，他们也借由看电影来体验这种生活方式。电影院、舞厅之类的场所是上海人，特别是都市文学作家们最为热衷的地方。

吴晓东主要从海派散文的视角论述了上海的都市语境。他以章衣萍主编的《文艺茶话》为例，勾勒出都市化的"茶话"情境：平常的生活总是太干燥太机械，"只有文艺茶话能给我们舒适，安乐，快心。它是一种高尚而有裨于智识或感情的消遣"（章衣萍：1）。《申报》出现了《咖啡座》专栏，并由此催生了张若谷名为《咖啡座谈》的散文集，咖啡座的最大效益，就是"影响到近代的文学作品中。咖啡的确是近代文学灵感的一个助长物"（张若谷，《咖啡座谈》：7—8）。《良友》画报则以摩登女郎、爵士乐队、摩天大楼、跑马场、电影海报等都会图景为集中描绘对象，在张若谷眼中，大都会就是一个五光十色、万花筒一样的集合体，日渐"艳丽灿烂"，"都会的诱惑"成为近代艺术文学绝好的题材与无上的灵感（张若谷，《异国情调》：13—14），激发出都市享乐主义的倾向。大都市生活的刺激、梦幻与苦闷、疲惫相互生发，《灵凤小品集》的广告词便是，"生活苦的慰安，神经衰弱的兴奋剂，和幻梦的憧憬"。海派散文顺应的是一种都市理念，表现出对都市摩登的沉迷和眷恋，描绘出一种纸醉金迷的物质生活图景。一如吴晓东所指出的，海派散文蕴含着都市的终极悖论：欲望的耽溺无法生成生命的精神拯救和自我救赎的超升的可能性。海派散文的精髓和大都会的气质形成同构关系：都会滋养了海派小品，而海派散文形神毕肖地描摹了都市。海派散文凸显了都市的繁复性、日常性、先锋性和刺激性（吴晓东：196–200）。

　　李欧梵把《现代》杂志主编施蛰存看作中国第一个真正意义上的现代派作家。他认为施蛰存的短篇小说象征性地征用西方的文学素材，提供了很有意思的互文研究（李欧梵，2001：168）。在历史小说《石秀》中，施蛰存通过对《水浒传》的重写，展现了极端的性欲类型——性虐待。他借用萨德侯爵（Marquis de Sade）的概念描述石秀扭曲的心态，被压抑的欲望通过嗜血的性虐待得到释放。施蛰存在作品中实验了现代小说中的两种手法：内心独白和自由间接引语。施蛰存从波德莱尔、保罗·魏尔伦（Paul Verlaine）那里借用了大量诗歌意象：死叶、黑月亮、猫头鹰的叫声、鬼火等。李欧梵认为施蛰存真正的灵感来源是奥地利作家阿图尔·施尼茨勒（Arthur Schnitzler），中国第一位发现施尼茨勒心理描写的正是施蛰存。施蛰存在施尼茨勒的小说《薄命的戴丽莎》(*Theresa: The Chronicle of a Woman's Life*)的译者序中指出，"显尼支勒[1]的作品可以说是完全由性爱这个主题形成……着重在性心理的分析上"（转引自李欧梵，2001：179）。施蛰存认为施尼茨勒把弗洛伊德的理论带入实践，为现代欧洲文学开辟了一条新路，为英国的心理大师劳伦斯和詹姆斯·乔伊斯（James Joyce）的出现作了铺垫。在日常生活中，施蛰存喜欢喝咖啡和看电影，在上海四马路逛书店，买中英文书，这些书就进入了他的小说中。

　　除了实验内心独白，施蛰存还探索了叙述人称的转换，即在第三人称讲故事和第一人称展示主人公心理过程之间来回切换。这种被李欧梵称为"戏法"的手段包含了自由间接引语，它一般出现在主观叙述中，叙述者的洞察力间接地转换成其中一个人物的洞察力（李欧梵，2001：181）。自由间接引语被施蛰存用来描绘摩登或半摩登女郎的心理肖像，比如在《善

---

[1] 即施尼茨勒。

女人行品》中，他用从施尼茨勒那里学来的主体叙述技巧来刻画这些不贞的念头在"贞妇"日常生活中的体现。施蛰存在创作中有意选择了资产阶级日常生活中那些微妙的诱惑力。

　　施蛰存书写都市怪诞，《魔道》和《夜叉》两部作品里有许多地方显示他受到了埃德加·爱伦·坡（Edgar Allan Poe）的影响。《魔道》的主人公在周末去乡间的旅途中不停地看到一个穿黑衣的老妇人，朋友妻子抱着的黑猫更是让人印象深刻，黑衣妇人、朋友妻，甚至他回到上海遇见的咖啡女都成了他吻过的妖妇。"城市和乡村——西化的都会和传统的带田园风味的中国风光——构成了主人公旅途的空间模型：他（她）或者是抵达城市，受刺激力比多变得亢奋；或者是去乡间做一次短暂旅行，并且在那儿经历令人惊恐万状的异乡着魔"（李欧梵，2001：195）。对于城市人来说，乡村成了一个魔鬼般的"他者"。在李欧梵看来，施蛰存把乡下的意象变成神话，变成很荒诞的东西（李欧梵，2019：296）。在《夜叉》中，他用一种抒情诗的方式书写中国农村，月下，散步，古潭，古塔。男主人公见到一位白衣女便误认她为夜叉，他在月夜追踪她到墓地并企图扼死她，却发现她不过是一个普通的村姑。他在受到蛊惑的状态下，让自己沉浸在古怪的异域想象中，他心中燃烧着和女夜叉做爱的荒诞欲望。施蛰存"要在狂喜的瞬间或叙述空间里抓住和统一这些异域的、荒诞的和神奇的力"（李欧梵，2001：193）。"他把这些恐怖的东西加上了一层中国传统文化诗词歌赋，造成他自己文体里的enchantment（着魅）"（李欧梵，2019：299），形成他自己的一种文字的魔力，其实也是希望把中国传统的意境改头换面，放在他的现代小说里面。

　　刘呐鸥和穆时英作为新感觉派的领袖，是真正意义上的都市作家、都市颓废者。李欧梵把他们放在一起讨论，提出他们形成了以"现代尤物"为代表的都市辞藻，刘呐鸥创造了这个意象，而穆时英将之变得活色生香（李欧梵，2001：205）。刘呐鸥热衷于描写都市景观，长篇铺叙都市生活的方方面面，尤其是物质文化。其短篇小说集《都市风景线》，每一篇都是上海熟悉的生活场景——舞厅、高速列车、电影院、跑马场和永安百货公司。他擅长运用电影镜头，用"画外音"来叙述故事，一位男性叙述者邂逅一个尤物般的她，先是引诱他，再控制他，最终又离开他。他仔细描摹女性的身体特征，让"一种新的、健美的现代女性形象"浮出地表（209）：短发，理智的前额，浅黑的皮肤，胸脯高耸，樱桃嘴；她走在街上或出现在跑马场的看台上，行动敏捷矫健，大胆不羁。李欧梵追溯刘呐鸥的女主人公形象主要来自好莱坞电影，并称他是第一个大胆赞赏这种形象并把她们带入自己的上海小说的现代中国作家。他的都会女郎还可以追溯到二十年代日本流行的都市"摩登女"形象，更继承了法国作家兼外交家保罗·莫朗（Paul Morand）的文学遗产，而刘呐鸥正是把莫朗介绍到中国的第一人，但他同时又明白莫朗小说中东方主义的殖民意味，继而讽刺了西方对东方女性的幻想。史书美评论刘呐鸥的男主人公保持着"过时的父系制的道德感性"，而他典型的女主人公则是一批都市"现代性产物"："凝聚在她身上的性格象征着半殖民都市的城市主义，以及速度、商品文化、异域情调和色情的魅惑。由此她在男性主人公身上激起的情感——极端令人迷糊又极端背叛性的——其实复制了这个城市对他的诱惑和疏离"（史书美：947）。

和刘呐鸥一样，穆时英以女性身体为焦点进行写作，他以舞厅为中心，描绘都市景观的灯红酒绿，同时也延续了男性主人公邂逅尤物的主题。在他最著名的小说《白金的女体塑像》中，一个年轻医生对一个女子身体的"探究"，激起了医生被压抑的欲望。他混乱的思绪有意用无标点的句子叙述出来，形成穆时英独创的意识流。男主人公的内心独白仿佛成了向白金塑像的祈祷，"主救我白金的塑像啊主救我白金的塑像啊主救我白金的塑像啊主救我白金的塑像啊主救我白金的塑像啊"（穆时英，1934：15），上帝和白金塑像在主人公的意识流里可以互换。

在《Craven "A"》中，男主人公在歌舞厅看到一个女郎抽着Craven "A"牌香烟，他开始专注地阅读起她来，她的身体很快变成了一张地图。

由此，女性身体多了层隐喻甚至寓言的维度(李欧梵，2001：229)。李欧梵分析该女性身体的地貌显示了非常特殊的景观，其中积聚着大量的"力比多能量"。在一个女性身体不受优待的文化传统里，穆时英成功地创造出女性美妙无比的身体，其努力比起西方现代社会的作家来，更具"先锋"意味(231)。

穆时英的小说浸染了电影文化，具有可视性，《上海的狐步舞》和《夜总会里的五个人》体现了他的视觉天赋和电影技法。他把舞厅/夜总会变成了他电影小说的中心内景(李欧梵，2001：233)。在他的全景镜头下，摄影机通过不停地移动达到了一种令人眩晕的效果：

> 一只saxophone正伸长了脖子……光滑的地板上，飘动的裙子，飘动的袍角，精致的鞋跟……蓬松的头发和男子的脸。男子的衬衫的白领和女子的笑脸。伸着的胳膊，翡翠坠子拖到肩上。整齐的圆桌的队伍，椅子却是零乱的。暗角上站着白衣侍者。……独身者坐在角隅里拿黑咖啡刺激着自家儿的神经。(穆时英，1933：201-202)

在《夜总会里的五个人》中，上海景观表现为霓虹灯广告的漩涡和店铺的广告牌：亚历山大鞋店，约翰生酒铺，拉萨罗烟商，德茜音乐铺，朱古力糖果铺，国泰大戏院，汉密尔登旅社(穆时英，1933：72-73)。穆时英有更大的野心，他希望让都会景观承载更多的意义，即成为民族寓言的一部分。李欧梵把他和茅盾相比较，认为他们在小说设计上都惊人地用城市作为关键岁月里的国家缩图(李欧梵，2001：237)。

穆时英受到戴望舒的影响，有意识地选择丑角作为他都会场景的中心人物和作家的自我肖像。在他笔下，丑角泛指那些被生活挤出来和压扁的人们，他们"并不必然地要显出反抗、悲愤、仇恨之类的脸来；他们可以在悲哀的脸上戴了快乐的面具的"(穆时英，1933：3-4)。丑角的形象和尤物形成了奇妙的张力，他们带着异域面具，是对上海租界西方殖民文化的一种"戏仿"(李欧梵,2001:243)。丑角们是被边缘化的一群都会人,被大都会的"速度所淘汰"(史书美:945),他们可能更具自我嘲讽意味而不是更自怜。

2.4.4 小结

自晚清以来,中国走向现代化的探索就没有停止过,而现代化的标志就是现代性。一般认为,西学的大量引进是中国现代化过程的一个重要组成部分。本节主要从中西汇通的理式,揭示出中国文人们在启蒙精神的关照下,于传统中寻找现代性因素,追溯抒情现代性的道统。五四新文化运动中,西方浪漫主义对二十世纪二十年代的作家产生了很大影响,徐志摩、郭沫若一代人从英雄崇拜开始,最终创造了自己的浪漫主义英雄形象,以契合其时的历史语境对冲破封建枷锁的希冀,对个性解放的呼唤。三十年代上海成为国际化大都市,李欧梵为上海绘制都市文化地图,并指出上海作家叙说的都市生活的怪诞,都市现代尤物的时髦,以及都市景观的灯红酒绿。吴晓东则集中论述了海派散文的都会语境。这些现代派作家致力于描摹都市现代性体验,其作品反映出现代公共领域建设的成果。从晚清到二十世纪三十年代,他们都可以被视为现代性的中国面孔,是中国参与现代性进程的明证。

第三章 经典研究例示

本章精选三部现代性研究的代表著作,具体剖析现代性的三个方面。首先,以列斐伏尔的《日常生活批判》(*Critique de la Vie Quotidienne*)为例,阐明现代性和日常生活之间的关系,以期让日常生活审美成为一种可能。其次,以鲍曼的《现代性与大屠杀》为分析对象,揭示犹太大屠杀的成因。鲍曼认为恰是在现代文明追求理性的过程中,个体放弃独立思考,沦为罪恶的帮凶。第三部作品选择菲尔斯基的《现代性的性别》,意图为被置于现代性历史之外的女性提供一个发声的机会,表明女性对现代性体制的贡献。

3.1 现代性与日常生活

现代性通过日常生活得以体现,人们正是从日常生活,尤其是物质层面去体验现代性。现代性渗入日常生活的各个方面,日常生活是现代性的表征,既揭示出现代性的复杂矛盾和局限,又预示着种种超越和变革的可能性。

3.1.1 列斐伏尔早期日常生活批判

法国马克思主义哲学家列斐伏尔于1947年出版《日常生活批判》第一卷；1961年又出版第二卷，副标题为"日常生活社会学的基础"；1981年更是推出第三卷，副标题为"从现代性到现代主义(走向日常生活元哲学)"。列斐伏尔提出"日常生活"概念，意在取代马克思的"生产"。在其漫长而富有建树的学术生涯中，列斐伏尔一直关注日常生活和现代化过程，探索特定社会的生产原动力：先是日常生活批判，到二十世纪七十年代转向空间生产理论。这两种理论都是后现代消费文化和都市研究的先驱，并预示了其学生鲍德里亚的消费社会和拟像理论。

米歇尔·特瑞比奇(Michel Trebitsh)为《日常生活批判》英译本作了序，他本人对《日常生活批判》评价极高，认为法国本土对列斐伏尔多有低估。他指出列斐伏尔的理论对1968年5月巴黎街头的学生运动有直接影响，而七十年代德国围绕日常生活的辩论就根源于列斐伏尔的思想。特瑞比奇在序言中将列斐伏尔的日常生活批判与哈贝马斯对系统和生活世界的区分联系起来：它不仅是列斐伏尔哲学和政治思想发展的里程碑，也是二十世纪后半叶知识领域重组的一个十字路口。自1947年始，列斐伏尔成为当代生活哲学的倡导者。

奥斯本指出，对日常生活的批判是列斐伏尔五十多年来所追求的事业，它由四个重要的思想运动构成：马克思主义、超现实主义、生存主义和文化研究。列斐伏尔是超现实主义、生存主义的批判者，马克思主义的支持者和文化研究的先驱者。他和超现实主义保持距离，是因为它的"真实与梦境、身体与意象、日常与惊奇的伪辩证法"，以及它终结于异化形式"意象事物，魔术与占星术，心灵的半病态状态"(Lefebvre, *Critique of Everyday Life, Volume 1: Introduction*: 267)。他与生存主义保持距离，因为它败坏日常生活的名誉，钟情于"纯粹的和悲剧的时刻——通过悲痛与死亡批评生活——人为的本真性的标准"(264)。列斐伏尔试图在马克思的异化概念的基础上，把马克思主义定义为"关于日常生活批判的知识";因此,在把异化概念具体化的同时,列斐伏尔为文化研究即日常的社会学奠定了基础。在列斐伏尔的辩证法意义上,"日常生活"的范畴包括资本主义、现代性和战后"消费"资本主义。列斐伏尔和米哈伊尔·巴赫金(Mikhail Bakhtin)一样把日常肯定为民主反对权威的场所,以及大众发挥创造性的场所,把"具体的普遍性归功于日常生活"(奥斯本:271)。

列斐伏尔的传记作者罗伯·希尔兹(Rob Shields)发现,列斐伏尔是从二十世纪初的超现实主义那里掌握到日常生活这个核心概念的。我们应该把"日常生活"(everyday life)理解为"每天生活"(daily life),并且和卢卡奇、海德格尔所说的"琐碎的日常性"(the everydayness)区别开来。迈克尔·伽丁纳(Michael E. Gardena)深入研究与评述了列斐伏尔前期和后期日常生活批判概念的明显区分,认为列斐伏尔在《日常生活批判》第一卷中采取了比较哲学化和乐观化的立场,而他在《现代世界中的日常生活》(Everyday Life in the Modern World)中对日常生活的理解则比较微观,也更为悲观。爱德华·索亚(Edward W. Soja)把列斐伏尔的日常生活批判解读为马克思主义和欧陆哲学的联姻,它令哲学关注具体的、常态的和琐碎的日常生活事件,索亚尤其激赏列斐伏尔对日常生活的技术理性异化的关注。中国学者刘怀玉以"现代性的平庸与神奇"概括日常生活的二重性辩证法,并指出列斐伏尔的日常生活批判概念发生过两次转折:第一次是从意识形态哲学的日常生活批判转向现代社会的日常生活批判研究,第二次是从现代性的日常生活批判研究转向后现代"空间化"特征研究(刘怀玉:44)。

《日常生活批判》的一个主要目标就是对西方自柏拉图以来的形而上学传统提出挑战,即日常生活总是遭到遮蔽,被贬低为烦琐又不足道的东西,被专横的理性大脑"我思"所主宰。到十八世纪的启蒙运动后,日常生活在理性的名义之下被打压得愈加厉害,哲学家对庸俗的日常生活和普通民众不屑一顾。笛卡尔宣称"我思故我在",强调抽象的数学命题,贬抑身体的感觉经验。在列斐伏尔看来，笛卡尔的心物二元论导致了对日常生活，对鲜活的身体和时空经验的系统抵制。而纯粹思想与日常生活的感性世界的截然分离，就是一种日常生活的异化现象。

马克思式的辩证法在列斐伏尔的现代性视野中占主导地位，其日常生活批判要求的就是对"现时的"辩证的超越，就是黑格尔的扬弃，马克思正是从日常生活琐碎外表所掩盖的深处发现了社会变革的预兆。可以说，马克思的异化劳动正是列斐伏尔研究日常生活批判的根本方法论。他从马克思主义中读出"革命意识"，革命要求意识的转变，而意识的变化则需要日常生活观念的转变。列斐伏尔反对空头理论，倡导日常生活的革命。他提出人必须变成"日常的人"，因为日常的人也是实践的人，而只有实践才能将人从异化中解放出来，成为完全的人。在现代性的条件下，固守成规的商品化形式导致了马克思所说的商品"拜物教"，而国家机器则代表着异化力量。列斐伏尔响应马克思"改变世界"的号召，其日常生活批判便是这种革命意图。他为日常生活平反，重新审视它的正面内容。在他看来，革命和解放的潜能不在国家机器，而是在日常生活之中。专业化和技术化的各种高级活动留下了一个"技术真空"，需要日常生活来填补。日常生活是一切活动的汇聚处、纽带和共同的根基，也是造成人类和每一个人存在的社会关系的总和。"人必须是日常的，否则他根本就不存在"（Lefebvre, *Critique of Everyday Life, Volume 1: Introduction*: 127）。

列斐伏尔的日常生活观察态度具有两面性。一方面，作为马克思主义者，他看到的日常生活是资本主义剥削、压迫和意识形态控制的官僚社会，以及以广告为代表的消费文化。另一方面，尽管列斐伏尔是个对现实感到失望的浪漫主义者，他仍然有意在日常生活的内部探究可以用来颠覆和转换当下生活形式的能动因素，这个具有革命潜质的动因就是日常生活经验中的现代性。"现代性与日常生活携手并进，组成了一个深层结构"（Lefebvre, 1987: 11）。

用以古希腊为典范的节庆传统来引领日常生活，是列斐伏尔日常生活批判的一个理想范式。他认为节庆来自古老的祭祀文化，成功的节庆祭祀可以带来风调雨顺，带来吃喝的快乐，人们不仅在享受大自然的恩惠，而且将自然的秩序和人文的秩序合而为一，沉醉在狄俄尼索斯的酒神状态中，融入自然的节律。在列斐伏尔看来，节庆和日常生活形成鲜明反差，同时又与它难分难解，节庆要比日常生活更为强烈。列斐伏尔分析，正是在载歌载舞的节庆状态中，人与自然、与自我合而为一，不再压抑自己，生命力也就得到了充分发挥。列斐伏尔认为节庆期间人解除一切压抑规范的羁绊，成为完全的人。这背后恰是尼采的酒神狄俄尼索斯精神的体现。相反，在资本主义制度下，日常生活被异化，拜物教盛行，人文精神丧失。由此，列斐伏尔称颂节庆文化，提倡日常生活向节庆转化，"也还是波希米亚和布尔乔亚的两相结合"（陆扬：330）。陆扬将列斐伏尔的节庆和巴赫金的狂欢节作了比较。巴赫金狂欢节文化的主要精神是消除距离、颠覆等级、平等对话、戏谑和讽刺权威，即以世俗文化的鲜活生命力向官方文化发起攻击。而列斐伏尔的"节庆"所蕴含的狂欢节文化，首先是对日常生活等级差异的颠覆，同时也表现为一种对话，一种谈判。列斐伏尔强调的节庆狂欢节因素是对日常生活的一种重构，但其本身就存在于日常生活之中，"节庆与日常生活的差异，仅仅在于力度爆发有所不同。而力度是在日常生活本身当中，慢慢积聚起来的"（Lefebvre, *Critique of Everyday Life, Volume 1: Introduction*: 202）。在日常生活的否定之中完成肯定，这是列斐伏尔和巴赫金的不同。在列斐伏尔看来，节日的复活标志着娱乐与日常生活冲突的和解，标志着对人类异化的超越和民众庆典精神的复苏。

在《日常生活批判》第一卷中，列斐伏尔的革命理想是一种让日常生活成为节日的艺术想象。在第二卷中，列斐伏尔提出了一个新的概念——"瞬间"。他认为瞬间是一种"短促而决定性的"感觉，是各种破裂的交会点：可能潜能的剧变和一种强烈的悦乐（Harvey, 1991: 429）。瞬间也是日常生活深处的崇高与悲剧的浓缩展现，是尼采意义上生命的

"永恒轮回"的悲剧。列斐伏尔在第二卷中公开使用了本雅明的重要概念"星丛",合成"瞬间的星丛"。本雅明认为,哲学的实现是某种特殊的历史想象瞬间,因此要争取每一个瞬间向本原时间的回归,在每一个瞬间从现代性的时间与历史中挣脱出来。他试图通过辩证想象突破这一物化世界,旨在将梦中的集体唤醒。他把马克思主义和犹太人的弥赛亚主义结合起来,"每一秒钟的时间都是一道弥赛亚可能从中进来的狭窄的门"(转引自刘怀玉:236),每一秒钟都可以通向革命。他的"革命"哲学就是拆解历史上被物化和神化的虚假连贯性和史诗性,把本原作为一个单子从这种空洞的连续体中爆破出来,跳向那个"永恒的在场"。这个短暂的瞬间包含着整个人类的历史,是一个巨大的压缩了的人类历史。"只有在日常生活的单调无奇之中,瞬间才有大显身手的地方与舞台"(Lefebvre,2002:356)。

3.1.2 消费受控制的科层制社会

列斐伏尔中后期日常生活批判最根本的变化,就是颠覆了马克思主义物质生产第一性的叙事逻辑,从而确立了消费主导的现代性批判视野。他提出"消费受控制的官僚(科层)社会"理论,即理性的科层化形式愈加显著,消费成为自我认同的动力和表征,消费压倒生产,日常生活处于总体的统治和商品化之中。列斐伏尔由此确立了以日常生活为中心的、微观的主体向度的社会批判理论。列斐伏尔发现,伴随着人类历史上经济必然王国的兴起,日常生活文化内涵却出现越来越萎缩的趋势:古代物质生活贫乏,却有着独特而丰富的文化风格;紧接着,近代经济高度发展,传统风格衰败,资产阶级文化意识形态崛起;如今则是千篇一律、风格消失、意义零度化的阶段,日常生活完全被消费市场体制控制与巩固。

日常生活已经成为被盘算的对象,被组织的领域,一个自我封闭的、欲望和需求被严格控制的时空体系。正如列斐伏尔所说,"日常生活成为这个所谓的消费被控制的'组织化'的社会,即现代性的主要的产物"

(Lefebvre，1971：64)。列斐伏尔揭示了作为消费被控制的组织化社会产物的日常生活的神秘性特征。他常说，"日常生活是现代性的无意识"（73），社会的各个阶层都身处日常生活之中，却并不理解日常生活。家庭主妇既是日常生活的主体，也是它的牺牲品。她们既是商品的购买者和消费者，又是商品的符号；她们可能精明于日常生活的琐事，却无法理解自己的真实处境和日常生活本相。而知识分子由于受到专业化体制与技术思维方式的束缚，也失去了批判与洞察社会的整体理解能力。最让列斐伏尔感到痛苦的是，传统的无产阶级不再具有任何意义上的直接革命性，而是不断地"非政治化"，由于受到机器自动化的威胁，工人阶级首先要求的是稳定就业。

消费受控制的社会在现实生活层面上的表现就是大众性高消费，流行的就是美好的，人们不再害怕贫困，而在意"过时"。这是消费得以控制日常生活的诡计。一个充分满足人的需要的社会，一个通过不断地制造欲望来约束与引导人的欲望的社会，也是一个让人越来越感到不满足而焦虑不安的社会。满足从而成为一种控制和异化的手段。列斐伏尔看到了现代文学描述的"欲望的畸形膨胀"现象，充斥于日常生活的躁动感是这种新的异化形式的日常生活表征。"我们这个社会的内在躁动已成为一种社会的和文化的现象"（Lefebvre，1971：80）。通过论述大众媒体的积极介入和主导，以及大众对消费符号创造的象征意义上的消费时尚的普遍追求，列斐伏尔指出，这种社会最典型的大众文化现象就是公众欲望的虚假化，即"社会性的假装"。阿多诺和霍克海默以好莱坞电影明星的微笑和纳粹德国播音员的声音为例，来说明作为大众欺骗的启蒙的"文化工业"。列斐伏尔选取妇女时装杂志模特的迷人微笑与流行款式作为社会性假装的绝佳示例，试图以此来隐喻现代生活就是一个巨大的、被书写出来的"假装"世界，是一个符号——物脱离真实物，能指与所指、消费和生产相颠倒的世界。

列斐伏尔总结道，控制日常生活与消费过程最根本的力量正是大量隐形而流动的技术——消费体系,或是精心设计组织而成的"次体系"。日常生活神秘性的原因就在于,现代社会由大量"次体系"所支配,资本主义这一抽象制度本身无法出场,于是这些次体系就成了替身。次体系是一种独特的专业化的社会活动所构成的人——物系统,还有社会活动及与之匹配的对象物之间的关系所决定的情境,这些体系将人与物构成不可分割的整体,即人的个性和物的物性均被消除,被抽象为技术——物体系的一个要素。首先,列斐伏尔认为次体系是一整套支撑着特定社会空间的核心意义的产物,"语言的核心吸收着活动,剥夺着它的自发性,以适应为代价,将行动与技能转变成符号和意义。这一过程发生在假装的领域"(Lefebvre,1971:100)。其次,它是一些以国家或国家代理组织为平台、相互保证对方合法性的组织与制度。其三,为保证这些活动得以沟通,某些文本将人和物符号化和编码。列斐伏尔将时尚、烹调术、旅游都看作一种次体系,尤其是时尚,这显然受到巴特的《流行体系》(*Système de la Mode*)的影响,是巴特符号学观点与方法的直接运用。

列斐伏尔的批判对象则是自费尔迪南·德·索绪尔(Ferdinand de Saussure)开始的结构主义符号学式的科学主义化语言学转向。索绪尔的"语言学转向"同高度发达的资本主义市场经济,以及全球化网络化信息化体系的外在逻辑具有同构性。在列斐伏尔看来,结构主义的出现有赖于当代世界的两个深刻变化:一是发达工业化社会难以遏止的官僚制度化剧增趋势,即社会统治者从某个人格化的个人变为隐藏的体制结构;二是在历史意识瓦解之后,结构主义出现在一个无施动者,即无主体的结构所组成的社会里。列斐伏尔指出,当代社会出现"语言异化"——符号拜物教现象有两个原因:首先,因为世界意义的普遍虚无化,语言取代神性、理性和人性;再者,技术控制理性化的扩张致使日常生活被殖民化,导致了日常生活意义的消失与人们之间沟通的可能性的丧失,列斐伏尔称之为"零度状态","因拥挤不堪而孤独,因沟通信号的泛滥反使沟通匮乏"(Lefebvre,1971:185),日常生活成为语言学上的"零度点"。符号图像化的资本主义社会关系接替马克思的抽象物化力量，成为日常生活的主导统治形态，即列斐伏尔所谓的"书写语言"对口语的统治，或者说是欧洲逻各斯中心主义对日常生活的统治。在这个社会中，书写语言是制度的载体，抽象空间统治导致了日常生活沟通消失与意义的"零度化"，这就是现代日常生活的本质。

3.1.3 "让日常生活成为一种艺术品"

日常生活的审美化和审美现代性是列斐伏尔美学的主题。唯有在艺术的迷醉状态下，人才可以忘却日常生活的琐碎平庸，只有艺术化、诗意化的"瞬间"才能超越现代资本主义社会中人的异化，创造出解放和自由的"情景"，避免无意义的日常生活（吴宁：244）。列斐伏尔提出把注意力放在生活的喜悦上，以审美现代性来抵制和改造平庸重复的日常生活。

列斐伏尔指出，是波德莱尔和居斯塔夫·福楼拜（Gustave Flaubert）带领我们走进一个审美现代性的新时代，至今我们仍然生活其间。他对波德莱尔推崇备至，认为后者抛弃了形而上和道德说教，把目光转向当代生活。列斐伏尔发现，波德莱尔的《现代生活的画家》(*The Painter of Modern Life*) 就是把最寻常的事物看作抽象的、符号的第二自然，揭示出寻常事物背后的神秘秩序。他认同《现代生活的画家》中波德莱尔的观点，即美都有"双重结构"，一面是永恒，另一面是瞬间，而当永恒见诸瞬间，其结果便是美妙的艺术作品，这也是从自然中抽象出奇迹的能力。在列斐伏尔看来，现代画家理当在瞬息之中表现永恒，理当面对日常生活，即便他必须撕开生活的表象，揭示其中包裹的那鲜活的精神。波德莱尔拥抱孩童的神话与天真，"孩子看什么都是新奇的，孩子总是处于'酣醉'状态……这样一种如痴如醉、喜乐无比的深切新奇感，必定包含了一种令人瞠目结舌的原始属性，那正是所有孩童面临新鲜事物的感受"（Baudelaire：98）。波德莱尔同时是个花花公子，他在抨击资产阶级加诸日常生活的各类形式的同时，也迷恋于用毒品和麻醉剂麻醉自己。列斐伏尔指出，波德莱尔希望将现实生活与一个更真实的生活、灵魂的生活并列。这样看来，波德莱尔著名的应和理论正是诗人试图带给真实生活以陌生、迷乱和奇异感觉的绝妙尝试。

以本·海默尔（Ben Highmore）为代表的日常生活批判理论家倾向于将超现实主义艺术实践和列斐伏尔的著作相提并论，认为两者都继承了从黑格尔到马克思的传统，充分显示了日常生活的两面性。一方面，日常生活本应变成艺术品，具有极大的创造性；另一方面，资本主义现代性在将生活同质化和标准化的同时，也加深了阶级、种族和性别的社会等级差异。超现实主义的意义就在于它是对人类思维规律的一种总结，为我们批评日常生活提供了一种指导思想——对现实的非理性的转变规律。现代主义文学家们之所以将日常生活神秘化、荒诞化而无法理解它，一是因为人们对现代生活的误解及不适应，二是因为现代科技的高度发展为人们理解熟悉的周遭世界提供了新的抽象认知形式。

海默尔在《日常生活与文化理论导论》(*Everyday Life and Cultural Theory: An Introduction*)中，将日常生活的探究比作福尔摩斯探案。一方面扑朔迷离的案情需要福尔摩斯来拨开云雾，另一方面福尔摩斯本人也需要借此来刺激他被日常生活的沉闷而窒息得麻木不仁的神经。福尔摩斯不堪日常生活的机械刻板，他醉心于稀奇古怪、违背常理的东西。在日常生活中看出并不日常的东西来，这就是福尔摩斯的美学。由此，侦探小说坚定不移地在日常生活的千头万绪中，凸显出高扬理性主义和科学主义的现代性。可以说福尔摩斯破译日常生活的方法就是科学和理性。由此，"福尔摩斯的日常生活美学，可以说是重申了后现代语境中的现代性"（陆扬：318）。

二十世纪初的先锋艺术和日常生活的关系，就在于挖掘日常生活中不起眼的琐细事件，这类似于侦探小说的破案方法，也是弗洛伊德精神分析的主要方法。在弗洛伊德看来，日常生活表面上杂乱无章，但只要深入到无意识领域，就可以发现一切有迹可循。曾经盛极一时的超现实主义运动的艺术宗旨就是突破传统美学的羁绊，统一梦和现实，由此，它可被视作弗洛伊德精神分析在艺术领域的一次实践。超现实主义艺术家就是在日常生活的细节中，展开对梦想和幻想的分析。在一系列日常生活场景中可以发现超现实的"真正现实"：一支笔、街道、路灯、汽车和一段梦境、一种想象交织在一起；科学杂志上，显微镜下的照片被放大；流行杂志将犯罪现场和名人头像"拼贴"起来。超现实先锋艺术采用的是一种"陌生化"策略，列斐伏尔认同安德烈·布勒东（André Breton）在《超现实主义宣言》（Manifeste du Surréalisme）中提出的观点，即"只有奇迹才是美的"（Breton：123），在他看来，超现实主义就是从熟悉的事物内部发生无限想象的奇迹世界。列斐伏尔进而归纳出超现实主义的三个创见：精神紊乱等病态因素被置于前台并系统化；"奇迹的新天地"不复新奇，奇迹、怪诞和异国情调无须任何寓意；最后是所谓的奇迹王国，只发生在日常生活领域。

  先锋派艺术的使命便是对日常生活的"陌生化"。拼贴画则是展示日常生活陌生化的典型手法，通过将报纸、缎带、照片和残缺不全的艺术作品拼合成一个新的整体，产生和传统油画截然不同的艺术效果。本雅明在评论达达主义的革命力量时，盛赞日常生活中最微不足道的真实片段要比传统艺术更具有表现力：它将"入场券、线团、烟蒂等静物画组合为一体，把所有这些装进一个画框，并以此向观众指出：你们看，你们的画框突破了时间"（本雅明，2014：18）。先锋艺术的陌生化尝试，就是从审美的技术层面显示了对日常生活的超越。

  日常生活贯穿在本雅明后期的全部著作中。他钻研现代城市生活，钟情于意象的建构，观察拱廊街和博物馆、世界博览会、巴黎十九世纪的街道，描摹波德莱尔笔下游手好闲的游荡者、赌徒、妓女。日常被看作关于历史经验的展开的、形而上学的概念之对象。本雅明坚持认为存在一种经验的统一体，他在《单向街》（One-Way Street）中对魏玛城市生活进行拼贴，使生活的建构成为其研究对象，而超现实主义正是这种建构的灵感。

本雅明通往日常的途径的原创性，在于他把历史的时间重新引入将超现实主义的经验进行概念化的过程中，并且"用关于过去的政治观点取代关于过去的历史观点"(Benjamin, 1979: 230)。他尝试在历史上特定形式的语境中，把超现实主义者的经验同时解读为政治经验和文化经验。海德格尔从生存论的角度处理日常的观念，他把本雅明称为"经验的总体性"的东西，例如生存，统一了起来(奥斯本: 252-260)。

十九、二十世纪之交，工厂流水装配线的发明无疑是日常生活的现代性最为触目惊心的一个标记。它把日常生活的单调、机械、疲惫推向了极点。查理·卓别林(Charlie Chaplin)在电影《摩登时代》(*Modern Times*)里扮演了一个在装配线上被折磨到疯癫的工人，形象地展示了日常生活的异化性质，诠释了马克思指出的人为物役、工人沦为机器附庸的悲哀，而这正是现代资本主义异化劳动的结果。列斐伏尔认为，卓别林的伟大艺术魅力就在于他揭穿了日常生活神秘外观掩盖下的异化特征，他的魔力不在于引人发笑的身体动作，而是与他的身体相关的其他物：身体与物质世界和社会世界的社会性联系。卓别林的表演揭示出人类在技术世界控制下被机械化和物化的命运现实，他将日常生活中人们熟悉的东西变得陌生，产生意想不到的震撼效果。资本主义社会的秩序制造了大量滑稽可笑的流浪汉，他们是马克思所表达的人性的异化命运的艺术化体现，是无产阶级日常生活中被否定的形象。由此，卓别林的滑稽实际上包含深刻的史诗剧的向度与意义，一方面是摩登时代表征的现代性，另一方面是卓别林扮演的流浪汉。现代性和日常性互为表里，列斐伏尔从卓别林的戏剧中得出结论："最矛盾的事情也正是最日常的，最奇特的事情往往最平常"(Lefebvre, *Critique of Everyday Life, Volume 1: Introduction*: 13-14)。列斐伏尔对卓别林的分析揭示了现代性对日常生活的压抑，以及日常生活可以怎样颠覆现代性的压抑。

列斐伏尔曾宣称，日常生活即是一出戏，舞台是接近日常生活的地方。"戏剧能够因为真实的观众的需要而重新开始，浓缩与再现生活"

(Lefebvre，*Critique of Everyday Life, Volume 1: Introduction*：136）。列斐伏尔分析了卓别林和贝托尔特·布莱希特（Bertolt Brecht）等戏剧大师的思想，认为布莱希特为我们提供了一种新型的、革命的现实主义戏剧——史诗剧。在布莱希特看来，古典剧的角色是完美无缺的神灵，现代剧的角色只能是生活中的角色。他在其杰作《伽利略传》（*Leben des Galilei*）中倡导一种"非英雄化"风格，将伟大的科学家伽利略（Galileo）还原成一个日常生活中爱吃鹅，会胆怯，为了保命而向教会低头的普通人。列斐伏尔在分析布莱希特的戏剧时发现，日常生活的一个基本问题就是行为动机的含糊性。布莱希特"构想了日常生活的史诗性内涵，即于平凡中见新奇与伟大之处……一种在日常生活中可以发现的清醒的异化感"（刘怀玉：121）。布莱希特的戏剧以"间离效果"著称，演员似乎不在剧情中，而是作为旁观者介入情节，由此让观众在观剧时时刻意识到这就是日常生活。通过舞台表演的"距离感"和"陌生化"，观众意识到日常生活的矛盾和神秘性。同时，观众也意识到自己是个参与者，观剧时其内心也在发生精神活动（Lefebvre，*Critique of Everyday Life, Volume 1: Introduction*：22）。列斐伏尔的结论是，布莱希特的史诗剧消融于日常生活之中，停留在日常生活的水平，也就是大众的水平之上，这是一场戏剧中的民主化运动。不同于卓别林对日常生活的颠倒想象，布莱希特采用矛盾化和陌生化的方法，并不纯化日常生活，而是澄清其中的矛盾，冲破日常生活的弱点。

　　费瑟斯通的看法和列斐伏尔审美现代性的观点相类似，他于1991年出版的《消费文化与后现代主义》一书第五章标题就是"日常生活的审美呈现"，开篇就明确以后现代主义和消费文化为日常生活审美化的理论起源和时代背景。通过考察日常生活审美化的纵横谱系，费瑟斯通认为它有三个维度。其一，日常生活审美化是指一战以来产生的达达主义、先锋派和超现实主义运动等艺术亚文化，它们消解了艺术与日常生活之间的界限。费瑟斯通给出的例子是达达主义画家马塞尔·杜尚（Marcel

Duchamp），杜尚代表六十年代的后现代艺术，反对博物馆和学院中被制度化了的现代主义，其著名作品《泉》(Fountain)实际上是一个小便池，杜尚尝试以此消解传统艺术的神圣光环。费瑟斯通另以安迪·沃霍尔(Andy Warhol)和他的波普艺术为例，认为沃霍尔的作品不过是大众文化中的低贱消费商品，却一跃成为艺术品，由此传统高雅艺术逐步走向衰落。其二，费瑟斯通指出，日常生活审美化是指生活同时向艺术作品逆向转化。十九世纪与二十世纪之交的英国哲学家乔治·爱德华·摩尔(George Edward Moore)就指出，人生之中最伟大的商品是由个人情感和审美愉悦构成的。他的生活态度在唯美主义者沃尔特·佩特(Walter Pater)和奥斯卡·王尔德(Oscar Wilde)那里得到了回应，他们坚持用童真眼光看待世界的唯美态度。而波德莱尔作为现代性的核心人物，将自己的身体、行为和情感，即整个人生变成了一件艺术品，他建构了一种模范生活方式，在服饰、举止、个人爱好乃至家居陈设方面显现优越性，这就是日后成为日常生活审美化的原型的生活方式，也是十九世纪中后期巴黎的反文化艺术运动的一个重要主题；既是福柯所谓的一种"审美生存"，又是费瑟斯通阐明的波希米亚式的生活方式，更是唯美主义和消费主义结合的"艺术人生"。其三，根据费瑟斯通的解释，日常生活审美化指渗透到当代社会日常生活结构的符号和图像。商品的抽象交换价值与日俱增，给商品披上了虚假的使用价值，即鲍德里亚所说的"符号价值"。通过广告等媒介的商业操纵，图像持续不断地重构当代都市的欲望(陆扬：137–140)。另一方面，鲍德里亚宣称"拟像就是真实"(Baudrillard: 1)，这是一种将日常生活审美化斥为"伪美学化"的倾向。这位西方马克思主义的代表人物认为，符号和影像在消费社会中占意识形态主导地位，所以才赋予文化以霸权地位。

3.1.4 小结

列斐伏尔把日常生活提升为一个现代性的概念，将其作为批判资本主义社会的关键词。日常生活是异化的集聚场所，也是革命的策源地。列斐伏尔前期的美学研究主要阐发马克思的《1844年经济学哲学手稿》(*Economic and Philosophic Manuscripts of 1844*)的美学思想，认为通过社会革命推翻资产阶级统治后，可以从日常生活入手消除异化。随着西方工人运动和共产主义思潮的回落，"总体性"革命理想黯淡，列斐伏尔因而提出"消费受控制的官僚（科层）社会"理论，指出在资本主义社会中，具有大众化和性刺激的图像无处不在，广告用消费的需要控制人们的自我意识，实现对人的全面物役。二十世纪六十年代后，列斐伏尔走上用审美代替革命的道路，反对消费文化对日常生活的浸淫，让日常生活成为一种艺术品，这意味着日常生活是一种创造性的生活，是充满个人的主动性的生活，艺术使日常生活由粗鄙化转变为精致化。审美被当成异化的日常生活的唯一救赎，他认为必须在现代日常生活的艺术化瞬间获得自由和解放，达到全面发展的"总体的人"。

3.2 现代性与大屠杀

吉登斯把鲍曼视为出类拔萃的后现代理论家，彼得·贝尔哈兹（Peter Beilharz）认为鲍曼的风格是后现代性的，丹尼斯·史密斯（Dennis Smith）评价他为后现代预言家，认为"鲍曼是他所述故事的一部分，人们可以在他绘制的图景上找到他"（Smith：1）。犹太人、流亡、迫害，这些关键词不断闪烁在鲍曼的生命中，也成为他学术研究的思想基点。鲍曼先是在第二次世界大战中险些成为纳粹屠杀的对象，后又成为波兰反犹主义的牺牲品，接连被解除少校军职和华沙大学的教职。他被迫离开波兰后辗转加拿大、美国、澳大利亚，最终定居英国，1971年起在利兹大学担任社会学教授，直至1990年退休。

鲍曼在华沙大学期间（1954—1967）关注社会主义、文化和社会学等领域，对马克思主义的研究集中于对社会主义乌托邦的考察。安东尼奥·葛兰西（Antonio Gramsci）的文化霸权理论是他关注文化问题的直接根源。鲍曼认为文化是社会的基础，社会主义建设应该重视文化的巨大作用。而哈贝马斯的交往行为理论则对其社会学研究影响深远，他据此得出的结论是知识分子应为"未被扭曲"的交流创造现实的社会和政治条件。这些条件和平等、自由、公正的待遇类似，是社会主义乌托邦的基础。被迫远走他乡后，鲍曼开始思考大屠杀、现代性与后现代性等议题，其间对他产生影响的哲学家有福柯、霍克海默和阿多诺、伊曼努尔·列维纳斯（Emmanuel Levinas）等。鲍曼后来对消费主义、全球化和共同体的探讨则受到鲍德里亚等人的影响。鲍曼后期用流动的现代性取代了后现代性这一概念，这是对当代西方社会的观察记录和深刻阐释。他既批评过往固态现代性的固化和结构化，也批判当前现代性的液化、不确定性趋势。鲍曼以犹太人的身份直面大屠杀浩劫，因此有了《现代性与大屠杀》这部为鲍曼赢得世界性声誉的著作。

3.2.1 种族主义与现代性

反犹主义和大屠杀之间的因果关系是鲍曼研究的起点之一。在纳粹掌权前后，德国民众的反犹主义比起欧洲其他国家对犹太人的敌视要逊色得多。即使在大屠杀过程中，德国公众的反犹主义也没有变成积极的力量，大多数德国人只是冷漠地对待犹太人的命运，用诺曼·科恩（Norman Cohn）的话来说就是"不愿意为犹太人而忙碌"（Cohn：267）。此外，史料证明反犹主义数千年来一直是个普遍现象。鲍曼的结论是，不能仅用反犹主义来解释大屠杀。

鲍曼对犹太人在德国的历史境遇作了一番综述。在德国，犹太人被视为"内部的外人"（foreigners inside）。犹太人与德国人之间的对立不是"相互遭遇的地域性对抗"，而是"主人群体"与生活在其中的"小部分群体"之间的对抗（鲍曼，2002：45）。在前现代的欧洲，犹太人的他者性并未妨碍他们融入通行的社会秩序，或致使他们成为社会动荡的诱因。数个世纪以来，犹太人居住在城镇中一个孤立的角落，穿着也迥然不同；犹太人与其他种族之间禁止通婚或共餐，表面上看似敌对的行为实际起到了群体分化和社会整合的作用，从而减少了两个群体的直接接触，避免了社会冲突。

基督教中的反犹主义则更加复杂。基督教起源于犹太教，为了维持自我认同，基督教必须疏远犹太人，于是犹太人构成了基督教实质性的"他我"（alter ego）；基督教可以把它自身的存在理由化为进行当中的对犹太人的敌视。现代性到来时，基督教一直致力于构建犹太人这一概念。概念中的犹太人最大的特点是"黏性"，犹太人被塑造为威胁和藐视事物秩序的形象，是所有的不合规范、异常的典范和原型（鲍曼，2002：51-52）。概念中的犹太人直接或消极地被卷入现代社会对划清界限和维持界限的强烈关注。反犹主义是划分界线，而概念中的犹太人在适应不同的、相互矛盾又争议不休的环境时，其内在的不一致性进一步恶化。早在1882年，犹太医生利昂·平斯克尔（Leon Pinsker）就对犹太人作出了如下描述：在"活人的眼里，犹太人是死人；在本地人眼里，犹太人是外来者和游民；在穷人和受剥削者的眼中，犹太人是百万富翁；在爱国者眼里，犹太人是没有国家的人"（转引自Laqueur：188）。到1946年，人们把"犹太人看作所有被愤恨、被恐惧或者被蔑视的事物的化身"（Weinreich：28）。犹太群体被妖魔化了。

鲍曼把犹太人喻为三棱镜群体。在前现代社会中，犹太人充当了地主阶级和农民阶级的中间人。一方面他们被主人视为卑微的下层阶级，但另一方面，由于犹太人协助主人剥削下层阶级，又被穷苦大众视为冷酷的社会上层。因此，犹太群体就像三棱镜一样，依据视线来自何方呈现出完全不同的形象（鲍曼，2002：57）。而随着现代性的推进，以及犹太人自身的"黏性"，他们身上聚集的紧张与焦虑进一步加深。"对于社会的大多数成员而言，现代性的出现等于是秩序和安全的破坏；……犹太人自身快得不可思议的社会进步和社会转变似乎浓缩了前进中的现代性对每一个熟知、习惯和可靠的事物所造成的巨大破坏"(60)。

现代性对欧洲犹太人的处境造成了冲击，首先便是使他们被选为反现代式抵抗的首要目标(鲍曼，2002：62)。在前现代社会中，犹太人是被隔离和区分的。他们处在社会的最底层，是所有人可以鄙视的对象。随着现代化的进程，他们进入主流社会，甚至凭借金钱和能力获得了社会地位。由于犹太人是少数几个敢于超脱上层社会价值牢固控制的群体之一，他们也抓住了西欧工业、金融和技术革命带来的机遇。鲍曼认为，富有而可鄙的犹太人"集可怕的金钱力量与社会的鄙视、道德的谴责和审美的厌恶于一身"(61)，这正是对现代性的敌意，特别是对现代性资本主义形式的敌意所需要的支撑点。最早的现代反犹主义者都是反现代的代言人，这些精英们对现代化的挑战漠不关心，甚至抱有敌意。而正在转变成犹太资产阶级的犹太人在很多方面威胁到原有的精英阶层。犹太人的经济主动性给已有的社会统治带来了危机，打乱了社会秩序。于是他们被视为一股邪恶的力量，一种混淆了界线的黏性物质，代表了骚乱和无序。

民族国家的建立是现代性进程中的另一重要里程碑，而作为没有国家的民族，犹太人再一次被拒绝在了大门之外。犹太民族分布在全球各地，具有超民族属性，因此可以充当个体自我认同、共同体利益相对性和局限性的提示物。在每一个民族内，犹太人都是"内部敌人"，也是齐美尔所说的"陌生人"。一方面，政治精英们会利用犹太人的热情和才能来促进发展，乐于利用犹太人开展各项不愉快和危险的工作，如推进对混杂种族、语言和宗教地区的统治；但另一方面，精英们又对犹太人存有深深的不信任。因为与其他"生而即是"的共同体成员不同，犹太人的成员资格意味着进行选择，意味着原则上可以被"废除"。由于民族主义和自由选择思想本质的不协调，短命的自由主义同化之梦破灭了。犹太民族被挡在了民族国家之外，被视为以民族国家为基础的秩序的敌人。

种族主义是现代性的产物。如果没有现代科学、现代技术和国家权力的发展，种族主义是不可想象也无法实施的。可以说，现代性使种族主义成为一种可能、一种需要。鲍曼区分了异类恐惧症和种族主义。异类恐惧症具有普遍性，当一个人无法控制局势，因而也就无法影响局势的发展或预计其后果时，就会产生这种范围更广的焦虑（鲍曼，2002：86）。异类恐惧症所恐惧的对象不是一类人，而是一个集体，它激发的是一股热切的划分界限之潮。而种族主义宣称，社会中存在一类人群，他们像"癌细胞"一样顽固地抵制所有的控制，保持他们永久的异质性，所以为了社会的"健康"，这些"癌细胞"必须被消灭。

种族主义开始被视为一项社会工程。要施行种族主义，首先需要一个完美的社会设计，同时还要有实施这一设计的环境。在大屠杀的例子中，纳粹就设计了一个千年德意志帝国，即自由的日耳曼精神王国。纳粹的变革是浩大社会工程的一次运动，"种族血统"是一系列工程中的关键一环。阿道夫·希特勒（Adolf Hitler）上台后，组织生物学家、历史学家和政治学家研究调查犹太人问题。纳粹分子声称，为了"有价值的生命"，就必须除掉"无价值的生命"。他们提出净化欧洲，消灭"犹太病毒"，使得对犹太人的灭绝成为理性的社会管理活动。于是，在所谓的科学基础之上，以更好的秩序为目标，种族主义作为一项社会工程，和现代性的世界观及实践活动产生了共鸣。首先，"科学"的合法化成为启蒙运动以来唯一的正统信仰，颅相学和人相学获得新科学时代的自信。卡尔·冯·林奈（Carolus Linnaeus）创立了科学分类法，精确区分了欧洲人和非洲人，并得出欧洲人更为优越的结论。"科学种族主义"的创始人约瑟夫·阿蒂尔·戈宾诺（Joseph Arthur Comte de Gobineau）也认为黑人智力低下而色欲过度，而白人热爱自由和精神活动。其次，现代社会以对自然和自身的积极管理著称。科学活动被当成力量强大的工具，可以让持有者改善现状（鲍曼，2002：92–95）。犹太人的问题被看作"政治卫生的问题"（Hilberg：1023），于是屠杀犹太人被纳粹变成了一项卫生运动、一项社会理性的管理活动，或者说是系统地运用科学的思维方式、哲学和训诫的一次尝试。

十九世纪以来,生物进化论的影响遍及整个社会,优生学盛行,优等民族和劣等民族成为研究课题。生物学、遗传学对人种的研究与种族主义结合形成"科学种族主义"。鲍曼评析了"科学种族主义",认为在现代种族主义不仅没有消失,反而在科学理性的支持下遍及世界。鲍曼指出,林奈的问题在于,他使用评判动物的标准来断定人种是否优越,恰恰是把人降到了动物的水平上。张曙光认为鲍曼批评的其实是科学主义,即迷信科学的意识形态。迷信科学体现了现代人的功利化和知识化。现代社会利用科学对自然和自身进行积极管理,社会本身被看作管理和设计的对象,是一座花园;而社会管理者是园丁,他们根据科学的原则除去园中杂草,优胜劣汰。现代性就是理性的艺术,为了实现理性对现代性工程和秩序的追求,现代权力必然会采取设计监控、园艺修剪等手段,集中资源和管理技术,直至直接清除杂草的大屠杀。

3.2.2 现代官僚体系的理性化

鲍曼没有选择以往关于大屠杀的论调,而是另辟蹊径地从现代官僚体系的理性化角度入手,重新阐释了大屠杀的实质。韦伯批判工具合理性只遵循效率最大化的技术性原则,它无法意识到人的情感、道德和精神世界作为人的根本性存在的价值和意义;相反,如果后者与效率发生对立,它就会尽量将其排除在外。科层制管理以制度化的形式保证了这一点,在这个体制中,除了少数决策者,其他人都被置于接受和执行命令的服从地位,没有自主行动的权力,只是照章办事。鲍曼断定,"正是现代文明化的理性世界让大屠杀变得可以想象"(鲍曼,2002:18)。大屠杀不是文明的一个插曲,而恰恰内在于现代性以来的文明本身,大屠杀是现代性大厦内的合法居民(24),与现代文明完全契合。

犹太大屠杀是独特的,因为它是现代的,更因为它集合了通常被分离的现代性的因素。萨拉·戈尔顿(Sarah Gordon)就命名了几种只有结合起来才能产生大屠杀的因素:

> 纳粹分子式的激进的……反犹主义；反犹主义变成一个强大集权国家的实际政策；这个国家支配着一个庞大的、有效率的官僚机器；"紧急状态下的国家"——一种不同寻常的战时环境，它允许这个国家所控制的政府和官僚体系越过一些在和平时期可能要面对重大障碍的事物；没有干涉，所有的人被动接受那些事情。（鲍曼，2002：127）

针对其他种族的暴力事件在历史上屡见不鲜，但其破坏性都赶不上大屠杀。这是因为，传统上暴民的愤怒情绪会很快消失，技术则原始而低效；而在大屠杀中，官僚机构替代了暴徒；服从权威代替了蔓延的狂暴（鲍曼，2002：121）。大屠杀有两个突出特点，一是规模，二是目的性；其中第二点又是首要和尤为突出的。现代种族灭绝事件的突出特点是其绝对的规模。大屠杀是专家（官员）根据可行性和成本作出的决策，以理性的、经过仔细衡量的设计著称。现代官僚制度对效率的强调在大屠杀中扮演了主要角色。正是现代官僚制度和现代文明对效率与理性的追求，才使得大屠杀得以被构思、推进；也正是它们使大屠杀在当时显得那么"合理"。换句话说，德国纳粹得以在短时间内残忍地杀掉600万犹太人，恰恰有赖于现代官僚机制的高效运转、工具理性的无比发达。依靠组织化的例行行为，将对象进行精确定义，将符合定义的犹太人登记并建立档案、并与他人隔离，再将隔离的人清除出去，然后就地屠杀。奥斯威辛集中营是一个工厂，原料是犹太人，产品是死亡。工厂周围的铁路网源源不断地向集中营输送犹太人，毒气室用先进的化学工业制造毒气，高效地成批杀死犹太人，焚尸炉的浓烟从烟囱中排出。大屠杀的悲剧就建立在准确而精密的劳动分工、畅通无阻的命令和信息、自发的非个人的协调行动之上。

鲍曼指出，现代种族灭绝目的明确，它是社会工程的一个要素，意在使社会秩序符合完美社会的设计。现代文化是一种园艺文化，从设计的角度看，所有行为都是工具性的，其目标不是为了得到便利，就是为了去除障碍。统治者除去杂草，因为它们破坏了社会大花园所谓的秩序和美丽。犹太人被屠杀是因为他们不适合"完美社会"的方案，在纳粹统治者眼中，他们不是在毁灭，而是在创造。一旦犹太人被消灭，一个更美好的、更道德的人类社会就可以建立起来。

大屠杀也意味着现代防卫的破产。文明社会的成就之一就是暴力从日常生活的视线中消失。但是鲍曼认为，现代文明的非暴力特征是一个幻觉（鲍曼，2002：129）。这里的消失并不是文明社会真的把暴力消除了，而是通过对暴力的重新利用，把接近暴力的机会再分配，使之成为政治理性的工具。这一切的最终结果是暴力的集中，进而推动了技术进步，反过来又扩大了强制措施集中的效果。正如吉登斯反复强调的，将暴力从文明社会的日常生活中消除，一直和社会之间的交换以及社会内部秩序产物的彻底军事化密切相关。常备军队和警察部队集中了先进的武器，以及先进的官僚体制化管理方式。二十世纪的两次世界大战中，这种集中军事化带来的暴力灾难导致遇难人数急剧增加，史无前例。在大屠杀的例子中，暴力成为一种技术。而技术不受情感的影响，是纯粹理性的。文明社会的另一个产物或者说推动力是科学，但科学在大屠杀中起到了关键性的助推作用。首先，科学对理性的追求排除了宗教和道德的约束力量；其次，科学和科学家也直接地帮助了大屠杀的进行。所以，"文明无法保证它所形成的可怕力量被道德地使用"（147）。

当受到工具理性单一标准支配的手段和道德评价相脱节时，使用暴力就是最为有效的。官僚体系尤其擅长于此类脱节，它是两个平行过程的产物，即细致的劳动功能划分和技术责任对道德责任的替代。一旦与其后果拉开距离，大多数功能专门化的行为要么在道德考验上掉以轻心，要么就是对道德漠不关心，在权力等级中的每个人只对他的直接上级负责，因此重要的是"行动是不是按照当前最好的技术知识来进行的，以及行动的结果是不是有成本效益，标准明确而便于操作"（鲍曼，2002：135）。鲍曼分析了纳粹内部不同阶层施害者的行为与心理。参与大屠杀的德国士兵和将领大多是正常人，而非虐待狂或杀人魔，是组织和纪律让他们克服了"动物性同情"，将大屠杀看成一般的社会生产。对于服务于官僚体系的成员来说，荣誉和纪律取代了道德责任。唯有组织内的规则被当作正当性的源泉和保证，它已经变成最高的美德，从而否定了个人良知的权威性。而执行命令的不安则被上司对其下属的行为承担所有责任这一保证所缓解。鲍曼认为这就是技术责任取代了道德责任。当官僚体系内部复杂的功能划分使得人们远离其行动所导致的最终结果，即约翰·拉赫斯（John Lachs）所说的行为的中介（mediation of action），"这个人'站在我和我的行为中间，使我不可能直接体验到我的行动'"（Lachs: 12–13），道德困境就会消失在视野之中，"道德也就归结为要做一个好的、有效率的和勤劳的专家和工人的戒律"（鲍曼，2002：136）。服务于官僚体系的成员甚至从镇压受害者中获得了自己的尊严，对象的非人化和积极的道德自我评价相互强化，所以成员可以忠实地完成任务而不受道德谴责。

　　鲍曼的分析指出，德国纳粹通过对受害者进行心理盲视，即拉开施害者和受害者之间的距离，使施害者看不见他带来的后果，进一步将大屠杀转变成冷漠的社会生产。纳粹发明的毒气室使杀手的角色局限于负责往屋顶空隙倒入"消毒化学剂"的"卫生官"，并且不准他参观建筑物内部。由此，大屠杀在技术和管理上的成功可以归结为熟练运用现代官僚体系和现代技术所提供的"道德催眠药"。将受害者的人性从视野中驱逐出去，将屠杀对象非人化，禁止他们使用人格尊严的文化符号，他们就会变成一个"令人讨厌的因素"（鲍曼，2002：138），比如犹太人和虱子的联系。鲍曼注意到，为了把犹太人驱逐出欧洲，纳粹在犹太人问题上的宣传经历了如下变化：从种族自卫的语境到语言世界的"自我纯净"和"政治卫生"，最终变成了对德国消毒公司的化学用品生产的指令。

　　纳粹是第一个完全为了政治目的利用现代技术的组织。作为一个国家社会主义者，海德格尔对于技术无限狂热，他相信德国人被赋有将技术和文化融合在一起，使其相得益彰的特殊使命（Herf: 109），杰弗里·赫夫

(Jeffrey Herf)将之称为"反动的现代性",是对现代性时间性的极其特殊的表述或扭曲:"法西斯主义是反动的政治现代主义;海德格尔的生存主义是反动的哲学现代主义"(奥斯本:234)。本雅明相信"法西斯是'政治的审美化'……为着反动的与破坏性的目的,它开发出了现代性的技术的与文化的潜能"(226)。鲍曼在后期研究中把现代性分为固态现代性和流动现代性两种,前者产生出压制、极权、屈服和自由的窒息,后者引发个体的孤独、自由的无用、世界的无序、安全的丧失以及生存的恐惧和焦虑。马尔库塞分析道:"当代工业社会,由于其组织技术基础的方式,势必成为极权主义。因为,'极权主义'不仅是社会的一种恐怖的政治协作,而且也是一种非恐怖的经济技术协作,后者是通过既得利益者对各种需要的操纵发生作用的"(马尔库塞:4-5)。

关于理性与极权主义、大屠杀的关系,鲍曼则一针见血地指出:"在大屠杀漫长而曲折的实施过程中没有任何时候与理性的原则发生过冲突。无论在哪个阶段'最终解决'都不与理性地追求高效和最佳目标的实现相冲突。……它是现代性大厦里的一位合法居民;更准确些,它是其他任何一座大厦里都不可能有的居民"(鲍曼,2002:24)。

3.2.3 服从之伦理

在《现代性与大屠杀》的后半部分,鲍曼主要回顾了心理学家斯坦利·米尔格兰姆(Stanley Milgram)的实验,以突出服从之伦理,来验证大屠杀和官僚体系的关系。米尔格兰姆发现,残酷的程度与权威和下属的关系、权力与服从的结构紧密相关,与执行者的个性仅有微弱的关联。其中最具震撼力的是,残酷的程度与施害者和受害者之间的距离成反比,施害者在身体和心理上和受害者的距离越远,就越容易变得残酷。由于行动的中介化,当施害者与受害者之间的距离拉大,施害者就更容易作出伤害的行为。行动的组织越是理性,行为就越容易制造痛苦,而个人却能保持心安理得。"同谋者"之间建立起团结,彼此分担在他们看来是犯罪行为的责任,于是,这些"同谋者"被紧密联系在一起。在官僚体系内,道德有了新的表达:忠诚、义务和纪律。鲍曼的总结是,忠诚意味着在纪律规范的限制下尽个人的义务(鲍曼,2002:202-210)。米尔格兰姆的实验还指出,组织实质上是一个湮没责任的工具。所有人都把责任推诿给别人或传达命令的上级,从而规避道德考量的压力,用鲍曼的话说,这种"自由漂流的责任"恰是不道德或者违法行为所需的条件(213)。总而言之,残酷的社会性远远大于个人性格上的因素。如果个体被置于道德压力失效,且非人性得到合法化的情境中,肯定就会变得残酷起来。鲍曼从米尔格兰姆实验得出的最突出的结论就是,"多元主义是防止道德上正常的人在行动上出现道德反常的最好的良药"(217)。社会心理学家菲利普·津巴多(Philip Zimbardo)通过实验模仿了监狱中的人际动力。实验中志愿者被随意分成犯人和看守,看守们得寸进尺地使用他们的权力,包括强迫犯人徒手打扫卫生,在不允许倒掉的便桶里解手,让犯人唱淫秽歌曲,他们越来越相信犯人非人;而犯人变得越来越自卑。参加实验的志愿者是大学年龄段的男子,却一下子变成魔鬼。实验在一周后就被叫停。让津巴多大吃一惊的是,对残暴的纵容并非来自参与者的邪恶,而是源自邪恶的社会安排。鲍曼认为真正重要的是"一些人被赋予了施加给其他人的完全、唯一和没有限制的权力"(220)。

鲍曼还回顾了涂尔干的研究。他指出,现行的社会学理论认为道德来源于社会,而不道德行为都被解释为前社会或者非社会的驱力从其社会生产的牢笼中挣脱出来的表现。涂尔干认为社会之外没有道德生活,他把"社会理解为一个生产道德的工厂","涂尔干的道德论述除了对久已存在的观点,即道德是社会的产物做了最有力的重申之外……他对社会科学研究影响最大的也许是认为社会在本质上是一种积极的教化力量的观念"(鲍曼,2002:225)。道德行为的同义词就变为社会对大多数人遵守的规范的顺从与服从。鲍曼认为这种观点站不住脚。从犹太大屠杀看,如果认为社会是"生产道德的工厂",那就无法解释符合社会规范的行动中何以产生滔天恶行。倘若行动本身是符合伦理的,而结果却是邪恶的,那就意味着所遵循的特定伦理规范有问题,而从中引出道德,以伦理规范保证道德的做法在根本上行不通。所以伦理和道德常常发生冲突,合乎伦理的未必道德。

大屠杀挑战了社会学处理道德问题的传统方式。在灭绝计划中,纳粹统治者遇到的一个问题是,纳粹士兵虽然可以执行大屠杀的任务,但是他们经常会遭遇到"隔壁的犹太人"形象的阻碍。概念中的犹太人是可鄙的、肮脏的,但隔壁的犹太人,那些活生生的、呼吸与共的熟人和伙伴却是正直的、值得尊敬的。亲身的印象与抽象的原型相分离。纳粹通过一步步有计划地对犹太人进行"非人化"和隔离(鲍曼,2002:248-249),使普通德国民众对犹太人的态度逐渐中立,直至对他们的命运保持冷漠。纳粹首先通过身体的隔离,实现对犹太人的身体封锁;其次,通过直接号召,激起大众对犹太人的反感,实现对他们的精神封锁。德国犹太人被彻底孤立了,没有任何人会来帮助他们。他们只能运用理性生活下去,配合纳粹,同时距离毁灭越来越近。一个行为人的意图并不会直接地造成其最终的结果(杀戮),而是要经过两者之间大量的行为和不相干的行动者。

更可怕的是,官僚体系甚至将犹太组织也牵扯进来,使其成为大屠杀的帮凶。由犹太精英构成的"犹太委员会"在大屠杀中扮演了关键的中介角色。在大屠杀中,纳粹允许"重新分类",即那些杰出的、有作用的犹太人或小群体可以受到特殊待遇。于是,社区内的人们开始争夺特权,而不同犹太社区之间也在暗自争夺。通过这种做法,纳粹成功地转移了注意力,让犹太人专注于"拯救你所能拯救者",为牺牲100人而拯救了1000人沾沾自喜。可是,犹太人没有意识到,这种做法的残忍之处在于,它所要求阐发的观念与信仰以及它所鼓励的行为,给纳粹的总体规划提供了合法性,使之可以为大多数人所接受,包括受害者。这种做法让犹太人间接地拒绝了团结,无法看到向他们逼近的可怕命运,也为纳粹大开方便之门。大屠杀从一开始就是非理性的。有不少犹太领袖在接到"挑选一部分人"的命令时，选择了自杀或抵抗。而对于那些积极配合的人而言，"拯救你所能拯救者"成了他们最好的理由和借口。他们甚至自视为英雄，因为他们理性地拯救了"大多数"。可是他们不曾意识到，自己只是被纳粹误导的棋子。正是他们的理性计算，才使得犹太群体失去了群起反抗的机会，而被动地、理性地相信：这是最后一次，虽然牺牲了一部分人，但大多数人可以得救。理性地保护自己的生存，却对别人的毁灭无动于衷，这正是大屠杀使用的终极武器。但是，虽然自我保全的理性逻辑对个人而言是划算的，它却使我们丧失了人性。

鲍曼在最后总结了大屠杀带给我们的两个启示：(1)"大多数人在陷入一个没有好的选择，或者好的选择代价过于高昂的处境中时，很容易说服他们自己置道德责任问题于不顾……而另行选取了合理利益和自我保全的准则"(鲍曼，2002：268-269)；(2)"将自我保全凌驾于道德义务之上，无论如何不是预先就被注定的，不是铁板钉钉、必定如此的"(269)。道德天然地具有模糊性和不确定性，"强劲的道德驱力有一个前社会的起源，而现代社会组织的某些方面在一定程度上削弱了道德驱力的约束力；也就是说，社会可以使不道德行为变得更合理"(259)。

通过研究列维纳斯的伦理学，鲍曼意识到道德有一个与社会无关的"前社会的起源"(鲍曼，2002：259)。道德发源于与他人共处的场景，在任何条件下，个体应无条件地承担起他的道德责任，"道德意味着'对他人负责'"，主体存在的责任是其主体性的唯一含义(239)。道德是一种优先于所有利益的职责，每个个体对他人的责任是无条件的。鲍曼总结大屠杀的教训之一是"在一个理性与道德背道而驰的系统之内，人性就是最主要的失败者"(269)。他继而给出"道德义务高于自我保全的理性"的命题(269)。

鲍曼认为，把道德和伦理混为一谈，从而导致道德从属于和受制于伦理的处境，是道德在固态现代性中遭遇的最大危险。鲍曼指出固态现代性是一个伦理时代，伦理必须优先于道德。伦理的有害性在于，"它把道德现象从个人自治的领域转换到靠权力支持的他治领域。它用可习得的规则之知识代替了由责任组成的道德自我",结果造成"漂浮的"责任,道德自我也被窒息了(许小委:136)。鲍曼认为,在大屠杀中,"道德行动代表着违反而非依循社会设计和监管规范"(Bauman & Tester: 60)。阿伦特也观察到,那些决定不参与种族灭绝狂欢的人必须站起来反对他们社会的主流标准,"那种与其所处社会对抗的能力或许是道德行动的必要条件"(60)。

固态现代性社会通过理性认知和计划,将一切安排得井井有条。人们只有在认同和服从中才能实现自己的追求和活着的价值。为了维持这样的秩序,整个社会被分为两大敌对的群体——"熟悉的朋友"和"陌生的敌人"。对鲍曼来说,犹太人是现代社会的文化他者,是现代社会的陌生人。近代历史上,犹太人身为没有家园、没有故乡的群体,被视为现代社会秩序的挑战者和破坏者,是统治者要消灭的敌人。一方面是同化下对他者的隔离,另一方面是现代性对一切差异和不确定性的排斥。在追求秩序、完美、和谐的现代社会中,陌生人是要被剔除的杂草。在鲍曼看来,现代性就像园丁,铲除杂草、修整花园是它的职责,而最终目标就是福柯的"全景式监狱"的控制图景。

3.2.4 小结

在鲍曼看来,现代性是一种永恒的紧急状态,更新、更快、更好、更完美的生活和社会是现代性的永恒追求。内在于现代性的种族主义观念,辅之以现代性的工具理性精神及其官僚制度,就是大屠杀的成因,也是我们借以反思大屠杀的基点。没有德国纳粹官僚机制的有效运转,没有工具理性的技术设计,没有内在于工具理性的道德弱化,在短时间内高效执行的大屠杀就不可能成为现实。大屠杀是文明社会的"合理"产物,"大屠杀的经历包含着我们今天所处社会的一些至关重要的内容"(鲍曼,2002,"前言":10)。大屠杀最基本的理由建立在例行的计算精神之上。大屠杀的过程始终追寻理性的目标——高效、完美地完成"清除犹太人"的任务。此外，大屠杀恰是通过对规则的服从而将责任流放到某个"乌有之地"，从而免除了个体的抉择和罪责。鲍曼指出，固态现代性对清洁和秩序的狂热迷恋以及由此产生的社会管理园丁思维，产生出压制、极权、屈服和自由的窒息，它通过伦理将道德缩减为一张有限的义务清单，尽管免除了行动者对道德选择的痛苦，实际上却剥夺了道德自我成长的机会。

3.3 现代性与性别

菲尔斯基在《现代性的性别》的导论中提到，现代性表征一再将女性置于历史之外，最大限度地弱化她们的能动性、当代性和人性。在霍米·巴巴（Homi K. Bhabha）、佳亚特里·斯皮瓦克（Gayatri Spivak）等后殖民理论家的理论基础之上，菲尔斯基相信混杂、传染和混合是文化身份构成的基本，并坚持认为非西方社会也运作着复杂的时间性和不连贯的文化逻辑。在该书的前半部分，菲尔斯基通过细读1880年到1914年间的文本中现代性性别的再现，发现学界普遍认为女性没有参与现代化进程，而在消费文化兴起后，现代性的再现将女性妖魔化为贪婪的消费者形象。之后，菲尔斯基研究了作为修辞的女性气质如何从女性身体迁移到先锋派美学中。在该书的第二部分，菲尔斯基主要研究女性作家对现代性和女性气质之间关系的再现。通过讨论通俗罗曼史，菲尔斯基证明这类作品对"别处"的渴望是现代性最根本的修辞。接下来她对第一波女性主义者的历史哲学进行挖掘，考察她们如何以进化和革命为隐喻来描述一种历史意识和时间的独特经验。最后她比较了感伤爱情小说、政治修辞和先锋美学三种不同文类，强调二十世纪末的女作家对现代的多元化想象和回应。菲尔斯基将研究重心放在女性和现代性文化表征相关的关键问题之上：商品化和消费主义带来的性别气质的变化、私人/公共领域的区别、先锋派美学政治和大众文化政治及历史叙事的组织力量等。菲尔斯基的研究试图超越时空或性别局限,在别处寻找意义,恢复女性在现代性中的历史主体地位。

3.3.1 男性气质 / 女性气质

菲尔斯基指出文化文本中充满了男性气质和女性气质的隐喻,这一点在"现代"体现得最为突出。在《一切坚固的东西都烟消云散了：现代性体验》中,伯曼指出歌德(Johann Wolfgang von Goethe)笔下的浮士德(Faust)就是一个典型的现代主人公,他体现了现代性的各种矛盾：一方面是挑战传统和固有权威形式的解放精神,另一方面是新兴的资产阶级个人主义对无限增长和统治自然的欲望。年轻的乡下姑娘葛丽琴(Gretchen)的故事却远没有那么乐观,她被浮士德始乱终弃：最初浮士德被葛丽琴"孩童般的天真、小镇人的单纯、基督徒的谦逊"深深吸引(Berman: 53),但很快发现她的热情渐渐化为歇斯底里,令他不知所措,于是浮士德不得不拒绝葛丽琴代表的封闭狭小的世界。由此,女人与陈规旧俗和保守主义联系在了一起,成了积极向上、自我塑造的现代主体必须超越的对象。从伯曼的书中,菲尔斯基得出的结论是："现代性的性别实为男性"(菲尔斯基: 3),伯曼分析的代表性人物,如浮士德、马克思和波德莱尔不仅是现代性的象征,也是男性气质的象征,是新式资产阶级和工人阶级男性主体性登场的历史标记。

盖尔·芬尼(Gail Finney)提出了截然相反的观点。通过解读戏剧女主人公海达·高布乐(Hedda Gabler)、莎乐美(Salomé)和露露(Lulu),她认为在十九世纪末的欧洲,现代性再现的想象性中心是女性的心理和性别。芬尼将女性主义者和歇斯底里病人列为现代性别政治的典型形象。她认为女性主义者以叛逆、解放、向外的方式来反抗对女性的压迫,而歇斯底里病人以消极、向内、最终自我毁灭的方式来拒绝社会。她分析了德国剧作家弗兰克·魏德金德(Frank Wedekind)创造的露露这个形象。露露性感诱人,魔性十足,又如孩童般天真。芬尼指出,露露不仅是现代社会的产物，还是现代社会核心价值观的汇聚体，而这一文化依赖的是商品社会的情色和美学。由此，"浮士德所代表的那种奋斗进取型男性气质，被一种恋物癖的、力比多化的和商品化的女性气质所取代"(菲尔斯基：5)。

无独有偶，在《启蒙辩证法：哲学断片》中，阿多诺和霍克海默从性别气质角度分析了西方社会现代发展的自毁逻辑。他们把希腊神话中奥德修斯(Odysseus)和塞壬(Siren)女妖的故事视为欧洲文明的核心文本，认为该神话是现代绝境的典型寓言。奥德修斯在回家的航行中，让水手们把自己绑在桅杆上，以抵御塞壬女妖歌声的诱惑。奥德修斯成了资产阶级男性的远祖化身，从中可以看到自我保护、征服自然及神话和启蒙的纠葛。阿多诺和霍克海默借用马克思、韦伯和尼采的理论，揭示了现代理性的非理性本质：现代资本社会既受到工具理性和商品拜物教的推动，又具有非理性、野蛮粗暴的一面。这种个人受到全面管理的社会，其主导逻辑就是利润和标准化审美。而女性因力比多冲动被压抑，则变身为吞噬性的、退化的诱惑，继而重返现代大众社会和消费社会。对阿多诺和霍克海默而言，男性化的理性和女性化的享乐不过是一枚硬币的两面，这就是关于统治的完美逻辑，它通过压服而构成了现代主体性(菲尔斯基：7)。

帕特里夏·米尔斯(Patricia Mills)对《启蒙辩证法：哲学断片》提出了批评：塞壬的女性声音代表着充满肉欲的自然界之歌，代表着充满诱惑的快乐原则。阿多诺和霍克海默将女性特质和非理性、非象征性联系起来，这阻碍了人们去独立地理解女性身份、能动性或欲望。就此，女性被简化为力比多，女性是不可言说或是审美性的，是受父权理性压抑的他者。米尔斯把美狄亚(Medea)视为女性版的奥德修斯，使之成为女性欲望问题的有力寓言，提出对美狄亚故事的女性主义解读，试图建构一个象征女性气质的反神话。然而，米尔斯也承认，任何将女性与现代性的独特关系浓缩成单一神话的做法，都可能犯下新的"物化一般性"的错误。如果认定女性和现代性只有单一意义，这样的策略就无法处理女性和历史进程之间多元而复杂的关系(Mills: 192–195)。

通过分析齐美尔的作品，菲尔斯基指出，从黑格尔到拉康的理论家都假定现代性、异化和男性气质必须具有同一性，"怀旧和女性气质在对神话般丰饶的再现中合二为一"，而宏大叙事将男性气质的发展当成自我分裂和存在的失落（菲尔斯基：51）。菲尔斯基观察到，齐美尔是少数几个将性别关系作为现代性一般理论的重要组成的作家之一。他发现，在他所处的文化中，将男性和现代性等同起来极其普遍。尽管齐美尔在著作中构想了一种真实的、自主的女性气质，事实上女性仍被视为怀旧欲望的明显对象，她们成为真正的起源点，是未受社会和象征体系影响的神秘指称，象征着非时间性和反社会性（51）。在齐美尔眼中，女性是同质的、完整的，没有异化和矛盾，完全站在分裂主体的对立面。他将女性视为植物一样的静态存在，菲尔斯基认为这就是将女性置于社会历史和现代性进程之外，似乎她们的心理未受现代冲突和矛盾的影响。

在十九世纪末的欧洲，唯美主义者和新女性（New Woman）经常联系在一起，这体现了两者对现代社会迅速变化引发的性别角色的焦虑。男性先锋作家以越界的姿态质疑主流的理想型男性气质，女性化的男人成为其时价值危机和现代生活颓废的象征。菲尔斯基选择若利斯-卡尔·于斯曼（Joris-Karl Huysmans）的《逆流》（À Rebours）、王尔德的《道林·格雷的画像》（The Picture of Dorian Gray）和利奥波德·范·萨克-马索克（Leopold von Sacher-Masoch）的《穿裘皮的维纳斯》（Venus in Furs）进行对比，指出三位艺术家都与主流社会结构和自身身份保持疏离感，以一种"反话语"表达对主流资产阶级男性气质的象征性反抗，同时商品文化也为其自觉的唯美主义策略提供了前提条件。

唯美主义文学运用了有关世纪末颓废和退化的隐喻，去膜拜变态和虚假之物，来强调他们对于将进步、英雄主义和民族认同等理念等同于健康男性气质的断然拒绝。颓废派习惯于"男人正变得优雅，更女性化，更神圣"（Mosse：44）。他们身上的女性气质通过本身的人为性，成为现代性别身份具有的不稳定性和流动性的特权标志。唯美主义者拒绝为现世的自我实现而奋斗,他们被动而慵懒,具有通常形容女性的一些特征:虚荣、敏感、热衷时尚和矫饰。他们欣赏生活之美,将生活本身视为一种美学现象,通过收藏和享受美丽物品来体现审美快感。他们热衷于打造一种风格,对装饰和服饰细节着迷,精心装饰房间并精通绚丽多姿的时尚。每一部作品中的主人公都是一个时尚的贵族,一个花花公子,追求外在的美,他们意识到衣着和言行的符号意义,将自我作为一种审美物进行生产。王尔德笔下的道林·格雷(Dorian Gray)活跃在伦敦的时髦客厅里,崇拜纯粹之美,他把自己变成一件艺术品,凝固在隐形的画框、精美的图像中。"生活本身就是首要的、最伟大的艺术"(Wilde: 160)。于斯曼笔下的贵族让·德塞森特(Jean des Esseintes)身处一个与世隔绝、装潢精美的隐居之所,通过收藏艺术品,细心体验美酒和香水,追求一种精致造作的愉悦。而萨克-马索克描绘的塞弗林(Severin)逃离了现代社会的平庸,甘愿投入对伯爵夫人旺达(Wanda)的理想化崇拜中。他扮演的奴隶角色既像女人,又像婴儿。

道林的自恋是"女性化"的,对外表的迷恋使他关注表演性生活方式的细微之处,体现了王尔德对波德莱尔"美的绝对现代化"(absolute modernity of beauty)的继承(Wilde: 160)。当他看到艺术家巴兹尔(Basil)所画的自己时,"他感受到自己的美丽"(48),才开始有了一种自我意识。同时,巴兹尔欲望的"魔镜"中折射的自我形象——红唇、金发和青春永驻,也在提醒我们道林雌雄同体的特质。真正的道林和其仿制品画作的区别表明了身份的虚假性,王尔德由此揭示了身份的不确定性和不稳定性,破坏了浪漫主义关于"真实的内在性"和"有机主体"的思想。德塞森特渴望的则是一种完全虚假的存在。他用精心挑选的图像、气味和物件来布置其与世隔绝的家,特别是他将自己的餐厅复制出邮轮之旅的感觉,反而使得真正的旅行变得没有必要。深厚的审美和专业的技术就能制造出幻象和手法,这让自然本身反而成了过时之物。德塞森特的逃离社会,让现代性不再等同于公共空间的地形学概念,而成为心理和空间上的自我封闭。"游荡者原先探究的是外部世界,现在转变为收藏者的内部探索"(菲尔斯基:133)。他对于收藏艺术品的沉思,正是本雅明所说的"内在的幻象"。

女性化的男性解构了现代资产阶级男性与家庭化自然女性的传统对立:他并不代表理性、功用和进步的男性价值观。男性唯美主义者不仅挪用了女性气质,从而使性别受到了质疑,就连自然化性向的概念也受到了挑战。德塞森特回忆起爱慕过的一个美国杂技演员,他希望被这个强壮的女人所控制的欲望,与他寻求变态的刺激、追求非自然的人为快感有关。十九世纪末对美和外表的过分关注,使得男性气质的情色化成为可能,男性气质被转化为一种景观,男性身体被重新定位为视觉快感的来源和欲望对象。唯美主义成为"坎普"(camp)情感的关键特质,而"坎普"正是世纪末城市精英的同性恋生活方式。王尔德则是花花公子和同性恋相结合的典型代表。

唯美主义者以玩笑的方式颠覆了性别规范,又仿效了女性气质;与此同时,他们却与女性保持疏离,并强化对女性的优越感。他们通过对消费风格的严格分化,进一步巩固了性别和阶级等级制度。花花公子必须表现出自己的品位更高,或者与众不同。他们强调现代女性气质的机械化、去个性化和无灵魂的特质。当男性唯美主义者追求自恋式的独特性时,女人就代表了他们最厌恶的现代生活的趋同性和标准化。德塞森特回忆他在拉丁区遇到的妓女和吧女,她们"就像是同时定在一个音调上的自动机器,以同样的口吻发出同样的邀请,卖着同样的笑,说着同样的蠢话,沉溺于同样荒唐的想法"(Huysmans:162)。她们被规训的身体自动表演着一系列标准化手势和表情。道林·格雷同样描述道,"她们受自己时代的局限……她们的笑容一成不变,她们的举止非常时髦。她们很肤浅"(Wilde:76)。女人的肤浅和雷同象征着抽象的同一性和同一化的经济。

唯美主义者认为女性是粗俗的、自然化的,只能听命于自己的身体,这体现了她们性别中天生的愚蠢、重直觉、无理性、情感泛滥。王尔德的小说反复提到女人毫无节制的情感泛滥，而道林·格雷渴望自给自足，不愿受自己情感的摆布，"我要利用情感，享受情感，征服情感"（Wilde：138）。《穿裘皮的维纳斯》中的塞弗林觉得爱情是那么粗俗，他尽量避免与女人接触。唯美主义像科学一样，将身体贬低为流动的符号和代码，把自己定位为反（女性）自然。花花公子们确立了一种激进的个人主义。他们幻想超越平凡肉身的束缚，超越肉体的低级欲望。德塞森特认为自己是冷静的观察者，以反自然的方式生活，为了过上"一种纯粹的精神生活，仅仅关注自然的拟像，其形式为人造物品、记忆或本质"（Gasché：195）。道林将自己化为一个完美无瑕的偶像，以对抗"衰老的丑恶"与自己凡人肉身的现实。萨克-马索克的文本追求的理想是将感官精神化并超越肉体。他们正是站在女性的对立面，才构建了自己的身份。他们对女性特质的表演，被视为真正具有现代特征的现象，因为他们有意识地突破肉身和自然性别的限制，而女性仍在禁锢之中。由此，唯美主义者虽然挑战了阳刚的男性气质，但又有厌女症的层面（菲尔斯基：152）。和菲尔斯基的观点近似，查尔斯·伯恩海默（Charles Bernheimer）探讨了性别与早期现代主义的关系，认为现代主义表现其创新欲望的手段就是"将女性身体碎片化和分解破坏，这集中体现在男性对妓女的幻想上"（Bernheimer：266）。现代主义者转向自我意识的文本性，实际上基于对女性/自然/有机体的共同压制。花花公子正是以牺牲女性为代价，获得了"女性化"的符号性和性别流动性。

3.3.2 私人领域/公共领域

韦伯以来的社会学传统习惯于将现代性放在公共领域、科层制和市场中讨论，如此一来，女性就被置于现代性的框架之外。同样地，马克思认为现代性的革命潜力在于劳动生产过程和生产模式的转型，他暗示如果女性只负责生育和家务劳动，便会与社会变革脱节。滕尼斯的共同体将女性固定在家庭和亲密的家庭关系网中，这就和人造的、机械的社会形成鲜明反差。通过考察早期的社会学理论，菲尔斯基继而指出，它们将现代性等同于理性化和生产的男性气质领域，普遍的观点仍然认为女人没有参与现代进程。接着，菲尔斯基分析了一种相反的观点，即将现代性和非理性、美学和过剩的力比多联系起来，其代表就是贪婪的女性消费者形象。由此女性成为现代性的特权行为人，即是说，"专制的资本使女人臣服，但与此同时，新兴的物质主义和享乐主义又推动了社会的女性化"（菲尔斯基：90）。

十九世纪中叶出现的百货商店使得人与物的日常社会关系发生了巨大的变化，大众消费的增长既是对男性身份和权威结构的强化，也是对它们的威胁。以资本主义为主导的消费主义提倡欲望的个体化，这使得女性能够不顾传统父权制的禁令，勇敢表达自己的需求。女性日益成为消费的主体，她们熟悉快速变化的时尚和生活方式，而这正是现代性经验的重要部分。在百货商店购物被视为一种休闲活动，是一种被倡导的中产阶级生活方式。伊丽莎白·威尔逊（Elizabeth Wilson）认为，"百货商店在真正意义上帮助中产阶级女性摆脱了家庭束缚，它成了女性可以安全舒适地会见女性朋友的地方"（Wilson: 150）。百货商店在家庭之外，专门为女性提供了一个令人陶醉的新型城市公共空间。

百货商店的现代特质吸引了埃米尔·左拉（Émile Zola），他通过这个代表性的场域探究资本主义对社会和两性关系的影响。左拉的小说《妇女乐园》（Au Bonheur des Dames）表明，百货商店这种公共领域的女性化带来独特的建筑和装饰风格，为女性消费者提供了视觉愉悦，让她们感到轻松自在。"妇女乐园"的顾客既把它当作商业交易场所，也当作浪漫的约会地点。女性消费者屈服于商品的诱惑，她们在诱人的商品面前屏住呼吸，商品仿佛化身为情人，在情欲驱使下她们满脸通红，兴奋不已，完全沉溺于购物的快感。左拉将这种快感几乎视为一种高涨的性激情。女顾客不成熟的情感和感官冲动被描述成消费的主要动力，性与资本之间的关系构成了现代社会关系的核心。

百货商店老板慕雷（Mouret）对于经济扩张的热切信念，被视作资本主义发展释放的社会进步的理想象征，而他的那些痴迷于消费的女顾客，却没有被赋予相同的英雄形象和世界一历史的尊严。"她们不是代表进步，而是代表了现代性的倒退，其特征是发泄出了一种无节制欲望的婴儿般的非理性"（菲尔斯基：94）。与此同时，现代商业的成功需要一种新型的主体性，有别于以往那种僵化的、威权的男性气质，而是一种流动的、敏感的身份，能快速应对客户不断变化的需求。这种男性主体性的女性化，成为十九世纪晚期资本主义性别角色重新调整的一个重要主题。要想建立男性资本家和女性消费者之间的独特新型关系，就必须抛弃传统的父权权威模式。由此，慕雷被描述成一个雌雄同体的人物。一方面慕雷殷勤优雅，为女人建起一座商品神庙，创造了一种新的宗教仪式；另一方面，慕雷在商品布置上大胆创新，在销售策略上注重制造购物人群，将消费者转化为景观和广告本身。他掏空了她们的钱包，导致她们精神崩溃，然后就"暗暗嘲笑这些女人的愚蠢"（Zola：69–70）。资本家们挖空心思，管控女人的消费心理，这"让女人的利益在公共领域受到了前所未有的重视，但与此同时又掩盖了这种作为女性气质现代崇拜基础的经济关系的压榨性"（菲尔斯基：97）。

百货商店是公共空间性别化的典型，它颠覆了两性之间的正当关系。左拉描写一群购物者涌入百货商店，把四周的过路者也吸引过来，"女士们被人流裹挟，现在已无法回头。……她们被满足的欲望使她们在挤进大门时既痛苦又兴奋，这又进一步加剧了她们的好奇心。……她们所有人都很兴奋，被同样的激情所吸引。几个男人被淹没在这'波涛汹涌'中，带着焦虑的眼神看着这些女人"（Zola：214）。贪婪兴奋的女性像是一群入侵的蝗虫，席卷百货商店，掠夺商品，"嘈杂声震耳欲聋，推销员们一败涂地，完全沦为这些女独裁者言听计从的奴隶"（236）。男性被挤在女性消费者中间，往往觉得自己"渺小，无助，格格不入"（菲尔斯基：100）。

百货商店是新型城市公共空间的范例，它与政治共同体和公共辩论的

123

理想并不相干；它关乎感官体验和欲望的商业化，例如消费主义，可能带来一种解放性力量。"消费主义的兴起与19世纪后半期中产阶级妇女日益增长的公共自由有关"，然而"这种相对的赋权是与加诸性别化身份的新限制相伴而生的"（菲尔斯基：122）。消费文化让女性受到情色化女性气质的规范限制。左拉笔下的娜娜（Nana）是现代性的产物，她是妓女、演员、狂热的消费者。娜娜对金钱的挥霍和性欲的放纵，对阶级差异构成了极大的威胁，她的卧室被称为"一个名副其实的公共场所"，其身体成为公共亲密性的私人场域，由此，"她的欲望变得毫无止境，她一口就能把一个男人吞掉"（Zola：434），男性被女性所吞噬和毁灭。

通过分析弗朗西丝·斯威尼（Frances Swiney）的《妇女的觉醒》（The Awakening of Women, or, Woman's Part in Evolution）和奥利芙·施赖纳（Olive Schreiner）的《妇女和劳动》（Woman and Labour），菲尔斯基认识到，女权运动因为有急切的政治诉求，往往采用一定的语言策略。比如其话语对女人和男人的境遇往往夸大其词，并采用两极化词汇，以打造一种与众不同的、目的明确的对抗身份；另一方面，上述这些明显政治化的作品，反复围绕着统一的"我们"展开，这个我们"就成了纲领性陈述、劝诫和诉求的主语，表达了某种群体的团结，使作者的演讲立场合理合法"（菲尔斯基：205）。语言在创造集体的主体性上起着至关重要的作用，它将众多个体紧密联系在一起。

通过言说行为，女性的共同利益得到了确认。这种言说有着丰富的隐喻，充沛的情感，目的是要创造共享的身份、仪式和意义符号。在《女性景观：1907—1914年女性选举权运动图像学》（The Spectacle of Women: Imagery of the Suffrage Campaign 1907–14）中，莉萨·蒂克纳（Lisa Tickner）将历史和文本分析结合，细致地分析了女性选举权运动的图像学、陈列术和话语。蒂克纳强调，妇女选举权运动的一个重要政治内容，就是要发展广泛和高度细腻的文化，包括盛装游行、大进军、服装和丰富的视觉形象库。非虚构形式的女性主义话语如宣传小册子、演讲、科普手册、请愿书，甚至包括海报、明信片、游行横幅等公共文本，均旨在向广大读者传达自己的观点，让大众相信女性主义事业的正义性，并将女性自由等同于女人对公众舆论和公共空间的不断征服。

在十九世纪欧洲思想界，进化观念占主导地位，进化论的魅力在于与过去的延续和关联。赫伯特·斯宾塞（Herbert Spencer）力图证明：女性比男性更早经历个体进化，因为她们必须为了繁殖而蓄存力量。而女性主义者质疑女性的自然命运威胁到了人类的未来发展，她们挑战现有的两性分工，认为这会导致不可避免的种族衰落。换句话说，"男性要取得进步，需要女性保持停滞"（Tickner: 186）。女性主义在塑造自己的现代元叙事时，必须与当时思想界流行的概念协商，她们既要证明女性解放是有利的，也要证明女性解放是不可避免的。她们声称，女性解放会推动进化的过程，女性囿于家庭只会加速社会的退步。女性主义者经常使用优生学理论，坚持认为女性在教育、职场和公共领域的存在不会引起种族内耗，反而会使这一群体更健康、更有活力。

施赖纳和斯威尼都认为，女性在种族发展中扮演了推动世界历史的核心角色，女性地位是衡量文明进步的标准。在《妇女和劳动》中，通过研究中产阶级妇女，施赖纳用进化论来解释性别问题，书中反复出现的一句话是，"我们将所有劳动都作为自己的领域"（转引自菲尔斯基: 211），浓缩了女性想要获得权力的强烈渴望。施赖纳说明生产是自我生产的主要手段，劳动是有尊严的、对社会有益的工作。妇女解放和投身职场有重要的联系，唯有这样，女性才能摆脱"性别寄生"。施赖纳不断用腐败、传染和疾病的隐喻去描写女性气质，那些靠男人养活的女人（妻子、情妇或是妓女），都被描绘成"人类中的女性寄生虫"（Schreiner: 82）。她自己对理想女性的设想是"积极、强健、勤劳"，提倡女性像男性一样努力工作，抵制性别寄生主义的颓废懒散。

施赖纳借鉴并回应了关于进步和堕落的文化神话，她召唤一个乌托邦式的未来，"我们的梦想是女人和男人一起吃智慧树的果实，肩并肩，手牵手，经过多年的艰辛劳动，为自己建起一座伊甸园"(Schreiner: 282)。这个伊甸园是现代男性和女性亲身劳动，相互合作，共同创造的美丽伊甸园。在这里，劳动不是被驱逐出天堂的惩罚，而是创造新伊甸园的先决条件。正是通过劳动的救赎力量，女性才能进入现代并确定未来的方向。也就是说，劳动是人类活动和个体能动性的最高标志，也是确定女性历史地位的关键。

斯威尼是著名的女性主义演说家和活动家，在《妇女的觉醒》中，她结合生物学、胚胎学、心理学、社会学等研究，提出了女性进化优势的观点，认为女性的身体有明显的符合进化发展规律的自然迹象。她的研究表明，女人的感觉能力更发达，器官适应性更好。从生理层面到文化层面，斯威尼推翻了一些根深蒂固的假设，她认为女性自古以来就是语言的发明者、传播者和保护者，是文化的主要承载者。此外，女性一直是道德进步的先锋，以理想主义和利他主义的道德准则，对男性的自我中心和放纵的本性起到调和作用。和施赖纳一样，斯威尼预言一个女性时代的到来，她用灵性和社会净化运动的词汇重新诠释达尔文进化论，断言进化过程是战胜动物性和本能欲望的胜利。女性的精神气质使她们在未来的所有发展中都是天生的领导者，而男性停留在物质的身体里，受到原始性冲动的束缚。她认为现代化意味着族群的女性化，女性原则日益占据主导地位。

和启蒙理性将女性排除在历史之外不同，女性主义话语重新拾起女性被剥夺了的写作和言说方式，让女性成为政治运动的力量和历史的主体。女性主义之所以获得了特殊的历史性，是因为她们坚决地将公共领域作为女性的象征空间和物质空间。十九世纪末，进化和革命成为女性主义话语的核心概念。直到二十世纪初，女性主义才对公共意识产生势不可当的影响，被认为是一场重要的现代政治运动，是推动社会变革的重要力量。在多元语境下，"现代"和"求新"紧密相关，两者将在女性运动的自我再现和参政运动的象征政治中扮演重要的角色。

3.3.3 大众化 / 异域崇高

崇高一直被视为男性特质的形式，也是利奥塔美学和政治的核心。当代思想家认为，崇高是反再现性的，位于流行话语、陈规和意义系统之外。回溯崇高的历史，人们可以发现这一概念与女性情感的诸多关系，但是这种联系却被埃德蒙·伯克（Edmund Burke）和康德关于崇高的经典著作所掩盖。崇高与普遍的情绪化、狂喜和自我迷失联系在一起，而这些特质过去被认为是女性特质。崇高的母题可能会出现在罗曼史或情节剧这些通常被认为是女性化的文类中。

菲尔斯基通过研究女性通俗小说，探讨性别、大众文化和现代性的关系。在她看来，现代大众文化的核心动力，就是要获得超验的、上升的和美妙的体验。玛丽·科雷利（Marie Corelli）的小说能够帮助我们理解大众文化对女性气质的询唤，她运用情节剧的强烈风格，在主题上聚焦对日常现实和物质世界的超越，其理想主义和乌托邦母题削弱了"现代性会不断导致祛魅"的说法，也并非代表了保守和不合时宜的倒退。菲尔斯基明确指出，科雷利逃避主义的文本形式具有比评论家所设想的更为复杂的政治性，因为对日常生活的否定对那些无权势的群体很有吸引力（菲尔斯基：163）。

科雷利小说的一个显著特点就是对浪漫爱情的痴迷，她的作品可以被视作对激情的超越性力量的颂歌。由此，个人被提升到无法言喻的充盈这个精神层面，超越了人类历史的牵绊。她的《世俗权力：统治合法性研究》(*Temporal Power: A Study in Supremacy*)描写了乔装的国王和神秘而有魅力的女革命家的不了情，所要表达的终极主题是政治冲突和世俗权力在爱情的伟大力量面前无足轻重。科雷利的小说既表达了浪漫激情所具有的崇高性，也借鉴了人们对维多利亚时代女性气质的传统理解。她将男人低级的性欲望与女性的道德美德及女性不易受肉体冲动控制的品质进行对比，将女性的浪漫与她们崇高的精神境界和对理想的追求相关联；在无私之爱的巨大影响下，她们超越了物质世界，而男人仍然深陷其中。尽管科雷利的小说并没有挑战公共领域和私人领域、性与爱的二元对立，但在此框架下，对女性的贬低被逆转了，目的是要让女性和她们的利益可以宣称胜利。科雷利将女性的道德纯洁加以神圣化，用以说明她们在精神层面上优于男性。同时，在涉及性别关系时，科雷利表现出一种深刻的矛盾性。一方面她坚持捍卫贤惠的妻子和母亲，公然反对女性主义运动的观点，反对女性参与政治；另一方面在小说中，她笔下的女性角色经常猛烈攻击男性权威和婚姻暴政，而不是默默接受她们天生的女性角色。一面是反复强调对男人的愤怒、沮丧和怨恨，一面又渴望自我及与男人灵魂结合的喜悦。

科雷利小说中的浪漫幻想体现了现代性的另一个常见维度：不安和不满是现代经验的中心意识，而救赎总是在别处。她通过对另一个世界的想象，来唤起宗教和异域的崇高。科雷利将科学知识和宗教神秘主义结合起来，形成一种对大众极具吸引力的当代艺术。

十九世纪下半叶，各种小教派流行，唯灵论是其中最具影响力的一支。唯灵论通过大量引用唯物主义的论据，调节科学知识和现有宗教传统之间的矛盾。唯灵论与性别政治有着复杂的关系。妇女在其中获得权力和地位，扮演着核心角色，这在传统教会的父权制结构中是不可想象的。通过召唤一个神秘的另类世界，女性灵媒迷狂的状态得以摆脱传统中对女性行为和公共言论的规范，也就无须对自己的言行负责。由此而言，唯灵论成为一种高度女性化的运动，它为女性提供了不受男性干预的宗教体验。通过降神会，女人就能公然逾越性别规范。唯灵论赋予女性以灵媒的特权地位，敏感、被动和自我拒绝却又是灵媒的理想品质，这再次证明了和女性气质的相关性。"唯灵论组织是一个充满了社会和性别张力的文化竞技场，它既削弱又强化了维多利亚时代的女性观"（菲尔斯基：181）。

科雷利小说中星际旅行的奇思妙想，创造了女性自由和流动的意象，女性人物不再置身于狭小的家庭空间。她的女主人公经历了超越日常思维的崇高想象，她们狂热的宗教信仰表现为自我的迷失，还掺杂了狂喜和情欲——女性体验到一种宗教的崇高，这在传统上通常属于男性话语。在

《两个世界的浪漫》(A Romance of Two Worlds)中，科雷利描绘了女主人公翱翔于宇宙之端，飞越未被探索的荒野，唤起无限的精神之境。小说明确将女人视为绝对知识和神性的追求者。女主人公在探索宇宙奥秘和其不朽身躯时，充满了自信。科雷利再现了虔诚女性，幻想着一个坚不可摧的永恒身体能够超越肉体的局限。"我充分意识到，被这巨大的力量包围着的我也有强大的力量——我知道自己是无坚不摧的……我会看到新的宇宙的诞生，并参与它的发展和设计"（Corelli: 205）。这种对创世的崇高性的理解充满了宗教的狂喜，在精神层面挑战了传统对维多利亚时代女性气质的约束。一个女人被赋予了上帝视角，去理解宇宙的意义和运转。菲尔斯基也指出了科雷利的局限性，认为后者对宗教知识的追求伴随着对感官肉身的厌恶，并强化了女性谦卑、贞洁和纯洁的传统观念。科雷利描述的女性成长表现由魅力超凡的男性来指引和控制。"女主人公精神上的大胆并没有转化为任何外部挑战，未能动摇女性在社会的从属地位"（菲尔斯基: 183）。

十九世纪的人类学和语言学著作推动了佛教、印度教和伊斯兰教的普及，同时，考古学的发现让人们对埃及的宗教和文化产生了深远而持久的兴趣。在十九世纪末反西方物质主义价值观的运动中，东方哲学、宗教和文化的诱惑力起到关键作用，东方被想象成一个永恒真理的无时间性空间，是真正精神性的源，恰和以进步为目标、充满物质冲动的西方形成对比。近来的文学批评也倾向于将关于帝国主义的文学等同于白人男性去往异国腹地的冒险叙事，种族他者被女性化为一块黑色的大陆，等待被白人征服。"女人和蛮族是返祖和非理性力量的孪生象征，种族和性别的意识形态由此获得了联结"（菲尔斯基: 184）。非西方文化被视为救赎的避难所，可以帮助西方人摆脱专横的现代性。这种浪漫的异国主义与主流的西方女性气质有更为直接的联系。福楼拜就在自己的书中指明，关于东方的神话在整个十九世纪的大众想象中反复出现，帝国主义扩张的逻辑需要不断地指涉和再现文化他者。异域崇高在各类文本如广告、通俗小说和早期电影中越来越流行，而十九世纪晚期的大型展览会的核心主题，就是将东方包装成西方普通消费者心目中想象的奇观，对生活在别处充满渴望。

科雷利将许多作品的背景设置在埃及、印度和《圣经》中提及的地方，这是在通俗罗曼史中使用女性东方主义的典型例子。她借鉴了西方文学批评传统，即把东方定义为远离社会和性规范约束的地方，将之视为崇高的异域之地。另一方面，科雷利的情节剧风格的小说中有大量女性化的感伤和夸张的情绪，它们与严苛的性道德交织在一起，频繁地表达出对女人的批评和敌意。其小说以民主的方式捍卫普通人和大众品味的权威性，同时又掺杂着明显的势利之心，表现出小资产阶级对封建权威的怀念。

"异域情调不仅是现代主义艺术作品的核心，而且也是许多通俗文本和文类的中心；以怀旧的方式再现神秘原始他者的怀旧，是塑造现代世界主义情感的重要组成部分"（菲尔斯基：189）。然而吊诡的是，"异域崇高让女人暂时逃离了日常的世俗；这种怀旧情感试图从现代性的局限中获得救赎，却只是重新确立了欧洲视角的霸权地位，而这恰恰是它想要摆脱的"（189）。大众化的崇高召唤的是别处不可言喻的丰盈，构成了现代性内部一个充满幻想和魅力的领域，它是对一个未知国度的乡愁。

3.3.4 小结

菲尔斯基的研究试图让人们看到，女性对现代性体制作出了显著贡献，也力图重构现代文化中常常被忽视的某些方面。她不仅将女性重新定义为现代性主体，而且还对定义现代的各种范畴进行了修正和再言说。菲尔斯基把女性气质和大众文化结合在一起，将其作为反对父权制条条框框的专横逻辑的孪生标记，同时消费文化也突破了公私界限。她既质疑将通俗小说仅仅看作反映既定意识形态的透明媒介，也不赞同将之视为反叛的力量。相反，她希望人们可以更为严肃地考察罗曼史和情节剧，分析它们在塑造现代性文化中起到的独特作用。她讨论的焦点是大众化的崇高中暧昧的政治，在异域寻找意义，以乌托邦的姿态召唤不可言说的他者性，可被看作对社会性中难以协调的紧张关系的批判性回应。菲尔斯基明确表示，因为不同社会群体存在迥然不同的现代性，关于现代性美学和政治学的传统看法将不断地受到冲击和修正。

第四章 原创研究例示

本章从现代性的角度,对二十世纪两位作家的作品进行审视,一方面探讨英国作家伍尔夫的女性都市空间书写,另一方面深究中国现代作家林语堂的文化现代性建构;从中西互文的角度,回应现代性与都市化、女性与现代性、中国现代性与文化建构等诸多现代性文化表征的关键性问题。

4.1 伍尔夫的女性都市空间书写

伍尔夫以意识流创作手法著称,是中国学者近年来研究较为集中的英国现代主义作家之一。作为一位伦敦作家,她关注十九世纪以降现代性为都市女性日常生活体验带来的变化,思考女性如何能够在现代大都市立足。她呼吁女性拥有自己的一间屋,以她们的居住空间象征文学空间和其社会地位,建构起女性都市空间,同时关注现代性女性传统,在日常生活中寻找诗意的瞬间。

4.1.1 现代都市漫游者

伍尔夫可以称得上是一位伦敦作家,她设法抓住了伦敦一些永恒不变的东西:鲜活的喧嚣与生机,作为商业和文化中心、行政与宗教中心的骄人气质。她精准地描画了这座城市不朽的地标性建筑物的本质(伍尔夫,2010: 7)。经过她的人格化描写,这座城市已经成为一名鲜活的公民,它应当是"人们聚会、谈话、欢笑、结婚、死亡、绘画、写作、表演、裁决及立法的地方。而要想这样做,最根本的就是要去了解克罗夫人"(79–80)。不了解一个真正的老伦敦人,就不能算是了解伦敦。克罗夫人(Mrs. Crowe)便是一位真正的老伦敦,她渴望收集伦敦各处的信息,可以说是无休无止地渴望乡村闲话的一种精彩翻版。刚刚从印度或非洲归来的殖民管理者们会径直前往克罗夫人的客厅,在那里仿佛可以一下子被重新带回文明中心。只有在她的客厅,"这个宏伟的大都会的无数的碎片似乎才能被重新拼接到一起"(80)。苏珊·斯奎尔(Susan M. Squier)认识到克罗夫人代表着一种本质的保守主义,而伍尔夫在结尾处让克罗太太死去,标志着她"不再用流畅、顺从的局内人之声来掩饰她作为女性和局外人的视角"(斯奎尔: 89)。随着克罗夫人的离去,伦敦瞬间碎裂成不同的城市景象,一个更为平等的现代城市将会取代帝国主义维多利亚时代单一固化、等级森严的伦敦。

在伍尔夫笔下,牛津街上美轮美奂的彩灯,堆积如山的丝绸,流光溢彩的公共汽车,汇成一条滚动的、绚丽夺目的巨大彩带,简直就是一场感官盛宴。每周有一千条大船载着一千种货物在伦敦码头抛锚泊位,卸货交易。从整体上看,伍尔夫眼中的伦敦"人口稠密,棱角分明,布局紧凑;有着宏伟的穹顶,酷似城堡的修道院;烟囱林立,尖塔耸峙,还有高大的起重机、储气罐;春秋两季,云烟缭绕,挥之不去,驱之不散"(伍尔夫,2010: 40)。对于伍尔夫来说,印象主义成为观看城市的一种途径。城市变成了一种个人化的、常常是孤立的经验(Lehan: 169)。也就是说,现代性实际上表现为商品的不断购买与丢弃,建筑的不断建造与拆除,产品的不断更新与换代。

现代性体现在一个寓意深厚的人物形象身上,这就是都市游荡者。波德莱尔描画了这样一类理想的现代生活画家,他根据自我主体意识审视外界环境，行走于街头，无时不在捕捉现代生活之奇景，人群是他的场所；街道上的人群是现代性的新奇之物，不过是资产阶级"梦幻世界的余烬"，进而形成一连串历史废墟(本雅明，1989：195)。在《发达资本主义时代的抒情诗人》(*Charles Baudelaire: A Lyric Poet in the Era of High Capitalism*)中，本雅明从波德莱尔的诗歌中总结出巴黎城市中的游荡者形象——带着审美和哲思的眼光在街头寻觅光晕的诗人，游荡在十九世纪的巴黎街头，在无所事事中寻找城市街头所能给予他的震惊体验。本雅明借助游荡者的眼光来观察巴黎，"在波德莱尔那里，巴黎第一次成为抒情诗的题材。他的诗不是地方民谣；这位寓言诗人以异化了的人的目光凝视着巴黎城。这是游手好闲者的凝视。他的生活方式依然给大城市人们与日俱增的贫穷洒上一抹抚慰的光彩"(189)。本雅明被城市意象所吸引，他注重个人体验，擅用寓言和象征，并使用诗一样的语言。他在拥挤的人群中漫步，观察这座城市，兼具学者的严谨、文人的温情与"游荡者"的好奇心，"不远不近，保留足够的驰骋想象的空间，还有独立思考以及批判的权力"(陈平原，2020：13–14)。

早在1985年，女性主义批评家珍妮特·沃尔夫(Janet Wolff)就在《看不见的女性漫游者：女人和现代性文学》("The Invisible Flâneuse: Women and the Literature of Modernity")一文中，发明了同男性游荡者相对的"女性漫游者"(flâneuse)(Wolff: 37–48)。她认为现代文学主要描述的是男性在大城市里短暂无名的际遇，而忽略了十九世纪以来随公共领域和私人领域的划分而造成的两性分离。在十八世纪的街头、咖啡馆、剧院和公园等公共场所，男人可以随意对陌生人说话，而女人却不能；直至十九世纪，女人仍被局限于私密场所，而男人则自由出入人群、男人俱乐部和酒馆；甚至到了十九世纪末，女人也不能独自去巴黎的咖啡馆或伦敦的饭馆。然而，十九世纪五六十年代百货商店的出现，以及作为现代性之重要组成部分——消费主义的到来，的确模糊了公私领域之间的界限。对于游荡在二十世纪的世界都市中的女性漫游者来说，城市文本必然是解读女性现代性经验中社会、历史、文化、政治之符号意义的身体文本。

尹星在《作为城市漫步者的伍尔夫——街道、商品与现代性》一文中,通过分析《街头漫步:伦敦历险》("Street Haunting: A London Adventure")和《达洛卫夫人》(Mrs. Dalloway)中的女性漫游者形象,探讨伍尔夫书写的城市话语,阐释城市隐喻,捕捉日常生活经验,尝试见证伍尔夫如何再现二十世纪初伦敦的繁华街道和琳琅满目的商品,采撷现代性的碎片。伍尔夫被视为"消费文化的左右摇摆的旁观者"(Abbott: 194),她一方面抨击热衷商品文化、追逐商品拜物教的物质主义;另一方面又描写女性购物者的自主、自信,并充分展示主体性的购物行为的浪漫情怀,同时,她们也被不可抵挡的商品文化所诱惑,成为被商品大潮所淹没的小人物。作为商品生产者和消费者的人本身也经过了异化的过程,被物化和商品化,成为美感化和艺术化的客体。而这恰恰体现了现代主义文学对现代性的反叛,即清除了主客体之间、人与物之间的界限。

尹星关注了伍尔夫笔下的三个经典女性人物——《街头漫步:伦敦历险》中走出封闭的自我空间,通过在街头与人交往而寻求城市体验的女叙述者;《达洛卫夫人》中热爱伦敦街道,喜欢在伦敦散步,但仍然没有摆脱资产阶级女性桎梏的克拉丽莎(Clarissa);敢于冲破私人领域,积极参与公共生活的新女性伊丽莎白(Elizabeth)。她们都在伦敦街头留下了斑斑足迹,都在两次世界大战期间的岁月里自由地卷入了都市沸腾的人群,她们是把目光献给街道、与街道息息相关的漫游者,她们是"街道催生的产品"(汪民安,2006:140)。

在散文《街头漫步:伦敦历险》中,伍尔夫笔下的女叙述者走出家门,以买一支铅笔为借口,在冬日傍晚的伦敦街头逛了个够,享受"冬天里城市生活的最大乐趣";一来到街头,"我们不再全然是我们自己"(伍尔夫[1],《伍尔芙随笔全集Ⅲ》:1200),于是她把朋友熟悉的自我身份丢在家

---

1 该引用文献又译为伍尔芙。

中，成为那无名的漫游者大军中的一员，并感觉到如鱼得水。她又仿佛化身为"一只知觉的牡蛎"，同时也是"一只巨大的眼睛"(1201)。这只巨眼带着我们平稳地顺流而下，只看见美的事物，以此饱览大都市的景观：翻阅信件的职员，沏茶的女人，顶楼的金箔匠，转角碰到的犹太人，旧书店以及在月光下奔跑的猫，在讲述国家历史的年迈首相。她还能进入别人的心灵待上短暂的几分钟，为我们构想买鞋的侏儒的故事、盲人的故事、文具店的老夫妻发生的口角，街道成为日常生活戏剧的展示窗口。伍尔夫总结全文时说："逃逸是最大的乐趣，冬日里浪迹街头是最大的历险"(1211)。的确，当伍尔夫漫步街头的时候，"生活在我面前展现了无穷的深奥的素材，需要我用相应的语言去传达它的意义"(Woolf, 1969: 214)。在这篇散文中，伍尔夫集中叙述了从街头漫步到文学写作这一升华过程。

《达洛卫夫人》在小说开篇就向我们着力展现了女性人物对现代大都市伦敦的亲身体验。女主人公克拉丽莎清晨走出家门，去为她的晚宴买花：

> 人们的目光，轻快的步履，沉重的脚步，跋涉的步态，轰鸣与喧嚣；川流不息的马车、汽车、公共汽车和运货车；胸前背上挂着广告牌的人们(时而蹒跚，时而大摇大摆)；铜管乐队、手摇风琴的乐声；一片喜洋洋的气氛，叮当的铃声，头顶上飞机发出奇异的尖啸声——这一切便是她热爱的：生活、伦敦、此时此刻的六月。(伍尔夫，《达洛卫夫人》: 4)

克拉丽莎对伦敦生活充满了喜悦之情。她喜欢在伦敦漫步，借此她可以逃离墓穴似的家庭，是伦敦漫步赋予了她活力，邦德街及其代表的商业文明令她着迷，飞机与汽车代表的现代性物质表征，其速度与力量令她仰慕。如果说克拉丽莎还满足于在商业街购物，在家中做晚宴女主人的话，伊丽莎白比母亲克拉丽莎更勇于突破私人领域对女性的局限，是主动参与能体现真正自我的公共生活的新女性。她是"开拓的先锋、迷途的羔羊，富于冒险精神，而又信任别人"(伍尔夫，《达洛卫夫人》: 140)。我们看到她乘公共汽车巡游伦敦，那辆闯劲十足的庞然大物活像海盗船，在车水马龙中间挤来挤去，又恰似一条鳗鲡，神气活现地冲向白厅那边。而伊丽莎白恰似一位美丽的骑士，或是船头上雕刻的破浪女神。她经过辉煌、庄严的萨默塞特大厦，严肃、繁忙的法院街，最后来到金融、法律中心斯特兰德街冒险和流浪。总之，伊丽莎白喜欢人们工作时的感觉，正是在斯特兰德街，她下定决心要当农场主或医生。伊丽莎白的家庭教师基尔曼小姐(Miss Kilman) 对她说过，"对于你们这一代妇女，每一种职业都是敞开的"(139)。

伍尔夫笔下的伦敦街头呈现了主动与被动、融合与分解、异化与结合等一系列矛盾的对位关系，为作家建构伦敦现代性的宏大叙事提供了丰富凿实的素材(尹星: 136)。"伦敦永远吸引着我，刺激着我，只消探访伦敦的街道，它就能为我生出一幕剧，一个故事，抑或一首诗。独自漫步在伦敦就是最好的休息"(Woolf, 1969: 155)。伍尔夫在《一间自己的屋子》(A Room of One's Own)中敦促年轻作家走上街头，在闲逛之余记录下伦敦街头复杂的生活画面，并依此写出各种各样的文学作品来。正是在伦敦街头，伍尔夫边走边想形形色色的女性生活，"仿佛感到沉默的压迫，感到不曾记下来的生活渐渐在堆积"(伍尔夫，1989: 110)。

都市漫游者实现了德塞尔托所说的"空间化操作"(de Certeau: 108)。德塞尔托在《日常生活实践》(The Practice of Everyday Life)中指出，漫游者用身体编织着纵横交错的城市街道，书写运动交织的城市文本，讲述既无作者也无读者的城市叙事(93)。伍尔夫笔下的女性漫游者迈开自己的双脚，把街道、橱窗、建筑串联起来，用漫步构成"当下、离散、交际的流动空间"(93)。

4.1.2　女性都市空间建构者

在本雅明看来，波德莱尔的寓言诗学与十九世纪的商品文化，特别是拱廊街上的物恋和商品消费密不可分。从十九世纪后半叶到二十世纪初，中产阶级城市女性通过在百货商店等公共空间的购物，推动了性别身份观念的变化。女性购物者获得的不仅是物品本身带来的满足感，更多的是参与公共生活的愉悦感和自主性身份的建构。理查德·利罕（Richard Lehan）提出，城市建设和文学文本之间有着不可分割的联系，阅读城市就是另一种方式的文本阅读，"这种阅读还关系到理智的以及文化的历史：它既丰富了城市本身，也丰富了城市被文学想象所描绘的方式"（Lehan: 289）。现代主义的一个重要主题是城市艺术家或相当于城市艺术家的人的体验，他们是给城市带来独特意识的观察者，是参与城市的意识建构的生产者。

哈贝马斯提出公共领域的问题，认为公共领域背后的框架也是现代性。森尼特在《公共人的衰落》（*The Fall of Public Man*）中总结了多位学者对于公共领域的阐释。齐美尔在柏林观察到城市生活的紧张，创造了"理性面具"这个概念。齐美尔具有杰出的洞见，提出用眼睛来操作城市理性要比用嘴来操作更为有效，这是一种视觉的而非口头的秩序，他称之为城市理性的、视觉超越言辞的特权。阿伦特逆转了齐美尔关于视觉和言说的观念，认为公共领域是一个言说胜于视觉的区域。她在《人的境况》（*The Human Condition*）中表述的观点是，社会中必须有一个空间，人们在其中不再被迫以劳动的名义说话——可以从作为经济动物的自我再现中解脱出来，从说话的恐惧中解脱出来，而当这一切发生，他们就进入了公共领域。对于阿伦特来说，这就是理想化的市民辩论活动和雅典理想的意义。齐美尔强调自我再现的空间，阿伦特则坚持公共领域必须首先建立在话语平等权之上。森尼特认为哈贝马斯的理论较为理想化，他认为一个人的话语互动性越强，与他人的谈话过程也就越会反对简单的自我利益再现。对于哈贝马斯而言，这是交际互动理论对于公共领域的全部意义（森尼特: 340–342）。

达芙妮·斯佩恩(Daphne Spain)提出性别空间(gendered spaces)的概念,将女性与男性用于生产和再生产权力和特权的知识隔离开来。

> 女性和男性通常在财产支配、劳动支配以及政治参与等方面地位不同。……性别之间的空间状况是社会安排的。空间安排为男性提供了获取受重视的知识的机会,同时却制约了妇女获取知识的机会,对空间这种组织方式会造成长期的地位差别,于是性别空间的"日常生活环境"促成了不平等现象的产生。(斯佩恩: 295)

十九世纪晚期之前,西方的女性囿于私人领域,男性则活跃于公共领域。女性一直被排除在公共空间之外,因而缺乏权力和个性,也就是说她们长久以来没有发出声音与成就个人的机会。

性别的空间隔离的表现之一,就是长期以来大学之门一直对女性紧闭。为数不多的先进女性起初通过隔离的女子大学获得了接受高等教育的机会。伴随着男女同校制的兴起与普及,教育的空间隔离最终不复存在。1920年通过的美国宪法第十九条修正案使得妇女获得选举权,她们的社会地位也得到显著的提高。空间隔离一旦被打破,社会层级系统也随之而改变。斯佩恩假设两性间最初的地位差别产生了各种类型的性别空间,制度化的空间隔离又加强了普遍的男性优越感。"作为港湾的家"构成了女性的单独场域。空间体制把女性和男性安排在不同的性别空间,男人的空间包括神学、法学、医学等受社会重视的知识领域,而女人的空间只涉及照看孩子、做饭、打扫等不受重视的领域。同样在职场上,在十九世纪的美国,家政服务和教书是人们可以接受的女性职业。从事典型的男性职业的女性比从事典型的女性职业的女性挣的钱多,地位也更高。对知识的获取和空间关系的调整改变了女性卑微的地位(斯佩恩: 300)。

伍尔夫向来关注女性的教育和职业问题。在《三枚旧金币》(*Three Guineas*)中,她指出十九世纪西方中产阶级与上层社会的妇女被囚禁在家庭的牢笼之中。英国绅士的女儿们只能接受深闺教育（education of the private house），被灌输如何取悦男性，并把婚姻视为女性唯一的职业。伍尔夫总结道，绅士的女儿们有四位老师——贫穷、贞操、嘲笑和免于不真实的忠诚，英国没有给予她们和她们兄弟同等的公平待遇，也就是说，歧视和压榨女性的暴政就产生在父权制家庭中。她们为家操心，却从国家那里一无所得，由此，伍尔夫宣称要放弃对民族国家的忠诚——"免于不真实的忠诚"，并号召建立一个由绅士的女儿们组成的"局外人协会"，在男性的社团之外，来为人类的共同目标——所有男人、女人的公正、平等和自由而努力。

1919年，英国议会通过的一项法案取消了对女性职业的限制，闺房的门猛然敞开了。绅士的女儿们从闺房的阴影中走出来，站在新旧世界之间的桥上。她们的身后是家长制，是"闺房，无聊、不人道、虚伪、充满奴性……前面是开放的世界和职业制度，充满自私、忌妒、竞争和贪婪"（伍尔夫，《伍尔芙随笔全集III》：1099）。伍尔夫声明，她愿意用一枚金币首先鼓励女性接受教育，只有英国绅士的女儿们受到良好教育，才能获得思想独立；其次鼓励女性从业，女性只有经济独立才能摆脱贫穷；最后一枚金币捐给"局外人协会"，而拒绝投入涉及战争的文学和科学。伍尔夫号召女性成为超然的、不受父权价值影响的政治主体，从父权社会的暴政心理中解放出来。

在《一间自己的屋子》中，伍尔夫回顾了英国女性作家创作的历史。她盛赞十七世纪的阿芙拉·贝恩（Aphra Behn）是第一位以写作为生的英国妇女，她为妇女赢取了说出自己思想的权利，"帮助妇女自食其力就是帮助她们获得思想独立的武器"（伍尔夫[1]，《吴尔夫精选集》：651）。而十九世纪的"房中天使"所受的教育具有先天的局限，她们的职业训练就是做大量的家务工作；女性生活、女性自我实际上受到了男权笼罩下历史和文

---

[1] 该引用文献又译为吴尔夫。

学的双重忽视，女性心灵已被完全遮蔽在黑暗之中。伍尔夫首先要做的是从维多利亚时代女性那种自我藐视的无名状态中解放出来，在男性话语霸权主导的文坛上确立自己作为女作家的自信心。伍尔夫呼唤的是能够突破私人领域的局限，在公共领域中主动参与书写城市话语，能体现真正自我和社会影响力的新女性。

斯奎尔通过分析伍尔夫笔下的伦敦，揭示出女性感到自己在城市中被错误地置于不公正的地位，因而希望得到调整，以寻求在都市中地位上的性别平等感。斯奎尔指出，伍尔夫描述的卡莱尔家中的空间意象明确将性别与阶级压迫密切联系起来，"真正决定女性社会地位的不是家庭或阶级地位，而是劳动的形式"（斯奎尔：79）。伍尔夫在描述伦敦的伟人故居时曾提及，卡莱尔夫妇位于伦敦切恩街5号的家中没能用上自来水，所以这所房屋中回荡的声音是从井中汲水与擦拭的声音；卡莱尔太太和女仆齐心协力负责为卡莱尔准备热水，一日三餐，打扫房间。卡莱尔高高在上地待在顶楼的天窗下面，坐在马鬃椅上写他的历史文稿《论英雄和英雄崇拜》等，而卡莱尔太太在每个夜晚与臭虫决一雌雄。这位伟人雄踞顶楼，而卡莱尔太太和女仆只能聚集在厨房、卫生间、洗涤室、地下室从事家务劳作，正如两个女人在家中所处的地位，她们只能处于社会底层。卡莱尔断言文人英雄在所有时代都是英雄主义最主要的形式之一，而伍尔夫让我们看到英雄的背后是女人的辛劳付出这一真相。伍尔夫让读者明白，"在'地下室的臭虫、锡制浴缸和水井'面前伟人之爱是多么不堪一击，多么微不足道"（79）。

在伍尔夫的小说《夜与日》（*Night and Day*）中，凯瑟琳（Katharine）的显赫家族培育出一些卓越人物，而女性却被无情地排除在外。凯瑟琳住在家里，把家整理得井井有条。她成了一项"伟大职业"的一员，这种活儿也许不会比工厂和作坊里的劳动轻松，但给人类带来的好处却不及工厂，也没有得到社会的承认。而玛丽·达奇特（Mary Datchet）小姐来自农村，出身于受人尊敬的辛勤劳动者的家庭，不久前才大学毕业，她开始在迷宫般的伦敦城生活、工作。凯瑟琳认为玛丽拥有自由职业，因此，"你将永远能够自豪地说，你做了一点事情。而我呢，在这样的人群里，总感到十分忧郁"(伍尔夫[1]，2003：50)。

　　玛丽的成长颠覆了亨利·菲尔丁(Henry Fielding)的经典城市小说从"乡村到城市再到乡村"的模式，而是对伦敦高度认同，她渴望在城市中拥有一间能工作的房间，并能主持每两周一次、对各种问题进行自由讨论的社团聚会。玛丽立志要自食其力，并认为正是工作维持着人的生命，其他东西都不能作为依靠。玛丽的"情感教育"在于发现世间有不同方式的爱，与对工作持久的热情相比，她对拉尔夫的感情是如此苍白(伍尔夫，2003：434)。玛丽实现了伍尔夫"成为自己"的女性观，精神独立和经济独立帮助她建立起一种自足而又开放的女性自我。与伊莱恩·肖沃尔特(Elaine Showalter)认为伍尔夫主张的"一间自己的屋子"是一种逃避或自我放逐的观点不同，安娜·斯奈斯(Anna Snaith)认为女性的一间屋是解放的私人空间，是一种积极的选择。

　　凯瑟琳在下午茶桌旁的招待责任和内心深处对数学的热爱之间挣扎，代表着维多利亚时代和现代的女性为此所作的斗争：拒绝履行"屋中天使"的"职责"，去追求自己选择的事业。斯奎尔总是把凯瑟琳的故事看作伍尔夫在创作这部小说时自己的故事，其中的核心人物是伍尔夫的姐姐凡妮莎(Vanessa)；伍尔夫在给拉丁语老师的信中暗示凯瑟琳就是凡妮莎，她深藏着对绘画的热爱，却被同母异父哥哥乔治(George)逼着参加社交活动(Woolf，1980：400)。伍尔夫的父亲去世后，凡妮莎盯着伦敦地图，决定史蒂芬家的孩子将离开肯辛顿，到布鲁姆斯伯里开始崭新的生活(伍尔夫[2]，2016：162)。这种空间的改变对于伍尔夫来说是一种重生，她在海德公园门时期感到被边缘化，搬到布鲁姆斯伯里后，她的生活充满

1　该引用文献又译为吴尔夫。
2　该引用文献又译为伍尔芙。

了快乐和创造力。斯奎尔在研究伍尔夫的伦敦散文后发现,"它们不仅反映她通过'茶桌训练'学到的间接表达方式,也体现她在两种认同之间的持久挣扎:一边是对她所处男性文学和社会传统的认同,一边是对更为颠覆性的女性和局外人传统的认同"(斯奎尔:43-44)。

4.1.3 现代生活体验者

列斐伏尔早已预见到现代性图景的两面性:一方面是日渐加速的技术进步压过了物质自然,另一方面是日常人际关系相对萧条。技术进步给女性带来更多的自由流动和成就自我的机会,但也带来了非比寻常的幻灭感,现代人被深深的孤独和厌烦所困扰。他在《日常生活批判》中对西方自柏拉图以来的形而上学传统提出挑战,认为日常生活总是遭到遮蔽,被贬低为琐碎不足道。在《世纪末的维也纳》(Fin-de-Siècle Vienna: Politics and Culture)一书的导论部分,卡尔·休斯克(Carl Schorske)拒绝预先接受一个抽象的范畴来作为分析的工具,而倾向于主张"对多元的现象予以经验的观察,再基于这些观察来形构文化类型",谈论政治和文学的互动关系;在休斯克看来,"共同的社会体验,乃是孕育文化元素的沃土,也是文化借以凝聚的基础"(休斯克:36-46)。

父亲去世前一个月送给伍尔夫一枚戒指,她很喜欢,这是伍尔夫的第一枚戒指。利昂·埃德尔(Leon Edel)认为"这似乎代表了一场婚礼,一种赐福的宗教按手礼,一种文学继承"(Edel:92)。伍尔夫选择珍藏父亲的戒指,获得了一种女性不受传统束缚的自由——工作的自由。二十世纪二十年代初,伍尔夫的写作事业取得巨大成功,她已然证明她在父辈文学和批判传统下的创作能力,此时她乐于转向之前一直在逃避的母性传统。她在一篇日记中说,"喜欢社交生活是出自真心的,我也并不觉得它应受指责。它是从母亲那儿继承来的一件珠宝——一份欢笑的喜悦"(Woolf,1969:250-251)。伦敦带给她的社交刺激,让各种想法在她脑海中雀跃,对于其创作非常重要。为了现在的事业,伍尔夫想要更自由、更广阔的交往。她用珠宝来比喻伦敦,"是快乐的碧玉——音乐、交谈、友谊、城市风景、书籍、出版、一些重要中心的而且难以言说的事物,所有这一切,我现在都能拥有"(283)。伍尔夫以颠覆传统的男性城市意象来表达其全新的女性美学,把威廉·邓巴尔(William Dunbar)赞美的男性气概的城市"英勇"转变成对伦敦女性、对母性特征的歌颂(斯奎尔:152)。

在《到灯塔去》(To the Lighthouse)中,伍尔夫以自己的父母为模板,创造出这样一种家庭模式:"美丽温柔的母亲+严厉内敛的父亲+敏感早熟的孩子。其中,母亲是维系家庭成员关系的纽带与精神支柱"(董晓烨:99)。拉姆齐先生(Mr. Ramsay)是一家之主,而拉姆齐夫人(Mrs. Ramsay)的伟大母性和为家庭、为丈夫牺牲和付出的精神是她作为传统女性人生最闪光的地方。拉姆齐夫人非常疼爱自己的儿女,她甚至希望孩子们不要长得太快,"怀里抱着小娃娃她感到最幸福"(伍尔夫,2015:74)。拉姆齐夫人把客厅和厨房打造得光彩夺目,宅子里物质丰盈充足,花园里鲜花盛开,让拉姆齐先生在家中自在安心。特别是在餐桌上,拉姆齐夫人煞费苦心地调动每一个人的积极性,吸引大家参加讨论,营造出一种融洽无间的友好气氛。她关心家里的每一个人,包括宾客和朋友,照顾他们的生活和情绪。对拉姆齐先生来说,拉姆齐夫人是他的甘霖和雨露,他随时可以一头扎进这美妙丰饶的生命之喷泉和水雾之中(47)。拉姆齐先生是拉姆齐夫人最尊重的人,而拉姆齐夫人使一切事物化为单纯,使丈夫的怒气和烦躁像破衣烂衫般地落到地上(211)。在拉姆齐夫人去世之后,拉姆齐先生无法忘却对她的感情,"他伸出了双臂。没有人投入他的怀抱"(168)。

艺术家丽莉想起查尔斯·坦斯利(Charles Tansley)和冲击海岸的浪花,是拉姆齐夫人把他们两人联系在了一起:"拉姆齐夫人说'生命在这里凝固了';拉姆齐夫人将那一刻变成了永恒"(伍尔夫,2015:212)。这件事有了启示的性质,"在混乱之中有了形态;外部世界的飘移和流动……被固定了下来"(212)。充满友谊和好感的片刻，完好无损地保留在记忆中，像一件艺术品留在她的心中，丽莉得到了这个启示，她将之归功于拉姆齐夫人。丽莉一面作画一面想着，"把体会放在普通的生活经验的水平上，去感受那是把椅子，那是张桌子，而同时又感到，这是个奇迹，这使人狂喜"(264)。拉姆齐夫人就那么坐在椅子里，"手里的毛衣针舞动，织着那双棕红色的长袜，影子投在台阶上"(265)。这就成为普通生活经验的一部分，日常生活中的奇迹、启发，仿佛是在黑暗中意外地擦亮了的火柴。

丽莉常常自嘲是一个外貌平凡的老处女，羡慕拉姆齐夫人不仅拥有女人的魅力，更有美满的家庭生活。尽管也有学者认为，"在传统的英国家庭里，像拉姆齐夫人这样的女性并不拥有真正意义上的家庭空间，她们只是家庭这个有限空间中的无私奉献者"(雷茜：66)。拉姆齐夫人对待丽莉的态度也耐人寻味，她对丽莉的画不屑一顾，并坚持要把丽莉拉入婚姻中来。拉姆齐夫人缺少的正是丽莉所拥有的独立人格，她同样对丽莉又嫉妒又羡慕。拉姆齐夫人和丽莉在家庭和事业上的矛盾选择，至今仍使女性困惑，难以达到平衡。

伍尔夫关注琐碎家务，恰是因为家务劳动可以确保私密性。从事家务的女人们学会信任同类人，并形成一种团结的友谊，伍尔夫在《三枚旧金币》中把这种友谊比作"局外人协会"的源头。《岁月》(The Years)的原稿中有伦敦克丽欧佩特拉方尖碑(Cleopatra's Needle)—女裁缝的隐喻，这段内容在成书时被删去。方尖碑是埃及赠送给大英帝国的礼物，以女王克丽欧佩特拉来命名。伍尔夫原本意在对此纪念碑进行颠覆性构建，暗示它唤起女性在从事辛苦的家务劳动过程中结下友谊。在《岁月》中，当玛姬(Maggie)和萨拉(Sara)讨论女权主义梦想时，她也在做针线活。斯奎尔认为伍尔夫把家务变成激进话语的载体，克丽欧佩特拉方尖碑—女裁缝的隐喻"表明了对这种源自女性友谊的女权主义反叛力量的信心：坚信国王终将被女王所替代，坚信父权文明终将被平等的女权社会所替代"(斯奎尔：195)。

《达洛卫夫人》中有一幕场景是克拉丽莎坐在沙发上缝补她的绿色连衣裙，缝补本身就是将不同的部分连缀在一起，就像她坐在自家客厅里成为聚会的焦点，成为宾客之间的联系人。斯奎尔看到克拉丽莎的宴会既传统也具有颠覆性。一方面，这些宴会表明女性被父权社会限定在私人领域里；另一方面，克拉丽莎的宴会让都市不同区域、不同阶层的人欢聚一堂，说明个人可以改变公共生活的方式。克拉丽莎"选择把举办宴会作为自我表达的载体和让社会变得更好的方式，也同样反映出其所属的母性传统"（斯奎尔：126）。伍尔夫相信，不要理所当然地认为那些存在于大处的生活一定比小处的生活更丰富多彩。

伍尔夫在《岁月》中颠覆了传统的家庭编年史形式，没有描写伟大男性的一生，而是记录默默无闻的帕吉特家族女性不完整的人生，描写她们在父权家庭中的经历，以及逃出家庭后在外部世界立足的过程。小说勾勒出1880年到"现在"的变化，帕吉特家族的女性们走出维多利亚家庭的禁锢，前往都市追求自由。伦敦好比战场，男性与女性彼此争夺对城市的控制权，而女性追求性别和职业平等的战争也在此拉开序幕。

伍尔夫在为全国女性服务协会所作的演讲中，用邮筒来象征私人世界和公共世界的界限。通过信步去邮筒投递文稿，伍尔夫成为一个书评家。在《岁月》中，邮筒竖立的外形与代表王权的徽章象征着阳具和帝国主义。萝丝·帕吉特（Rose Pargiter）在1880年一天夜里偷偷跑去商店，途中见到一名有裸露癖的男人站在红色的邮筒旁，这段恐怖的经历让萝丝的心灵封闭起来，这种街头之爱带来的威胁限制着女性的自由活动，还禁锢了她的话语，特别是性话语。邮筒还关乎女性在教育上所受到的限制，长女埃莉诺（Eleanor）在母亲去世的那个夜晚，承担起父亲管家的职责。她写了封信，小弟弟莫里斯（Morris）主动提出帮她去寄信。她记起他还很小的时候，她就站在门口，看着莫里斯拿着小书包去学校，"她会向他挥手，等他到了街角，他总会转身挥手致意。这是个奇特的小小仪式"（伍尔夫，2020：57）。这个仪式代表着埃莉诺与莫里斯之间的距离：女性极少获得教育机会，而男性(中上层阶级)却拥有一切教育机会。因为缺乏教育，埃莉诺只能待在家里，而教育让莫里斯得以进入法律的公共世界。斯奎尔总结道，《岁月》中邮筒代表着女性在工作、性和教育上遭受的三重压迫，并揭示出男性公共领域和女性私人领域的差别；在后者的世界中，女性在工作、性和教育上遭受严格限制，其财富和社会联系都需要男性来分配(斯奎尔: 218)。

在《岁月》中，伍尔夫用另一个都市意象——桥，来表明城市也能使女性获得更多的发展可能性。小说中女性的才华和工作都起着搭建桥梁的作用。埃莉诺在家庭之外搭起桥梁，把跨越年龄和国界的朋友们都当作家人，学会独立、快乐地生活；玛姬嫁给法国人，在不同民族之间搭起桥梁；萝丝在同性之间的恋情架起幸福之桥，更重要的是，她在妇女选举权运动中的贡献搭建起女性之间的桥梁。1910年的一天，萝丝走过泰晤士河上的一座桥，她在一家裁缝店的橱窗里看到自己的身影，尽管自己总穿廉价的旧衣服，但这样的衣服节省时间；她已经40多岁，很少在意别人的想法，人们也不催她结婚，不再干涉她的生活。她在桥上注视着下面的河水，想起一次约会的晚上，她就站在这里痛哭流涕。然后她转过身，"她脸上渐渐出现了一种古怪的神情，既像皱眉，又像微笑；她微微朝后侧着身子，像是在带领一支军队"(伍尔夫，2020: 223)。桥的意象表明，萝丝那时下决心全身心投入到妇女选举运动中去，身后有千军万马的追随者，让她既欣喜万分，也感到责任重大(224)。邮筒和桥成为连接小说中人物和事件的重要意象，它们代表着女性经验的核心意象：邮筒连起了那些女人们在职业、性与教育上受到限制的情节，而桥则代表着她们离开私人家庭进入公共世界前，在社会上所处的中间位置(斯奎尔: 225)。

4.1.4 小结

费瑟斯通在其《消费文化与后现代主义》中提醒我们，要加强对妇女在私人领域现代性体验的研究（费瑟斯通：83），尤其注重现代女性表达自我经验的自足性。莉斯尔·奥尔森（Liesl M. Olson）认为我们可以从表现女性日常生活的角度来解读伍尔夫的作品（Olson: 65）。在《现代小说》（"Modern Fiction"）中，伍尔夫要求人们"仔细观察一下一个普通日子里一个普通人的头脑"（伍尔夫[1]，《伍尔芙随笔全集I》: 137）。从都市漫游者到女性空间建构者，伍尔夫的女性人物在都市现代性的进程中发挥主体性作用，突破私人领域和公共领域的界限，进入公共生活书写城市话语，为自己和更多的女性争取权益。同时她关注现代性女性体验，记录日常生活中的美好瞬间，采撷现代性经验的碎片。现代女性都市空间的生产与话语的生产相互叠加与渗透，改变了女性无语与无名的状态，丰富了列斐伏尔的空间理论，从"局外人"的角度把女性写进现代性历史之中。

4.2 林语堂的文化现代性建构

林语堂一生致力于探究现代中国的知识思想问题。《吾国与吾民》（*My Country and My People*）于1939年再版时，林语堂写了一篇长文《新中国的诞生》，一开始便提出核心问题："我们古老的文化能够拯救我们吗？"他的答案非常明确，"只有现代化会救中国"（Lin, 1939: 359）。对他来说，中国别无选择，只能走向现代。"'现代性'不请自来"（355），对中国现代性来说，一个中心议题便是中国文化如何重生、如何融入现代。施建伟从"人"的现代化角度来审视"五四"思想革命和文化革命的意义。钱锁

---

1 该引用文献又译为伍尔芙。

桥明确认为，林语堂的文字思想属于二十一世纪，是中国文化重生之道，可以作为文化交流和文明重建的一种建设性思路。

4.2.1 "抒情哲学"的提出

与许多"五四"文学作家和文化先驱不同，林语堂不是由传统走向现代，而是由现代返回传统，这就带来他在传统与现代、中国与西方之间的特殊性。他基本上没有受到中国传统礼教中负面因素的影响与约束，对传统中压制人性的东西也达观一些。林语堂出生于福建乡村一个基督教传教士之家，大学在上海的教会学校圣约翰大学就读，毕业后又来到清华学校（清华大学前身）任教。林语堂正好亲历新文化运动，对各种新思潮有着"本能的同情"。1919年秋林语堂赴美入读哈佛大学文学系，因助学金被停辗转欧洲求学，后在德国莱比锡大学攻读比较语言学，于1923年获得博士学位。同年回到北京时他就已确定信念：中国的未来在于向现代性迈进（钱锁桥：17）。

十九世纪中期以降，以康有为、梁启超、章太炎、张之洞为代表的中国晚清士人意识到中国文化面临着前所未有的挑战，他们提出"中体西用"的应对策略，既巩固儒家经典的地位，也调解中西文化之冲突。胡适于1917年从美国回到中国，成为新一代留洋知识阶层的领军人物，也是新文化运动的引领者之一。胡适提出新文化事业要分四部分：研究问题、输入学理、整理国故、再造文明。在发表于1923年1月的《国学季刊》发刊宣言中，胡适认为新国学的研究视野应该超越儒家经典，主旨是要为中国传统文化祛魅；他特别呼吁中国学者从国际化的视角研究国学，即是说从西方引进现代科学方法，来重新考察中国的文化和历史。

林语堂归国后赴北京大学就职，任英文系教授，就此跻身于中国青年的知识精英阶层。北京大学是中国现代文化的摇篮，胡适提出的"国学"成为中国现代性问题中最重要的思想议题之一，林语堂顺理成章地加入了胡适开展的"整理国故"事业。归国不久，他就在《晨报副镌》上发表了

《科学与经书》一文，提出"科学的国学"概念。他赞同胡适的观点，认为新的国学不能只拘泥于研究儒家经典；而科学的国学不应跟着清代的训诂学走，只有科学的视野才能为国学研究开创广阔的前景。与胡适不一样的是，林语堂没有对国学进行解构性的客体化处置，而是赋予中国传统文化新的意义。他期盼的是扎根于中国土壤、以中国为中心的"科学的国学"。

从海外归来之后，林语堂恶补中国文化这一课。他浸润在故都的旧学空气中，重新执毛笔，写汉字，读中文。他表示要洗雪前耻，认真钻研中国的学问，从读《红楼梦》开始，学习北平口语。林语堂还到琉璃厂的旧书铺与老板和书商交谈，从中发现自己的知识漏洞，努力提高自己的中国文化水平，学会讨论书籍和古版本。"每一事物皆似孩童在幻想国中所见的事事物物之新样，紧张，和奇趣。同时，这基本的西方观念令我自海外归来后，对于我们自己的文明之欣赏和批评能有客观的，局外观察的态度"（林语堂，《林语堂名著全集》（第十卷）：21）。这是林语堂由外国现代文化反观中国传统文化的"返本开新"。

林语堂走的是与鲁迅等人方向相反的道路。他没有全力抨击传统的仁义道德是吃人的东西，相反，他从孔孟思想中吸取了明理达情的部分，又认为文学只是"性灵的表现"。他被儒家这种重智力、教育，相信人性尊严的思想打动了，自然而然地接受了这种类似欧洲人文主义的信条。谢友祥分析了林语堂对《论语》的评论，指出林语堂秉持一种"近情"精神。他认为孔孟的儒道才是儒家本源的精神，儒道坚守人的"根本"，"仁"指人的本性，仁者是没有失去人性的人。孟子提出的"性善"强调人性具备善的根基。林语堂要人按人所以为人的样子去做人，做孟子的"大丈夫"；同时，他认为孔子是一个"近情"的人，往往率性而发，人情味十足。

在林语堂看来，中国的现代性开启于对儒家经典诠释的反叛。他善于发掘中国传统文化资源，在此基础上发展出一套"抒情哲学"，并将之推向世界，证明中国传统文化对中国现代性进程仍具备可用资源与活力。他认为"抒情哲学"代表着"中国文化的最高理想一向都是达观之士，对人生采取智慧型祛魅态度，由达观而旷怀，以容忍反讽姿态面对人生"（转引自钱锁桥：18）。林语堂晚年特别强调戴震哲学的现代性。他指出梁启超所著的《中国近三百年学术史》曾明确弘扬戴震的哲学，认为戴震用"情感哲学"代替了"理性哲学"，使中国文化踏上了复兴之路。戴震揭露宋明理学灭人欲之虚伪，复兴孔孟之道之本源，为中国现代性的开启提供了重要的本土资源。他提出"人生而后有欲，有情，有知。三者，血气心知之自然也"（382）。戴震的"血气"之说代表了中国哲学重本能、重实用的传统，更接近西方卢梭的浪漫派传统。

作为语言学家，林语堂一生都没有停止过对汉语的研究，他持续关注汉语的现代化问题。在德国读书期间，林语堂的博士论文探讨的是中国古代音韵学；回国后，他用科学方法研究汉语，提倡方言调查。他把瑞典汉学家高本汉（Klas Bernhard Johannes Karlgren）的中国古代音韵学研究引介到中国学界，对汉字重新进行系统化处理并加以简化。同时他也支持赵元任的汉语拼音罗马化方案。林语堂赴美后发明了中文打字机，早在1918年他便提出汉字索引新方案，最终于1947年发明了"明快中文打字机"，虽因此负债累累，但该发明本身即是汉语功能性现代化的里程碑式成果。晚年他又完成《林语堂当代汉英词典》（*Lin Yutang's Chinese-English Dictionary of Modern Usage*）编纂的浩大工程。林语堂对汉字的现代改良提出二元发展方向，他断言，"中国不亡，必有二种文字通用，一为汉字，一为拼音字"（林语堂，《谈注音字母及其他》：5）。他致力于设计拼音系统，强调汉字不可废，因为它牵涉到一个国家的文化属性问题，且汉字的美感足以让其生存。不过他认同汉字必须逐步简化。

1918年，林语堂在《新青年》发表《论汉字索引制及西洋文学》一文，指出文学革命的宗旨就是一个形式的改革，"用白话代文言之谓也"（林语堂，1918：366）。他提出白话文应效法西方作家"用字的适当，段落的妥密，逐层进论的有序，分辨意义的精细，正面反面的兼顾，引事证实的细慎"等长处（367）。到1920年，林语堂在哈佛大学与梅光迪、吴宓等同学交流后，认识到白话文不仅要向老百姓学习，还要向古人学习，从古文中吸收精华部分来丰富白话文的内容。林语堂发现十六世纪的袁中郎及其兄弟所代表的"公安派"主张解放文章形式的束缚，以俗语寻常语入文，相信文学只是"独抒性灵"，从而为活的现代语的文学奠定了基石。

1917年由胡适和陈独秀领导的文学革命爆发，主张用白话文进行文学创作。"三四年间，白话文运动收空前迅速之成效"（林语堂，2018：207-208）。林语堂把中文写作要领概括为"清顺自然"，肯定"白话是活的言语，它的生命是我们天天不断运用的说出来的，所以非常有力量"（转引自施建伟，1992：283）。他认为"白话文学运动惟一的正义只是白话能生出一等文学来"（林语堂，《林语堂（玉堂）信二十八通》：323-324），白话文不仅要大众化，更要有艺术性和文学性。"性灵"成为文学艺术中的关键词，正是"性灵"，也即"个性"形成中国文学生生不息、一直充满活力的线索。林语堂用"性灵"来印证西方文学，以求对中西文学进行"对接"和"融合"。在《林语堂：两脚踏中西文化》一书中，王兆胜指出林语堂"既看到了两种不同的文学之间的联系，又为中国现代新文学找到了合理的源头：一个是西方个性主义文学；另一个则是中国的性灵派文学"（转引自秦弓：159）。陈欣欣总结了林语堂的语言观和文学观的要点："（1）建立雅健的白话文；（2）先建立白话的文体，再书写白话文学；（3）白话的丰富资源是俗语及文言；（4）编辑白话词汇工具书；（5）运用西方理论及方法讲授并研究中国文学史；（6）引入文学批评"（陈欣欣：202）。

林语堂对现代中国文学的最大贡献在于引进西方文化的"幽默"概念。1932年，《论语》半月刊创刊，林语堂创建论语派，号召中国文化引进"幽默"这个现代汉语新词，使之成为一个跨文化事件。继而，林语堂又推出《人间世》和《宇宙风》两种刊物，1933年被称为"幽默年"，林语堂被誉为"幽默大师",就此巩固了他作为现代散文大家的地位。

施建伟认为三十年代幽默文学的兴起,是二十世纪以来中西文化大碰撞所引起的一系列聚变之一。林语堂作为幽默文学的倡导者,他的幽默观同他的艺术观一样都是这次聚变的产物。施建伟论述了林语堂的幽默观的发展轨迹。林语堂初倡幽默一词时,认为幽默主要是语言风格上的问题;后来他不仅把幽默看作"一种人生观,一种对人生的批评"(林语堂,1934:434),而且把英国小说家乔治·梅瑞狄斯(George Meredith)对喜剧的要求几乎原封不动地移植为对幽默的要求,把幽默当作衡量一国文化发展程度的标准,抬高到驾驭其他一切文化现象的最高地位。1970年,林语堂在《论东西文化的幽默》演讲中把幽默比作人类心灵舒展的花朵,认为它是心灵的放纵或者放纵的心灵。林语堂的幽默观从"人生之一部分"发展到"人类心灵开放的花朵",从三十年代的"重客观"倾向演变为七十年代的"重主观"倾向(施建伟,1989:69–72)。

林语堂在《论幽默》中阐发了一种跨文化的幽默观。幽默是西方文化的特征,他借助"幽默"进行跨文化翻译,"旨在使传统文化摆脱宋明理学的教条与束缚,让中国文学与文化实现现代化转型。提倡生动活泼、平易近人的文体"(钱锁桥:22)。林语堂幽默观的理论来源包括梅瑞狄斯的《喜剧论》(An Essay on Comedy)、威廉·哈兹里特(William Hazlitt)的《英国的喜剧作家》(Lectures on the English Comic Writers)、爱德华·布洛(Edward Bullough)的"心理距离说"和弗洛伊德的精神分析论。林语堂的艺术观主要来源于贝奈戴托·克罗齐(Benedetto Croce)的"表现说"和袁中郎的"性灵说"。他从袁中郎那里发现了中西文化的艺术交会点。由此,"幽默=心灵的放纵"的提法与表现主义的"艺术=心灵的创造"相契合,而"幽默=心灵的放纵"的提法,又正好和"生活艺术化的闲适说"相通。

由此可见,林语堂后期的幽默观是幽默、性灵、闲适三者的交叠融合,并被纳入了"艺术即表现""表现即艺术"的美学框架。他更是找到

153

"中国之幽默始祖"的庄子,因为道家的人生价值取向具有幽默因素,所以,他甚至偏激地认定:"中国文学,除了御用的廊庙文学,都是得力于幽默派的道家思想","中国若没有道家文学,中国若果真只有不幽默的儒家道统,中国诗文不知要枯燥到如何"(林语堂,1934:434)。"在林语堂借助西方文化反观传统,重新选择传统的精神漫游中,克罗齐和袁中郎起了至关重要的作用。由克罗齐而袁中郎,由袁中郎而老庄,这是林语堂审美理想发展的'三级跳'"(陈平原,1986:115)。

李平从互文性的角度来考察林语堂的翻译和创作,指出林语堂著译中可能存在的互文关系。他认为林语堂提倡的幽默、小品文和传记,都是先在西方发现,介绍到中国来,再在中国旧文学中找到知音,然后把中西语言文学结合起来,产生一个混血儿。李平给予林语堂著译很高的评价,"在仿作、创新过程中,他东西兼顾,古为今用,洋为中用,把中国传统与世界潮流很好地结合起来","具有文学体裁与语言风格的杂糅性、现代性,是中西文学文化撞击而生成的新文学创作模式和翻译模式"(李平:276)。

4.2.2 现代国民塑造

"五四"思想革命和文学革命提出了"立人""批判国民性"等命题,其核心是"人"的现代化。在社会革命潮流的推动下,如果说鲁迅把冷峻目光转向社会变革的方向,其沉重叙事体现了近现代中国知识分子对于民族苦难命运的全部悲悯;林语堂则相反,他恰巧做了一个洒脱的乐天派,一种在人生道路上深得传统士大夫情趣和近现代西方自由主义文化真谛的文化选择与文化追求。

在《林语堂时事述译汇刊》(*Letters of a Chinese Amazon and War-Time Essays*)的前言中,林语堂写道:"国民革命的胜利是一种精神上的盛举。一个年轻的民族脱颖而出……必须砸烂封建军阀以及封建军阀的束缚,重新建立一个新的、现代的中国"(Lin,1930:vi)。这一时期,林语堂集中批判中国文化及其国民性，其出发点在于呼唤一个现代中国的重生。用陈平原的话说，批判忍耐、圆熟是对中国人负责，赞扬东方情趣则是为西方人着想。林语堂在《给玄同的信》中提出要根本改造毫无生气的中国国民精神状态，只有性情的转变才能为中国人的思想注入活力。一个具有"进取性""侵略性"的、欧化精神的中国人必须做到：非中庸、非乐天知命、不让主义、不悲观、不怕洋习气、必谈政治（林语堂，《给玄同的信》：2–4）。

林语堂在《〈四十自叙诗〉序》中承认尼采对他的影响，"尼采，我少时好"，但他也不盲信偶像，"尼溪尚难樊笼我"（林语堂，1974：709）。林语堂借尼采笔下的反传统大师查拉图斯特拉（Zarathustra）之口，呼唤中国人之"精神复兴"。他要砸烂中国文化的偶像，向中国文化的惰性发起进攻，痛骂中国国民的劣根性。林语堂给查拉图斯特拉取中文名萨天师，在"萨天师语录"中，他所阐发的不再是西方传教士对中国国民性的东方主义凝视和诋毁，而是在召唤中华文明复兴、充满革命激情的"他我"。"事实上，林语堂的文化批判一方面指向中国文化的惰性，另一方面则直指西方对中国及中国人的偏见"（钱锁桥：87）。他认为反华种族歧视就是"一种现代病"，部分原因在于西方对于中国的无知，同时也是由于外国传教士别有用心的宣传，把中国人渲染成野蛮异教徒的样子，比如，穿着灯笼裤，留着长长的辫子，嘴里叼着鸦片枪，蹦出单音节的语言，腰里别着匕首，尤其热衷于砍外国人的头和给女人缠足。

林语堂提倡用幽默来改造国民。"我提倡幽默，两派都不参与，感觉自己一个人在黑暗中吹口哨"（Lin，1936：166）。在《论幽默》一文中，他指出：

> 幽默本是人生之一部分，所以一国的文化，到了相当程度，必有幽默的文学出现。人之智慧已启，对付各种问题之外，尚有余力，从容出之，遂有幽默——或者一旦聪明起来，对人之智慧本身发

生疑惑，处处发见人类的愚笨，矛盾，偏执，自大，幽默也跟着出现。……因为幽默只是一种从容不迫达观态度。（林语堂，1934：434）

1935年，林语堂在美国出版《吾国与吾民》，竭力阐述一个现代的中国。林语堂在书中首先分析了中国现代青年在东西文化碰撞中的各种矛盾心理，"在他的原始的祖系自尊心理与一时的倾慕外族心理，二者之间尤有更有力之矛盾。他的灵魂给效忠于两极端的矛盾所撕碎了。一端效忠于古老中国，半出于浪漫的热情，半为自私；另一端则效忠于开明的智慧，此智慧渴望社会的革新，欲将一切老朽、腐败、污秽干疴的事物，作一次无情的扫荡"（林语堂，2018：10）。他接着列举中国可以向西方学习的地方："国民的良好教育，男女老幼更多的享乐，行之有效的防止饥饿、贫穷和洪水的办法以及更多的图书馆、公园、博物馆、正直的警察、廉洁的官员、公正的法官、睿智的学者；……利用西方丰富的文化遗产来振兴自己的文学，重新谱写自己音乐的优美旋律，探索自己的药理知识"（林语堂，1988：317）。"用西方进步的尺度来衡量，下列事实是显而易见的：学校和学院的纷纷设立，书报发行量的稳步增长，公路和铁路的飞速发展，妇女解放和妇女参与政治……最重要的是，人们有了全新的精神面貌，充满希望，竭尽全力，国家机关的工作人员都有迫不及待地重建家园的愿望"（321-322）。"崭新的一代意味着崭新的观点，人们精神面貌的改变要归功于人的现代化"（322）。林语堂认为现代化会把中国人的民族性格驱向更加新鲜和伟大的发明创造活动。"现代世界有一个精神体系，现代文化是全世界的共同遗产。无论是科技、医药、哲学、艺术还是音乐等各方面，中国都不可能游离于全世界的共同遗产之外。她正是坚定不移地用现代文明来不断地充实自己"（323）。

英国作家里顿·斯特拉奇（Lytton Strachey）被誉为西方现代传记的宗师，他以提倡英国"新传记"写作，强调散文的个人笔调而著名。林语堂对斯特拉奇借小品笔调革新传记文学的实践极为赞赏。他感叹"中国人做传记太幼稚了；史论太道学，传记太枯燥，少能学太史公运用灵活之笔，百忙中带入轻笔，严重中出以空灵"（林语堂，1936：58-59）。自1945年起，林语堂着手写《苏东坡传》(The Gay Genius: The Life and Times of Su Tungpo)，目的就是要向美国人推介一个中国古典人物，而苏东坡"深厚、广博、诙谐，有高度的智力，有天真烂漫的赤子之心——正如耶稣所说具有蛇的智慧，兼有鸽子的温柔敦厚"（林语堂，2008，"原序"：6）。苏东坡在林语堂眼中也是现代的，他写《苏东坡传》的目的就在于要为现代中国人建立一种具有超越性的审美人格文化。林语堂"发掘中国传统文化特别是道家哲学讲求平淡无为、潇洒自由之精神，与苏东坡言说的旷达形象一拍即合"（潘建伟：47）。苏东坡的伟大在于，他"是道地的中国人的气质。从佛教的否定人生，儒家的正视人生，道家的简化人生，这位诗人在心灵识见中产生了他的混合的人生观"（林语堂，2008，"原序"：8-9）。无论身处何种境地，他都能自得其乐。他以精神自由俯瞰人生，其灵魂可以无拘无束，放达无为。林语堂称之为"为父兄、为丈夫，以儒学为准绳，而骨子里则是一纯然道家"（8）。施建伟评述《苏东坡传》是林语堂自己最偏爱的作品，他将苏东坡视作古代的幽默大师、"快活天才"，苏东坡又常常"苦中作乐"，故而成了林语堂的精神榜样（施建伟，1992：110）。林语堂最佩服苏东坡的人品，通过与苏东坡的心灵对话，林语堂得以超越现实的困境，获得智慧、从容、快乐的人生态度。

钱锁桥指出《苏东坡传》的写作策略是把苏东坡塑造成一个真正的自由主义者，人民之友，而把他的政敌王安石塑造成类似希特勒一样的人物（钱锁桥：314）。书中讲王安石变法一章，林语堂写道："对现代读者最重要的两点是：孟子的原则即统治者的权力来自人民，以及承认政治有异见存在并捍卫自由批评的权利……在苏东坡看来，良政非常需要反对意见的顺畅表达。民主本身就是建基于不同党派可以意见不同"（Lin，1947：118-120）。苏东坡要求"广开言路"，为文人力争独立思考的权利；他不知道明哲保身，一生起起落落，都在流放的路上行走。因"乌台诗案"，苏东坡中年遭贬居于黄州，晚年流放海南，经受生活磨难，更亲身体察下层人民的疾苦，儒家思想中的仁爱和佛教思想中的悲天悯人在他的言行中体现出来。

苏东坡曾上书鄂州知州朱寿昌，要求采取措施制止当地因贫穷溺杀婴儿的恶习，并成立救儿会。章惇当丞相时曾迫害苏东坡，后遭贬下台，苏东坡致章惇之子章援的信函不仅毫不记仇，反而寄以同情，并向其介绍养生经验，反映出他的豁达与真诚。林语堂把这封信，以及苏东坡呈朱寿昌和启皇太后要求赦免贫民欠债的文章并称为"苏东坡写的三大人道精神的文献"。东坡居士是具体历史时空下鲜活的中国人所演绎的日常生活图景，代表着中国文化的具象化，林语堂赋予苏东坡以现代思想，并描绘其理想的生活方式，集中西文化之大成。

林语堂认为，中庸哲学是世界上所有哲学中最健全、最完美的理想人类生活，它的直接表现就是"和谐的人格"，"这种和谐的人格也就是那一切文化和教育所欲达到的目的，我们即从这种和谐的人格中看见人生的欢乐和爱好"(林语堂，《生活的艺术》: 116)。和谐人格的典型代表人物就是陶渊明，"永远是最高人格的象征"(117)。陶渊明既具有儒家生活的一面，又具有道家生活的一面，而"苏东坡乃是庄周或陶渊明转世"(338)。

林语堂在《京华烟云》(Moment in Peking，又译《瞬息京华》)中"创造的道家型文化人格，就是智慧人格：活得平常而充实，不偏颇，不执一，明大体，识时势，圆融无碍"(谢友祥: 77)。林语堂最着力塑造的现代女性形象是姚木兰。在抗战环境影响下，林语堂通过在中国家喻户晓的花木兰传奇来阐释中国现代性妇女解放的主题。因此，木兰既新且旧，既是叛逆的女战士，也是知书达理的女人。从小她就个性鲜明，不缠足，上新式学堂。她有三个爱好：吹口哨、唱京剧、玩古玩。姚木兰的父亲是庄子的信徒，所以木兰可称为道家的女儿。她嫁到曾家后，又成为儒家的媳妇。木兰不仅是中国文化思想的理想结合，而且是中西文化思想的辩证统一(施建伟,1992:52)。在林语堂的心目中,木兰又中又西,也不中不西。一方面她顺从地接受了"父母之命",并力图做个"贤妻良母";另一方面,她在自己的心中为情人孔立夫保留了一个位置。当孔立夫因针砭时弊被军阀逮捕后,木兰冒着危险,向军阀下跪求情,换得释放孔立夫的手令。在木兰身上,林语堂将西方文化的爱情至上和传统文化的家庭至上两种情爱观统一起来,将她塑造为现代与传统文化融通的一个伟大女性。

国难当头之际,木兰的个性在中国现代转型中得到迅速发展。木兰意识到自己的独子也不能置身事外,最终毅然同意儿子参军出战。这一个人牺牲行为使其个性臻于完美。小说结尾处,沪杭沦陷后,木兰在西行途中两天收留领养了四个孩子,这体现出她受到新式学堂的朴素人道主义和博爱精神的影响。林语堂也把女作家谢冰莹的《从军日记》译成英文,让西方读者看到新时代的中国女军人。和姚木兰一样,谢冰莹展现了中国新女性的形象,她们坚韧勇敢,追求自由、平等、幸福的生活。

《京华烟云》中有三个核心人物,除了姚木兰,还有其父亲姚思安、木兰妹夫孔立夫。汤奇云指出,"林氏在小说中张扬的道家文化并非纯然是传统意义上的道家文化,而是经过了西方文化过滤的道家文化,这种文化以资产阶级人文主义为内核"(汤奇云:54)。小说中的孔立夫作为理想青年的代表,安贫而孝顺,从儒家的儿子变成道家的女婿,致力于道家文化与现代科学的融合研究,并写出《科学与道家思想》《庄子科学评注》等学术文章,使庄子哲学获得现代性和科学性。他代表着林语堂构想中将传统的道家文化与现代意识接轨的人物。他也有强烈的政治参与意识,曾在监察院任职,侦查有日本背景的津沪贩毒案,之后隐退苏州研究甲骨文。

1968年,世界大学校长联合会在韩国庆熙大学召开第二次会议,林语堂作英文演讲《共建人类精神家园》。他强调"哲学必须关注人类生活的问题。在我看来,假如东方人能够增强科学真理和政治民主的意识,而西方哲学能够走下学术理论的象牙塔,重新关注人类社会和生存领域,也许我们可以重建一个比较不错的社会，人人得以安居乐业"（转引自钱锁桥：392）。林语堂要用中国文化精神去改造世界，以中国古代的物质文明与西方现代机械文明相结合，建构一种"普遍可行的人生哲学"。他还预言：

> 科学进步倘再过一世纪，世界愈趋愈接近，欧洲人将想到学取对于人生和人与人相互间比较容忍的态度，俾不致同归于尽。……欧美方面或许会减弱其固执之自信心，而增高其容忍。因为世界既已紧密地联系起来，就免不了相互的容忍，故西方人营营不息的进取欲将为之稍减，而了解人生之企望将渐增。（林语堂，2018：50）

4.2.3 理想生活方式的呈现

在人生道路上，林语堂的文化追求和文化选择深受传统士大夫情趣和近现代西方自由主义文化的影响。林语堂从翻译克罗齐的"表现说"始，受其表现个性、舒展人性的影响，后又挖掘出明代公安、竟陵性灵文学，后来又上升到倡导老庄式的幽默、闲适的人生态度，将富于心灵文化传统的中国人的生活归结为一种"生活的艺术"：小品文的情趣，园林山水之乐，饮食起居的雅趣，安适的人生归宿。周仁政评价《生活的艺术》（*The Importance of Living*）是林语堂对自我人生哲学的诠释，是面向传统、回归心灵的现代人生活的写照，实则是一种自由个人主义人生观的充分展示（周仁政：112）。林语堂化东方文明为日常生活的理想状态，并将之升华为生活的哲学。

中国传统文化虽被林语堂的西方现代性烛照，仍然需要反思甚至清理其糟粕。林语堂认为，对中国传统文化既要加以保护和珍视，更需要将其激活，进行创造性转化，以显示其熠熠光芒。在《生活的艺术》一书中，林语堂以庄子、孟子、陶渊明等中国古代名家为例，从衣食住行和日常交际的角度出发，认定中国自古有一种依托心灵的"快乐"哲学，相信"悠闲"乃人生一大志趣(周仁政：112)。林语堂更是极力渲染中国古老文化的魅力，像插花、饮食、安睡，欣赏鸟语花香和潺潺的小桥流水人家，半半哲学、悠闲的生活、神游，都被林语堂赋予人生的真义，即一种超越世俗功利生活的审美人生。林语堂认为，中国传统文化更接近普通人的日常生活，更贴近现实人生，从而更有利于普通人的精神生态、身心和谐和生命健康。在《生活的艺术》中，林语堂指出一种中国中等阶级最为健全的理想生活，就是"介于两个极端之间的那一种有条不紊的生活……所以理想人物，应属一半有名，一半无名；懒惰中带用功，在用功中偷懒；穷不至于穷到付不出房租，富也不至于富到可以完全不做工"(林语堂，《生活的艺术》：114)。

王宥人认为，《生活的艺术》之所以广受好评主要有两大原因：其一，全书透过人类共性来阐释中国人的思维，找到中西思想的共通之处，使西方人更易窥见中国文化的独有魅力；其二，林语堂抓住西方文化的缺失点，发现他们急需一种新思想来医治因情感缺乏而造成的精神创伤，因而在《生活的艺术》中向"美国赶忙人对症下药"(王宥人：37–39)。这是一种强烈互补式的文化交流，激起了美国读者极大的好奇心。《纽约时报》(*The New York Times*)的书评盛赞《生活的艺术》是几千年中国文化精髓的提炼，就是"讲实实在在的生活本身"(钱锁桥：208)；林语堂极力颂扬浪人的精神，因为"这个世界需要一种睿智而快乐的哲学"，这种哲学"要求人们有意识地回到简单，并提倡一种合情合理的中庸理想境界。其结果是，整个文化崇尚诗人、农人、浪人"，林语堂认为现代生活正需要浪人精神，因为浪人精神"反对一切缺乏人性的条条框框"(208)。

林语堂凭借着一片赤诚的爱国热情，对中国文化加以讴歌赞美，进而使众多自负的西方人转变态度，开始以一种欣赏和学习的眼光来看待之前轻慢的中国文化。可以说，是《吾国与吾民》和《生活的艺术》两部作品，在很大程度上让近代世界重新认识了中国，同时增强了中国民族的自尊心和自信心，不失为近代中国代表性的文化名片。林语堂力图建构一种普遍可行的人生哲学，以中国文化精神去补救西方"过激"的"学理"。他甚至提出改造世界的方案："我深信中国人若能从英人学点制度的信仰与组织的能力，而英人若从华人学点及时行乐的决心与赏玩山水的雅趣，两方都可获益不浅"（林语堂，1932：7）。

林语堂极为推崇《浮生六记》中的芸娘，认为她是"中国文学中所记的女子中最为可爱的一个"（林语堂，《生活的艺术》：270）。芸娘理想中的生活是"他年当与君卜筑于此，买绕屋菜园十亩，课仆妪，植瓜蔬，以供薪水。君画我绣，以为诗酒之需。布衣菜饭，可乐终身，不必作远游计也"（转引自林语堂，《生活的艺术》：272）。芸娘追求美，现实生活却很潦倒，她和丈夫想方设法布置一个美丽的居宅，比如夫妇两人在扫墓时从山中拾得些石子，便制成盆景。读来令人心酸不已，却是"乐天知命地过生活"。林太乙在《林语堂传》中也写到父亲的理想女人是芸娘，"他爱她能与沈复促膝畅谈书画，爱她的憨性，爱她的爱美"（林太乙：218），林太乙特别指出，《京华烟云》中的姚木兰在许多方面很像芸娘。

虽然生长于东南沿海的福建，林语堂并不太欣赏江南人的阴柔和慵懒，却十分敬仰北方人的纯正品质：

> 北方人基本上还是大地的儿女，强悍、豪爽……整体上说，北方人的生活态度是朴实谦逊的。他们的基本需求简单无几，只求过一种朴素和谐的人生，居室差强人意，谋生手段简便顺心，家人忠诚团结，舒适的床铺与足数的饭碗，再加上些许零用钱，这些就构成了他们心满意足的人生。不必大富大贵，养成好吃懒做的恶习，当然也不能缺衣少食、忍饥挨冻，这是一种传统的中产阶级生活理想。（林语堂，2020：109）

这正是老北京的精神，也正是道家出世观与儒家入世观的结合，这种精神是中国文化中最亲切的一面，使我们达到了人与人、人与自然的和谐共处。在林语堂看来，北京人在传统习俗的影响下，极富幽默感和耐性，同时又彬彬有礼。宽厚作为北京的品格，融于其建筑风格及北京人的性情之中。人们生活简朴，无奢求，易满足，快乐的天性又源于对生命所持的根本且较现实的认识，即生命是美好而又短暂的，人们应尽情地享受生活（林语堂，2020：4）。

林语堂笔下的北京是一个"田园都市"，一个文化之城与象征之城，是其文化普遍主义式"文化翻译"的具体产物（宋伟杰：506）。林语堂礼赞北京式的新旧和谐，古典与现代共处，抵制肤浅、摩登的都市现代性，而将自己的"田园都市"理想建立在有深厚历史和文化底蕴的城市，如北京、巴黎和维也纳。林语堂以城市日常生活空间为起点，思考具有普遍意义的"宇宙"问题：人类生活中无处不在的紧张与疲惫。而他的解决方案是倡导东方"闲适""中庸"的人生哲学，张扬"田园都市"的日常生活的精微美妙之处（511）。

《京华烟云》是解读林语堂北京想象的另一扇法门，而北京城的日常生活，在林语堂笔下展露出迷人的一面。商人姚思安的四合院是一个五脏俱全的日常化空间，"坚固，格局好，设置精微，实无粗俗卑下华而不实的虚伪样子"（林语堂，《京华烟云》：128），姚木兰"卓然不群与坚定自信的风度"得以养成（128）。木兰是在北京长大的，北京丰富的生活令她陶醉。北京以慈母般的温和仁厚对其儿女有求必应。在北京，木兰学到了容忍宽大，学到了亲切和蔼，学到了温文尔雅。在北京，有黄琉璃瓦的宫殿和紫绿琉璃瓦的寺院，有胡同人家，既有繁华街道，也有宁静田园，可以在茶馆吃热腾腾的葱爆羊肉，喝白干儿酒，夏天则坐在露天茶座上品茗，消耗一个漫长下午。还有令人惊叹的戏院，精美饭馆，灯笼街，古玩街。林语堂赋予北京独有的个性，即自然、艺术以及人们的生活。北京既有舒适、闲逸的一面，又有朝气蓬勃的城市生活。"林语堂最喜爱北京的一点是，普通市民的性格和生活态度，那就是简朴、自然、悠闲、乐天、温情、厚实，一种几乎无所欲求的达观与超然的人生态度"（王兆胜：148）。

林语堂从看似平常的市井生活中体会文化的精神。王兆胜总结道,《京华烟云》的成功就在于它是一部将北京文化、家庭文化、民间文化融为一体的文化小说(93)。

《京华烟云》全方位地描绘中国式生活,"既非崇尚旧的生活方式,也不为新的生活方式辩护"(转引自钱锁桥:243),而是旨在记录中国现代性的起源与进程,为现代中国勾勒出一幅横跨四十年的巨幅画卷。林语堂坦陈,他在写这部小说时以《红楼梦》作为模板,"《红楼梦》有取之不尽的灵感"(242)。和曹雪芹一样,林语堂成功塑造了一群光彩夺目的女性形象,正是她们展现了中国妇女从传统淑女到现代女战士的转型。用钱锁桥的话说,林语堂着重于描绘中国现代性的转型,积极探索如何把文化中国和战时中国相结合的叙述策略(钱锁桥:243)。

在《京华烟云》中,林语堂主要以庄周哲学贯穿全书,他的大女儿林如斯认为该书的主要贡献不是创造了哪些艺术形象,而是传递了一种"浮生如梦"的哲学思考,是道家思想的传声筒。小说的第三部《秋季歌声》,就是以庄子的生死循环之道为宗旨。木兰和父亲谈到生死观时,问父亲是否相信道家的长生不老,姚思安回答,"完全荒唐无稽!那是通俗的道教,他们根本不懂庄子。生死是自然的真理,真正的道家会战胜死亡。他死的时候快乐。他不怕死,因为死就是'返诸于道'"(林语堂,《京华烟云》:687)。木兰再问父亲是否相信长生不老,他回答,"孩子,我信"。他的长生不老就在他的子女身上,"我在你们身上等于重新生活……生命会延续不止的"(687)。林语堂根据庄子的哲学精神,强调人的永生是种族的延绵。在《吾国与吾民》的结尾处,林语堂宣称最爱好秋天,因其色彩最为浓郁,又染上一些忧郁的神采和死的预示。他盛赞新秋精神,一种平静、智慧和圆熟的精神,因知道人生有限,故知足而乐天(林语堂,2018:303)。

林语堂赞扬姚家顺从天道,超脱名利、是非与生死,追求精神绝对自由的人生观。三位主人公都信仰道家自然主义,他们的日常生活也就充满了人情诗趣。尤其是姚思安，他沉潜黄老之修养，把家里店铺交给舅爷打理，一心研读道家古籍，静坐修炼，把玩古玩。最后云游名山古刹，达到道家物我相忘的境界。

在《生活的艺术》第五章中，林语堂专门谈到快乐问题，他将文艺的享受和生活的其他享受相提并论。他主张文艺的美感主要是一种接近生理的快乐。林语堂不赞成美学史上有关美感是精神和物质两大块的机械划分，却受中国传统上魏晋和明代文人的影响：出于对现实政治的失望，转而追求日常生活的享受，从而形成中国特有的生活文化（袁济喜：95）。他把沃尔特·惠特曼（Walt Whitman）对于生活的感觉和金圣叹的三十三快事进行比较，从而印证中西文化对于快乐的追求是人性所向。他对金圣叹的人生快乐论大加赞赏，他在《生活的艺术》中翻译的金圣叹人生三十三快事也最受美国读者青睐。林语堂晚年定居台湾后，写了《我来台后二十四快事》，记录个人的快感享受。袁济喜认识到，林语堂既反对功利主义和理性对审美感觉的割裂，也反对商业社会的肉欲宣泄的粗俗，"他所倡的感觉主要还是指文化意义与审美意义的人生感觉，它的指向是人生的欢乐而不是纵欲，是人生的升华而不是人生的禁锢"（97）。在《四谈螺丝钉》中，林语堂借柳夫人之口，道出他认定的文化最后的标准："是看他教人在世上活的痛快不痛快。活的痛快便是文化好，活的不痛快，便是文化不好"（林语堂，1935：276）。

陈平原指出林语堂的艺术思想有四个支点——非功利、幽默、性灵、闲适，它们借助于道家文化，才真正汇为一体。道家超脱有限的功利目的束缚，引申过来自然是强调文艺的非功利性；至于道家以审美的态度来对待人生，把生活艺术化，更是名士所追求的"闲适"的哲理内涵。林语堂善于发现生活中的诗意，领悟到"生命是如此惨淡，却又如此美丽"（陈平原，1986：120）。

4.2.4 小结

林语堂在自传《八十自叙》中开宗明义，自诩为"一捆矛盾"。用他自己的话说，"自我反观，我相信我的头脑是西洋的产品，而我的心却是中国的"（林语堂，《林语堂名著全集》（第十卷）：21），这是林语堂文学与文化思想整体观的最集中体现。林语堂一辈子都是自由主义批评家，他身处两个世界，为中国在全球化时代的现代性之路铺垫新的范式。作为新文化运动的倡导者之一，林语堂坚定捍卫"德""赛"二先生，尤其对专制蹂躏人权批判得最为犀利；林语堂重新发掘中国传统文化资源，发展出一套"抒情哲学"，并在现代意识的构想中塑造富于个性的国民，继而紧紧贴近"人生本相"，从日常行为习惯中培植一种"生活的艺术"；在跨文化翻译过程中，林语堂承担了批评家的角色，其跨文化之旅"凸显其跨国性、全球性"（钱锁桥：17）；他对"新的文明"的探索不仅仅在于中国的复兴，还包括对世界范围的现代性的反思。

可以说，"五四"以来的中国现代作家向西方"拿来"者极多，而用英文向西方介绍中国传统文化者极少，林语堂如今已成为中国作家"走出去"的典范，成功地让中国了解世界、让世界认识中国。林继中研究了林语堂"对外讲中"的思想方法，指出他"对外国人讲中国文化，而对中国人讲外国文化"，其中以"对外讲中"成绩最著（林继中：8）。施建伟总结林语堂一生的主要贡献在于把渊深的中华文化通俗地介绍到海外，作为中国文化走向世界的先驱者之一，为中西文化的交流作出了锲而不舍的努力。乐黛云评论说，几十年来，没有任何一个现代中国作家的书籍可以媲美林语堂的著作在海外的影响力。到美国后，林语堂用英文创作，把中国文化与智慧介绍给英语读者，大受欢迎，被奉为"中国哲学家"。在钱锁桥看来，林语堂在美国的大部分创作可以看作跨文化"翻译"，是在"重写"中国小说、转述中国文学艺术思想、重释中国哲理智慧（钱锁桥：22）。诚如罗福林（Charles A. Laughlin）所说，"林语堂所建构之中国文化生动、自由、豁达，无论以英文还是中文呈现，最终都是对世界文化的一大贡献，因为它巧妙地颠覆了传统和现代的二元对立……同时确立了一个既有鲜明特色又有丰富的普适性人文精神的中国视野"(罗福林：70)。林语堂的双语双文化背景赋予他洞察现代世界的比较批评视野，他认为中国文化的现代性有赖于整个世界现代文化走向前方，而未来的世界文明必须借助东西方智慧共同来创建。

第五章 研究选题与趋势

现代性理论发展至今，包含着相互关联的多重维度，在最广义的程度上，我们可以将其划分为精神性维度和制度性维度。迄今为止，现代性依旧是人类社会运行的主要支撑力和前行的动力。不同历史时期的理论家们通过剖析西方现代人类的生存境遇，阐释现代社会的发展态势，对现代性问题的思虑各有不同，表现为反思现代性、批判现代性和重释现代性，从而使现代性研究焕发新的面貌。

对于"现代性"的理论研究和实践探索使得现代性研究发展为跨学科的研究领域，特别是它对于人的现代化的强调，对于日常生活方式的关注，使得现代性贴近时代，关照现实。中国当代现代性的建构也需要立足中国的现实土壤，研究当下文化现状，发现一些有价值的命题，从中提炼新的理论生长点。

本章首先简单勾勒百余年来中国现代性研究的本土化问题及中国对策，重点引述东西方学界二十一世纪以来的学术成果，以此审视现代性理论研究的新趋势。

5.1 现代性理论的本土化

现代性这一概念是从西方引进的，中国现代性既有现代性的一般性质，同时又有自己的特殊性。按照赵小琪的说法，中国近现代的现代性建设是通过确立"他者"完成的。"中国近现代作家建构的西方形象就是一面镜子，既映现真实的西方，又使真实的西方变异"（赵小琪：86）。

5.1.1 现代性中国问题

一百多年前，源自西方的现代性理论被引介到中国。其中，对科学精神的强调是西学得以进入中国的思想逻辑前提之一，民主的主题是不可忽视的决定因素，个体和感性自我的觉醒也是整个现代性进程的题中应有之义。由此，"科学、民主、个性三者构成了中国现代性的最重要的内涵"（吴子林：135）。在严复等近现代文人眼中，理性和科学技术是西方发展的动力，使其走向进步与科学。他们认为理性具有一种解构和批判的能力，严复最早系统地译介并阐释了西方的自由理论。

新文化运动之后，启蒙思想成为中国知识分子最重要的思想资源。1915年9月，陈独秀创办《新青年》杂志，开新文化运动之先声。《新青年》一开始就高举"科学"和"民主"两面理性的大旗，这是在启蒙上迈出的巨大的一步，与其相比，清朝末年从"师夷长技以制夷"，到"中体西用"的制度层面的争论已不可同日而语。陈独秀在《敬告青年》《我之爱国主义》等许多文章中猛烈攻击专制政治和传统道德迷信，提出要改造中国必须以科学和人权并重；在《驳康有为致总统总理书》《宪法与礼教》等文中，他批判传统儒家学说与现代生活和人民利益相对立，与民主政治大相违背，袒露了与西方现代文化相认同的开放心灵。《新青年》的另一位重要作者吴虞以激烈的态度论述封建家族制度，认为它是专制制度的基础，礼教则是联系这两者的支柱。二十世纪四十年代，李长之在《五四运动之文化的意义及其评价》中分析说，"启蒙运动的主要特征，是理智的、实用的、破坏的、清浅的。我们试看五四时代的精神，像陈独秀对于传统的文化的开火，像胡适主张要问一个'为什么'的新生活，像顾颉刚对于古典的怀疑，像鲁迅在经书中看到的吃人礼教，这都是启蒙的色彩"（李长之：16）。

倪婷婷指出，一方面，笛卡尔所言"善于辨别真伪的能力——这其实就是人们所说的良知或理性"在"五四"启蒙话语中未能得到更充分的体现；另一方面，康德强调的自主的理性力量，也未能在所有"五四"启蒙者那里引起足够的关注。在某种意义上，对自我的启蒙才是最要紧的启蒙（倪婷婷：115-116）。

二十世纪八十年代，现代性理论再一次引发新的冲击。按照金岱的总结，中国的现代化历程经历了工具论和总体性两大思维误区。也有学者把西方现代性理论运用在中国文化研究中，或以现代新儒家的视角去解决西方现代性问题。余英时把基督新教与新佛教、新道教类比，实际上落入了他自己所批评的做法："用某种西方的理论模式强套在中国史的身上"（余英时：449）。

在整个八十年代，"新启蒙主义"是中国思想界最富活力的思潮。新启蒙主义思潮最初在马克思主义人道主义的旗帜下活动，但是中国的新启蒙主义不再诉诸社会主义的基本原理，而是直接从早期的法国启蒙主义和英美自由主义中汲取思想的灵感，把对现实的中国社会主义的批判理解为对于传统和封建主义的批判。不管新启蒙思想者自觉与否，"新启蒙"思想所吁求的恰恰是西方的资本主义的现代性。伴随着韦伯的《新教伦理与资本主义精神》在中国知识界的传播，其中最为简明的逻辑是：如果资本主义的发生与新教伦理相关，那么中国的现代化实践就必须在文化上作出更彻底的变革。

二十世纪九十年代以来，回归传统文化或文化传统的热情开始高涨，这是其时中国思想界最令人注目的表征之一。李泽厚曾在八十年代提出"启蒙与救亡的双重变奏"，却在九十年代指出要回到古典儒家，"儒学是已融化在中华民族……的行为、生活、思想感情的某种定势、模式",是活着的"文化心理结构"(李泽厚,1997:145)。甘阳写于1988年的《儒学与现代》已经全面肯定儒学与中国文化传统,明确为"文化保守主义"辩护。韦伯在分析欧洲资本主义的兴起时发现,新教伦理催生出了强有力的资本主义精神,而当这一经典的韦伯命题旅行到中国时,它一再被借用,同时却又被颠覆。与韦伯命题密切相关的是部分中国知识分子对一个文化意义上的东亚共同体的想象,他们意欲用中国传统文化中的儒家文化来维系这个共同体,从而建立起新儒家文化。二十世纪后半叶,日本、韩国、中国相继出现经济的高速增长,于是韦伯命题被借用为东亚地区的经济繁荣源自该地区的文化共同体,即儒家文化。同时韦伯提出的儒家文化阻碍中国形成经济伦理的论断被改写甚至被颠覆,东亚地区以经济腾飞为标志的现代化似乎验证了"儒教资本主义"的胜利。"那种从'现代性'到'中华性'的诉求,在强化'中国/西方'的二元对立的话语模式时,已经从对西方中心主义的批判变成对中国重返中心的可能性的论证。中国在貌似批判和反思全球化/(西方)现代性的背后却是对反思和批判的再次……拒绝"(陈国恩、王俊:72)。进入二十一世纪,在文化全球化的背景下,中国融入世界的愿望更为迫切,现代性建设问题也较为突出。按照刘小枫的说法,中国的问题不是要不要现代化,而是应怎样取得在国际政治—经济体系中的平等现代化(刘小枫,2018:37)。

陈嘉明回顾了中国对现代化与现代性的认识:由洋务运动时期的器物技能不如人,到五四运动时期开始对"科学"与"民主"的认识,再到"文革"之后的新启蒙时期对"主体性"也就是人的价值的认识,直到如今全面反思现代性,将理性与自由认定为现代性的根本,这是一个逐步把握现代性本质的过程。陈嘉明明确指出,现代性首先是人的现代性(陈嘉明,2004:9)。在现代性的进程中,我们与西方社会之间无疑存在一个时间差,目前现代性的许多规范还未建立或完善。陈嘉明提出,在构建中国现代性的阶段，我们仍然需要大力培育理性精神，包括个人行为的理性化，以及在建立社会基本规范上所需要的公共理性。他强调我们的"生活世界"与现代性的文明规范之间还有很大距离，大众文明的习惯还未积淀为日常的习俗。

杨春时提出，如果说西方现代性源于脱神入俗的话，那么中国的现代性则源于脱圣入俗。西方在文艺复兴以后就逐渐摆脱了宗教的束缚，而中国在五四运动以后西方文化侵入的背景下，文人也自觉脱离圣人之教的思想，儒学权威开始瓦解。"德先生"与"赛先生"是启蒙思想及其在中国的招牌口号。由此，中国现代性一开始就具有片面性，对西方文化的引进也是不全面的，仅限于科学和民主，而西方的宗教和哲学以及审美文化等形而上层面的文化则被忽略甚至被拒斥。

杨春时总结了中国现代性的总体构成：现代性有感性、理性和反思——超越等三个层面。感性现代性是被解放的享乐欲望；理性现代性指的是理性精神，包括科学精神和人文精神；反思——超越层面的现代性包括艺术、哲学以及宗教等，是对感性现代性和理性现代性的批判。中国现代性的历史存在着感性现代性没有充分发育，理性现代性缺乏科学精神和对个体价值的肯定，以及反思——超越的现代性即哲学、审美以及宗教的缺失等根本性的缺陷。这些问题均亟待解决（杨春时：5–9）。

5.1.2 现代性中国对策

现代性在中国一个多世纪以来的发展轨迹表明，自我启蒙和人的现代化是中国走向现代文明的基石。从晚清开始，中国学者就认为立国先要立人。梁启超在办报之初就提出重要的"新民说"，希望能够通过办报创造出读者群，并由此开启民智。鲁迅要用文学让国民觉醒为人，以塑造新国民。梁启超的另一个重要贡献就是提出了中国国家新风貌的想象。他受到日本小说家柴四郎的《佳人奇遇》影响，创作了《新中国未来记》，为中国第一次书写了浪漫的建国小说，塑造了一个政治形体。梁启超在1899年写作《夏威夷游记》，提倡西方的时间观念。李欧梵认为，梁启超主张要把中国看成世界的一部分，所以在时间上要连在一起；"我们甚至可以说晚清时期中国知识分子同时在缔造两样东西：公共领域和民族国家"（李欧梵，2019：9）。

"立人"也是董健在二十一世纪的呼吁。他撰文指出，"'人'的现代化，最基本的还是要确立个人本位主义，也即首先要'立人'。……在现代启蒙思想体系中，个人主义具有正面意义，其核心是要完成个人本位的确立，尊重个人的主体性，这是现代社会一块最基本的基石"（董健：39）。

金岱认为新文化运动的"国民性改造"和二十世纪八十年代新启蒙思潮中的"主体论"思想，都意味着人的现代化的展开，但至今并没有上升为作为现代性的核心要义的"自由个体"。金岱总结说，所谓自由个体，首先是欲望主体，又是经济主体、法权主体、理智主体、意志主体、行为主体，是情感、道德与信仰的主体，最后是"将一切作为公民的个体的人的自由，作为自我之个体的自由之前提的人"（金岱：150）。

"文化现代性"是当代著名哲学家泰勒的一个重要概念。文化现代性尊重特定社会生活共同体的历史延续和文脉传承，积极地从生存延续的意义上来理解文化传统，这与单纯强调人为意义上的文化断裂形成了鲜明对照。泰勒非常重视乔治·赫伯特·米德（George Herbert Mead）提出的"有意义的他者"概念，认为只有通过与有意义的他者对话才能建构自我认同，其间性文化主义体现为一种平等主体的文化承认关系。泰勒的间性文化主义观点还契合了他所提出的开放性世俗社会构想。在泰勒看来，整个世界的"世俗化"发展是一个不可阻挡的基本趋势。文化现代性在尊重文化传统和包容文化差异的基础上，为全球化时代人类命运共同体的构建奠定了生存论基石。

刘小枫通过分析中国现代审美主义话语形态产生的知识社会学背景，加上对西方现代审美主义的分析，向人们指出，审美主义的产生本质上是一个现代现象，且不分东西。刘小枫一开始就从思想史角度指出，审美主义的出现与现代文化的此岸感和主体感性直接相关。韦伯用"祛魅"和"理性化"过程来描绘一个欧洲世俗的现代文化和社会的成形，这一过程导致了传统的彼岸世界和神圣价值的崩解，随之而来的是生存的此岸感，以及为了支撑此岸个体生命而出现的审美感性。刘小枫认为审美学就是现代的此岸感性说。他在分析了恩斯特·特洛尔奇（Ernst Troeltsch）的心性结构、齐美尔的现代人精神生活后，将现代审美性的实质概括为三项基本诉求：为感性正名，重设感性的生存论和价值论地位；用艺术代替传统的宗教形式的解救功能，以形成一种新的宗教和伦理；以游戏式的人生心态生活，也即贝尔的"及时行乐"意识（刘小枫，2018：110）。二十世纪初以来，在中国政治经济制度走向现代化的过程中，思想界也形成一股审美主义的思潮，比如维护生存意趣的此岸性、日常生活诗意化、以艺术代替宗教、回归内在性、对生存持游戏态度等。大多数思想家都认同中国思想和社会形态的一元性品质，即圣俗不分，不存在此岸与彼岸之紧张。刘小枫梳理了从王国维到李泽厚的美学观点，得出的结论是审美性不是中国智慧的特质，中国现代审美主义的特征是用欧洲审美主义的话语资源和理论工具改塑汉语思想，先把宗教情感化，再以审美取代宗教，它是"以民族价值优位论对西方思想的批判代替了现代性批判"（123）。刘小枫把"审美主义"界定为关于感觉的超越学说，试图还原出一个"现代感的本体论基设"：这"就是纯然我属的身体"（139）。从尼采到福柯，感觉—身体的崇拜不断上升，利奥塔也主张审美身体优先论。审美主义的最终结论是取消"义"（伦理）的问题，彻底转向身体现象学。然而，"中国现代思想中的审美主义尽管已有近百年历史，却并未意识到审美主义在哲学本体论和社会理论层面引出的难题：身与'义'之间的紧张"（155）。

童庆炳从文化诗学的角度，提出民主精神、人文主义和诗意是人的精神生活的关怀之鼎，他希望以文学的诗情画意来抗衡现代世界的"物性"，以文学促进人的全面发展，超越当代人的"物化"之生存状态，凸显其审美现代性的品格。在他看来，"审美场"是人的心灵自由的表现，它"所表现的审美体验是人的原本的、终极的生命体验,它是人性的一种潜能"(童庆炳:57)。童庆炳呼吁富于人文关怀的审美的现代化——这样我们才是真正意义上的人。

5.2 现代性研究的新视角

5.2.1 自反性现代性

二十世纪九十年代以来,随着冷战的结束和全球化的加速,西方社会原有的社会秩序受到了强烈的冲击,工业现代化处于全面的自我颠覆之中,欧洲学术界出现了后现代理论、全球化理论等有关现代化理论复兴的局面,贝克、吉登斯的自反性现代性理论也是其中的一支。自反性现代性理论家们认为"后现代性"在某种程度上是个伪命题,人类社会至今仍未超越现代化的阶段,即贝克所说的第二现代性和吉登斯的晚期现代性。自反性现代性这一概念首先是由贝克提出来的。它主要指工业现代化正处于全面的自我颠覆之中,并导致了向全球化时代的转化。自反性是人类社会继现代性之后开始的又一发展过程,这一过程是人们反思现代性的结果,更是现代性自身发展的结果。

贝克、吉登斯的自反性现代性理论将全球化带来的福利国家的危机上升到现代性的层面加以考察,坚决捍卫现代性,及时传达出社会历史层面上的困惑和躁动,并致力于从困境中挣脱,产生了很大的社会效应和学术影响力。他们认为,现代性的自反性有两个层面:一是自我消解的自反性,一是反思的自反性。贝克认为,"现代社会的现代化进程越是深入,工业社会的基础便越是受到消解、消费、改变和威胁。这一过程可以超越知识和意识,在没有反思的情况下发生"(贝克等:224)。吉登斯从"传统瓦解"的角度来理解现代性的自反性。而拉什主张将批判的眼光"转向新现代性本身",使认知和情感从传统结构和传统制度中分离出来,以美学的、阐释的感受力提升来变革我们的文化。贝克指出,当今社会的风险具有全球性，它对地球上所有的生命都构成了威胁。风险产生的原因与原来的社会也有所不同，它本身就与科学技术的使用有关，是现代化自身发展的结果。"在现代化进程中，生产力的指数式增长，使危险和潜在威胁的释放达到了一个我们前所未知的程度"（贝克：15）。

"反思性是现代性的突出特征，自反性是继现代性之后的一个新的发展阶段；反思性主要指知识对世界的重塑，自反性则指世界本身的进程。这便是二者的区别所在"（李庆霞：26）。现代性是工业现代化追求的目标，全球性是自反性现代化追求的目标。吉登斯的后现代性、贝克的风险社会、马丁·阿尔布劳（Martin Albrow）的全球时代、贝尔的后工业社会等，都是对这种即将终结现代性的新社会形态的描述。

5.2.2 流动现代性

鲍曼于2000年出版《流动的现代性》，用固态的现代性/流动的现代性分析框架代替先前使用的现代性/后现代性分析框架。他在放弃后现代概念后，提出用流动的现代性概念来描述当代社会现象：全球化、消费主义和个体化。在前言中，鲍曼确认当代社会已进入现代性的新阶段，即"现代性的流动阶段"。首先，生存方式具有流动性。鲍曼指出全球化带来"世界事务的不确定、难驾驭和自力推进性"（鲍曼，2013：57）。大规模的结构性失业几乎使每个人都成了"潜在的多余"，"占据人口多数的定居人口则为游牧的和疆域以外的精英所统治"（鲍曼，《流动的现代性》：40）。由于交通的便利，地理距离在今天已失去了原先的意义，在精神上我们都是旅行者。再者，人们的思维方式越来越具有"碎片性"，流动的现代性世界的游戏规则不断变化，反复无常。人人只追求立即的、持续的、不加思考的自我满足。

鲍曼从经济、政治和文化三个层面，揭示出"流动的现代性"社会结构的特点：逃逸性的资本、消退的政治和多元的文化三者之间的互动和纠结。首先，资本在全球实现无障碍流动，资本的逃离意味着和空间或地域的分离，而政治仍停留在地方，这种政治与经济的不对称性损害了民族国家主权，隔断了资本和劳动力的联系，使当地人面临前所未有的生存危机。互联网的出现为资本以电子速度在全球流动提供了可能。鲍曼指出公共领域充满私人生活，而个人困境无法转化为公共问题。这就出现了"私域"反被"公域"殖民的现象。文化多元性已深入人心。除了宽容和自由价值引导外，重要的是当代人普遍面临价值选择的困扰。资本的全球性和政治的不平衡性是当今社会问题的根源。鲍曼希望通过道德责任来恢复公共领域，重建共和政治。他继承了列维纳斯的道德哲学，强调为他者负责。

5.2.3 全球现代性

伯曼认为，现代性实际上意味着全球化时代的到来，"所谓现代性，也就是成为一个世界的一部分"（伯曼：15）。全球现代性是一种新的现代性，资本主义生产方式及其文明的全球扩张构成了全球现代性的核心内容，正是在这个意义上，阿里夫·德里克（Arif Dirlik）强调"全球现代性"概念是在单数的意义上使用的，即认为"全球现代性"就是资本主义现代性的全球化（德里克：5）。全球化与现代性的高度融合使得"全球现代性"已成为这个时代的标志。

全球化伴随着现代性而发生，或者可以说两者是一种共生现象。马克思明确表明驱动力就在于经济的全球化。正是由于扩展世界市场的需要，现代性的形成过程又是一个全球化的过程。而马克思在思考经济全球化的同时，也带来了文化的趋同。全球化进程并非一帆风顺，相反，它受到后发的民族国家的顽强抵制。全球化在"对抗性文化"民族国家看来，就是"美国化"或"西方化"。民族主义由此而复兴。詹明信指出，后现代争论和全球化问题错综复杂地交织在一起。他认为后现代性与全球化两者之间构成一个矛盾或悖论：后现代高扬的是差异、区别和多元主义，而全球化则意味着趋向"同一性"，展现一幅被迫进入世界体系的"标准化图画"。这两者的关系是一种"难以解决的二律背反的模式"(詹明信[1],2004：389)。詹明信试图用黑格尔的辩证法来解释这个悖论问题。黑格尔的辩证法以同一性开始，但总是依据与其他事物的差异性来界定自身，两者并未构成对立，而在另外的意义上它们是互相同一的。

像吉登斯断言的那样，全球化在某种意义上是现代性的全球化："现代性正内在地经历着全球化的进程"(Giddens：63)。吉登斯把全球化看作现代性的一个"根本性后果"。他用"外延性"来描述全球化——这一外延上的扩展又表现为人的观念、素质与生活方式的"意象性"改变。吉登斯把全球化定义为"世界范围内的社会关系的强化"(63)。他既强调社会关系，还从时空的转换与延伸角度来诠释全球化，把现代性造成的社会活动的全球化看作一个真正的世界性联系的发展过程。

吉登斯指出全球化对国家主权造成一定的影响。一方面是各个国家具有维护自身主权的倾向，另一方面是由若干成员国形成的某一结盟体系如欧盟等表现出固有的权力集中化的倾向。吉登斯关注的另一个方面是跨国公司扮演的角色和所起的作用。这些商业公司在全球范围内进行商品市场扩张，获得发展。吉登斯把"文化全球化"现象看作一个更深层、更为重要的方面。他提到通信技术和媒体产生的全球化影响。信息传播是现代性制度全球性扩张的根本因素。在吉登斯看来，全球化还意味着一种共同的命运，没有任何人和国家可以逃脱由此带来的社会转型的后果。"没有一个国家、文化或者大型集团能够成功地便把自己独立于全球的世界主义秩序之外"(吉登斯,《超越左与右——激进政治的未来》：19)。全球化受到政治与经济两种影响的合力推动，"在建立国际间新秩序和力量对比的同时，也在改变着人们的日常生活"(吉登斯,《第三条道路：社会民主主义的复兴》：36)。

鲍曼认为全球化是消费主义在全球的扩张。他提出经济全球化和政治

---

[1] 该引用文献又译为詹姆逊。

本土化相辅相成,构成全球化矛盾的焦点。全球化的主要特征就是"流动的自由"。流动性成为社会阶层划分的主要因素,并导致贫富两极分化加剧。全球化使消费主义的秩序模式成为全球模式。鲍曼明确指出,流动的现代性社会就是个"消费者社会"。消费主义的兴起是流动的资本主义的产物,也是出于对抗流动社会的不确定性和不安全性的需要。在确证自我和对物掌控的感觉中,消费能够带来瞬时的"不朽的经历和体验"(转引自许小委:85),使消费者感觉到个体的力量。

消费主义和全球化导致一个共同后果:个体化的加速。个体是鲍曼社会思想的逻辑起点,其社会学的目标就是增加和强化个体的选择自由。鲍曼把建立在个体选择基础上的社会团结看作个人自由的保障。在流动的现代性阶段,鲍曼寄希望于道德责任的绝对命令,相信它能把一个个孤立的单子凝合在一起。在鲍曼看来,"个体化"主要指的是身份的转型,鲍曼认为,个体化是"消费性自我"的身份构建。人们被分为"完美的观光者"和"不可救药的流浪者"两种人格类型,两极分化日益严重。观光者是后现代社会中的英雄,他们自由地从一个地方到另一个地方,通过炫耀性地消费影响固化的地方社会;而流浪者是后现代社会的牺牲品,他们不断被驱逐。在现代性的固态阶段,个人幸福主要同劳动相关;到了流动的现代社会,其幸福主要和消费相关,一个人的价值取决于他的消费能力。生产者逐渐被消费者所取代。鲍曼并不认为消费能够带来真正的身份建构,反而会导致马克思所说的"人为物役"的状况。

5.2.4 共同体

"共同体"一词最早是由德国社会学家滕尼斯在《共同体与社会》(Community and Society)中提出的,"表示的是建立在自然情感一致基础上的、相互依赖的共同的生活方式或社会联系"(洪波、赵成斐:31)。与滕尼斯的共同体学说相呼应,威廉斯在考证英文中的community一词后发现:"从十八世纪起,共同体相比社会有了更多的亲近感……这种亲近感或贴切感是针对巨大而庞杂的工业社会语境而蓬勃生发的。人们在寻求另类的共同生活方式时，通常选择共同体一词来表示这方面的试验"（Williams，1988：75）。著名批评家希利斯·米勒（J. Hillis Miller）将威廉斯的"共同体"概念核心归纳为"共同的身份与特征，一些互相交织的直接关系"（Miller：1）。威廉斯强调"共同体"的"共同"，海德格尔则更强调共同体中的个体。德里达提出所有共同体中都存在一个自我摧毁的"自动免疫体"（autoimmunity），受到德里达影响，米勒在其《小说中的共同体》（Communities in Fiction）一书中反复提及共同体内部的自我破坏系统（17）。

在《共同体：在一个不确定的世界中寻找安全》中，鲍曼试图给出一个解决个体生存困境的社会重建的方案。在流动的现代性社会中，个体的自由和对生活确定性的追求成了共同体的一个悖论，"失去共同体，意味着失去安全感；得到共同体……意味着将很快失去自由"（鲍曼，2003：6-7）。鲍曼认为，在当前社会中，"共同理解"让位于"身份认同"，而身份又处于不断变化中，形成"衣帽间共同体""流动演艺共同体"。这样的共同体是一种康德式的"美学共同体"，除了观赏者有一些松散基础性的认同外，没有一个明确界定的群众性规则。另一种情况是，人们购买防盗警报器等，退居到一个防范陌生人的所谓安全环境的隔离区。这样，共同体就变成我们与他者的隔离区。

基于现代性的流动特征，鲍曼认为由滕尼斯开启的共同体话语是一种不可能实现的现代性想象。鲍曼吸收了社会学经典理论关于共同体的表述，即共同体是一种社会关系的积极类型，认为共同体是安全和谐的象征，意味着思想和行动领域的同一性。鲍曼给出的答案是建立一个基于人与人之间差异性的共享基础上的、基于他人和社会对个体的平等的权利和机会尊重基础上的共同体。人们期望的共同体只能是相互理解，相互认同，彼此平等相待，用心经营，权责担当的共同体社会。在现实的回应中，即是二十世纪八十年代以来兴起的全球"社区回归"运动社会实践。英国学者保罗·霍普(Paul Hope)提出从公共政策制定层面和个人行为倡导层面入手,以"公共精神"重建"地方共同体"社会(霍普:164–170)。

殷企平是国内较早开展共同体研究的学者,他把近三百年的英国文学史看作一部会话和共同体的交融史(殷企平:41)。优秀的文学家们对共同体的想象,实际上是对现实中共同体的塑造。共同体的建构与其说依赖启蒙运动提倡的那种理性设计,不如说是一种文化实践和探索。李维屏关注英国文学中的命运共同体研究,他将"共同体"归纳为"一种人类生存和相处的结合机制,主要由血缘、地缘、精神或利益关系构成"(姜仁凤、李维屏:6)。李维屏强调,"命运共同体"的跨学科研究有必要建立与其他学科之间的融通关系,有效地发掘文学的社会功能和审美价值,从而帮助读者"以不同的方式看待历史"(Miller:153)。

洪波与赵成斐指出,在现行全球治理体系呈现出深度结构性矛盾的背景下,"人类命运共同体的出场是全球现代性反思的结果,是在马克思世界历史理论所揭示的'世界市场'的形成过程和'历史向世界历史转化'过程中开启的,是指向人类社会发展美好愿景的中国方案"(洪波、赵成斐:33)。人类命运共同体倡导合作、开放、互利共赢,它"不仅构成了当今世界多元现代性发展的重要组成部分,同时也创造了一种新型的现代性,是多元现代性最生动的实践"(33)。洪波与赵成斐还探讨了资本逻辑主导的现代性和人类命运共同体的关系,他们称,人类命运共同体创造了一种新型的现代性,引领了全球多元现代性,成为新的现代性选择。刘家俊同样认为,人类命运共同体主张是化解西方现代性危机的中国智慧和中国方案。资本主义的出现和发展推动了人类生存的共同体化运动,而西方现代性的生成是人类实现命运共同体的重要前提。人类命运共同体的提出超越了西方现代性,成为化解现代性危机的重要方案(刘家俊:112–120)。

5.2.5 小结

二十一世纪，现代性发展给人类种族生存与延续带来了新的危机，人类命运共同体的提出回应了这一问题。2011年发布的《中国的和平发展》白皮书提出，要以"命运共同体"的新视角，"寻求人类共同利益和共同价值的新内涵"（中华人民共和国国务院新闻办公室，"《中国的和平发展》白皮书"）。"和合""大同社会"等中国传统文化理念也共同构建了人类命运共同体的价值底蕴，以此来强调尊重差异，平等互利，实现全人类共同发展。2012年11月党的十八大明确提出要倡导人类命运共同体意识。此后，习近平主席多次在各类重要场合不断阐发建设"人类命运共同体"的重大意义，坚持各国相互尊重、共同发展，坚持不同文明兼容并蓄、交流互鉴；从而促进全球治理体系变革，共同应对世界经济的复杂形势和全球性问题。

总体而言，当今国内外现代性研究都将关注点聚集在了"经验的共通性"之上，而共同体现代性理论则将其发展到了顶峰。或许在个体自由却不绝对自由、集体流散却又具有某种凝聚性的现代，人类未来的发展仍须仰仗人们在公共与私人领域中对个体性的认同和对集体性的构建。现代化的进程还远未结束，正如福柯所言，"我们必须保卫社会"，构建差异化的共同体或是解决方案。

在启蒙思想家马奎斯·孔多塞（Marquis de Condorcet）看来，单纯的知识和理性的进步并不必然地带来社会的进步。换言之，知识和理性并不是人类生活追求的终极目标，而是人类追求真理和幸福的手段和工具。而做一个现代人向来是"五四"知识分子的希冀之一。林语堂在历经美国和中国的思想旅程之后，觉得自己从来都是个现代人，"我们现代人"（Lin，1950：xv）。

秉承中西互动的理式，无疑是中国现代性研究的方向。中国现代化之路，会走得更稳、走向更远。

在《怀旧的乌托邦》的最后，鲍曼提醒我们要充分认识到提高世界范围的人类整合水平的必要性，相互尊重，认可彼此地位的平等，把彼此视为"有效的对话伙伴"，最终整合形成人类命运的共同体。

参考文献

Abbott, Reginald. "What Miss Kilman's Petticoat Means: Virginia Woolf, Shopping, and Spectacle." *Modern Fiction Studies 38* (1), 1992: 193-216.
Adorno, Theodor, and Max Horkheimer. *Dialectic of Enlightenment*. Trans. John Cumming. London: Verso, 1979.
Anderson, Perry. *The Origins of Postmodernity*. London: Verso, 1998.
Baudelaire, Charles. *Intimate Journals*. Trans. Christopher Isherwood. London: Blackamore Press, 1930.
Baudrillard, Jean. *Simulations*. Trans. Phil Beitchman, *et al*. New York: Semiotext(e), 1983.
Bauman, Zygmunt. *Legislators and Interpreters: On Modernity, Postmodernity and Intellectuals*. Cambridge: Polity Press, 1987.
—. *Modernity and the Holocaust*. Cambridge: Polity Press, 1991.
—. *Globalization: The Human Consequences*. New York: Columbia University Press, 2000.
—. *Liquid Modernity*. Cambridge: Polity Press, 2000.
—. *Retrotopia*. Cambridge: Polity Press, 2017.
Bauman, Zygmunt, and Keith Tester. *Conversations with Zygmunt Bauman*. Cambridge: Polity Press, 2001.
Beck, Ulrich, *et al*. *Reflexive Modernization: Politics, Tradition and Aesthetics in the Modern Social Order*. Cambridge: Polity Press, 1997.
Benjamin, Walter. *Charles Baudelaire: A Lyric Poet in the Era of High Capitalism*. Trans.

Harry Zohn. London: Verso, 1973.

—. *One-Way Street and Other Writings*. Trans. Edmund Jephcott and Kingsley Shorter. London: Verso, 1979.

Bentley, Richard. *Reflections upon Ancient and Modern Learning. To Which Is Now Added a Defense Thereof, in Answer to the Objections of Sir W. Temple, and Others. With Observations upon the Tale of a Tub*. London: 1723.

Berlin, Isaiah. *Four Essays on Liberty*. London: Oxford University Press, 1969.

Berman, Marshall. *All That Is Solid Melts into Air: The Experience of Modernity*. New York: Penguin, 1988.

Bernheimer, Charles. *Figures of Ill Repute: Representing Prostitution in Nineteenth-Century France*. Cambridge: Harvard University Press, 1989.

Breton, André. *Manifestoes of Surrealism*. Trans. Richard Seaver and Helen R. Lane. Ann Arbor: University of Michigan Press, 1977.

Calinescu, Matei. *Five Faces of Modernity: Modernism, Avant-Garde, Decadence, Kitsch, Postmodernism*. Durham: Duke University Press, 1987.

Cohn, Norman. *Warrant for Genocide: The Myth of the Jewish World Conspiracy and the Protocols of the Elders of Zions*. London: Eyre & Spottiswood, 1967.

Corelli, Marie. *A Romance of Two Worlds*. New York: Thomas Y. Crowell and Co., 2004.

de Certeau, Michel. *The Practice of Everyday Life*. Trans. Steven Rendall. Berkeley: University of California Press, 1988.

Edel, Leon. *Bloomsbury: A House of Lions*. New York: J. B. Lippincott, 1979.

Featherstone, Mike. *Consumer Culture and Postmodernism*. London: Sage Publications, 1991.

Felski, Rita. *The Gender of Modernity*. Cambridge: Harvard University Press, 1995.

Frisby, David. *Fragments of Modernity: Theories of Modernity in the Work of Simmel, Kracauer and Benjamin*. London: Routledge, 2013.

Gasché, Rodolphe. "The Falls of History: Huysmans's *A Rebours*." *Yale French Studies* 74, 1988: 183-204.

Giddens, Anthony. *The Consequences of Modernity*. California: Stanford University Press, 1990.

Habermas, Jürgen. *The Philosophical Discourse of Modernity*. Trans. Frederick G. Lawrence. Cambridge: MIT Press, 1987.

Harvey, David. *The Condition of Postmodernity: An Enquiry into the Origins of Cultural Change*. Cambridge: Blackwell, 1990.

—. Afterword. *The Production of Space*. By Henri Lefebvre. Malden: Blackwell Publishing, 1991.

Herf, Jeffrey. *Reactionary Modernism: Technology, Culture, and Politics in Weimar and the Third Reich*. Cambridge: Cambridge University Press, 1986.

Highmore, Ben. *Everyday Life and Cultural Theory: An Introduction*. London: Routledge, 2002.

Hilberg, Raul. *The Destruction of the European Jews*, Vol III. New York: Holmes & Meier, 1983.

Huysmans, Joris Karl. *Against the Grain*. Trans. John Howard. Whitefish: Kessinger Publishing, 2010.

Jameson, Fredric. *The Ideologies of Theory*. Minneapolis: University of Minnesota Press, 1988.

—. *Postmodernism, or, the Cultural Logic of Late Capitalism*. Durham: Duke University Press, 1998.

Lachs, John. *Responsibility and the Individual in Modern Society*. Brighton: Harvester, 1981.

Laqueur, Walter. *A History of Zionism*. New York: Schocken, 1972.

Laurence, Patricia. *Lily Briscoe's Chinese Eyes: Bloomsbury, Modernism, and China*. Columbia: University of South Carolina Press, 2003.

Lefebvre, Henri. *Everyday Life in the Modern World*. Trans. Sacha Rabinovitch. London: Allen Lane, 1971.

—. "The Everyday and Everydayness." *Yale French Studies 73*, 1987: 7-11.

—. *Critique of Everyday Life, Volume 1: Introduction*. Trans. John Moore. London: Verso, 1991.

—. *The Production of Space*. Trans. Donald Nicholson-Smith. Malden: Blackwell Publishing, 1991.

—. *Critique of Everyday Life, Volume 2: Foundations for a Sociology of the Everyday*. Trans. John Moore. London: Verso, 2002.

—. *Critique of Everyday Life, Volume 3: From Modernity to Modernism (Towards a Metaphilosophy of Daily Life)*. Trans. Gregory Elliott. London: Verso, 2005.

Lehan, Richard. *The City in Literature: An Intellectual and Cultural History*. Berkeley: University of California Press, 1998.
Lin, Yutang. *Letters of a Chinese Amazon and War-Time Essays*. Shanghai: The Commercial Press, 1930.
—. *A History of the Press and Public Opinion in China*. Chicago: The University of Chicago Press, 1936.
—. *My Country and My People*. New York: The John Day Company, 1939.
—. *The Gay Genius: The Life and Times of Su Tungpo*. New York: The John Day Company, 1947.
—. Preface. *On the Wisdom of America*. New York: The John Day Company, 1950.
—. *Memoirs of an Octogenarian*. Taipei: Mei Ya Publications, Inc., 1975.
Luhmann, Niklas. *Observations on Modernity*. Trans. William Whobrey. Stanford: Stanford University Press, 1998.
Lyotard, Jean-Francois. *The Postmodern Condition: A Report on Knowledge*. Trans. Geoff Bennington and Brian Massumi. Minneapolis: University of Minnesota Press, 1984.
Miller, J. Hillis. *Communities in Fiction*. Beijing: Foreign Language Teaching and Research Press, 2019.
Mills, Patricia Jagentowicz. *Woman, Nature and Psyche*. New Haven: Yale University Press, 1987.
Mosse, George L. *Nationalism and Sexuality: Middle-Class Morality and Sexual Norms in Modern Europe*. Madison: University of Wisconsin Press, 1985.
Olson, Liesl M. "Virginia Woolf's 'Cotton Wool of Daily Life'." *Journal of Modern Literature* 26 (2), 2003: 42-65.
Schreiner, Olive. *Woman and Labour*. Beijing: Foreign Language Teaching and Research Press, 2010.
Sennett, Richard. *The Fall of Public Man: On the Social Psychology of Capitalism*. New York: Vintage Books, 1978.
Simmel, Georg. *The Sociology of Georg Simmel*. Trans. and ed. Kurt H. Wolff. Glencoe: The Free Press, 1950.
—. "The Metropolis and Mental Life." *Classic Essays on the Culture of Cities*. Ed. Richard Sennett. Englewood Cliffs: Prentice-Hall, 1969.

—. *The Philosophy of Money*. Trans. Tom Bottomore and David Frisby. London: Routledge, 1978.

Smith, Dennis. *Zygmunt Bauman: Prophet of Postmodernity*. Cambridge: Polity Press, 1999.

Squier, Susan M. *Virginia Woolf and London: The Sexual Politics of the City*. Chapel Hill: University of North Carolina Press, 1985.

Tickner, Lisa. *The Spectacle of Women: Imagery of the Suffrage Campaign 1907-14*. Chicago: University of Chicago Press, 1988.

Toynbee, Arnold J. *A Study of History*. Beijing: China Social Science Publishing House, 1974.

Weinreich, Max. *Hitler's Professors: The Part of Scholarship in Germany's Crimes Against the Jewish People*. New York: Yiddish Scientific Institute, 1946.

Wilde, Oscar. *The Picture of Dorian Gray*. London: Penguin Books Ltd, 2012.

Williams, Raymond. *The Long Revolution*. London: Chatto and Windus, 1961.

—. *The Country and the City*. New York: Oxford University Press, 1973.

—. *Keywords: A Vocabulary of Culture and Society*. London: Fontana, 1988.

Wilson, Elizabeth. *Adorned in Dreams: Fashion and Modernity*. London: Bloomsbury Publishing, 2003.

Wolff, Janet. "The Invisible Flâneuse: Women and the Literature of Modernity." *Theory, Culture and Society* 2 (3), 1985: 37-46.

Woolf, Virginia. *Night and Day*. New York: Harcourt Brace Jovanovich, 1948.

—. *Mrs. Dalloway*. New York: Harcourt, Brace & World, 1953.

—. *To the Lighthouse*. New York: Harcourt, Brace & World, 1955.

—. *The Years*. New York: Harcourt, Brace & World, 1965.

—. *Three Guineas*. New York: Harcourt, Brace & World, 1966.

—. *A Writer's Diary: Virginia Woolf*. Ed. Leonard Woolf. London: Hogarth Press, 1969.

—. *The London Scene*. New York: Frank Hallman, 1975.

—. *Moments of Being*. Ed. Jeanne Schulkind. New York: Harcourt Brace Jovanovich, 1976.

—. *The Letters of Virginia Woolf*. Eds. Nigel Nicolson and Joanne Trautmann. New York: Harcourt Brace Jovanovich, 1980.

—. "Mr. Bennett and Mrs. Brown." *A Woman's Essays*. Ed. Rachel Bowlby. London:

Penguin, 1992.

Wotton, William. *Reflections upon Ancient and Modern Learning*. London: 1694.

Zola, Émile. *The Ladies' Paradise*. Oxford: Oxford University Press, 1988.

阿克罗伊德：《伦敦传》，翁海贞等译。南京：译林出版社，2016。

安德森：《后现代性的起源》，紫辰、合章译。北京：中国社会科学出版社，2008。

奥斯本：《时间的政治：现代性与先锋》，王志宏译。北京：商务印书馆，2014。

包亚明（编）：《现代性与空间的生产》。上海：上海教育出版社，2003。

鲍曼：《立法者与阐释者：论现代性、后现代性与知识分子》，洪涛译。上海：上海人民出版社，2000。

鲍曼：《现代性与大屠杀》，杨渝东、史建华译。南京：译林出版社，2002。

鲍曼：《共同体：在一个不确定的世界中寻找安全》，欧阳景根译。南京：江苏人民出版社，2003。

鲍曼（包曼）：《液态之爱：论人际纽带的脆弱》，何定照、高瑟濡译。台北：商周出版社，2007。

鲍曼：《全球化：人类的后果》，郭国良、徐建华译。北京：商务印书馆，2013。

鲍曼：《怀旧的乌托邦》，姚伟等译。北京：中国人民大学出版社，2018。

鲍曼：《流动的现代性》，欧阳景根译。北京：中国人民大学出版社，2018。

贝尔：《资本主义文化矛盾》，赵一凡等译。北京：生活·读书·新知三联书店，1989。

贝克：《风险社会》，何博闻译。南京：译林出版社，2004。

贝克等：《自反性现代化：现代社会秩序中的政治、传统与美学》，赵文书译。北京：商务印书馆，2014。

本雅明：《发达资本主义时代的抒情诗人》，张旭东、魏文生译。北京：生活·读书·新知三联书店，1989。

本雅明：《作为生产者的作者》，王炳钧、陈永国译。郑州：河南大学出版社，2014。

彼特拉克：《秘密》，载北京大学西语系资料组（编）《从文艺复兴到十九世纪资产阶级文学家艺术家有关人道主义人性论言论选辑》。北京：商务印书馆，1971。

波德莱尔：《波德莱尔美学论文选》，郭宏安译。北京：人民文学出版社，1987。

波德莱尔：《巴黎的忧郁》，亚丁译。北京：生活·读书·新知三联书店，2004。

伯林：《反潮流：观念史论文集》，冯克利译。南京：译林出版社，2002。

伯林：《浪漫主义的根源》，吕梁等译。南京：译林出版社，2019。

伯曼:《一切坚固的东西都烟消云散了——现代性体验》,徐大建、张辑译。北京:商务印书馆,2003。

蔡英俊:《比兴物色与情景交融》。台北:大安出版社,1995。

陈国恩、王俊:《如何"现代",怎样"中国"?——新保守主义与全球化语境中的中国现代性问题》,载《江汉论坛》2009年第11期。

陈国球:《"抒情传统论"以前——陈世骧早期文学论初探》,载陈国球、王德威(编)《抒情之现代性:"抒情传统"论述与中国文学研究》。北京:生活·读书·新知三联书店,2014。

陈国球、王德威(编):《抒情之现代性:"抒情传统"论述与中国文学研究》。北京:生活·读书·新知三联书店,2014。

陈嘉明:《理性与现代性——兼论当代中国现代性的建构》,载《厦门大学学报(哲学社会科学版)》2004年第5期。

陈嘉明:《现代性与后现代性十五讲》。北京:北京大学出版社,2006。

陈嘉明:《"现代性"研究的回望与反思》,载《云南大学学报(社会科学版)》2009年第1期。

陈平原:《林语堂的审美观与东西文化》,载《文艺研究》1986年第3期。

陈平原:《中国现代学术之建立——以章太炎、胡适之为中心》。北京:北京大学出版社,1998。

陈平原:《想象都市》。北京:生活·读书·新知三联书店,2020。

陈世骧:《陈世骧文存》。台北:志文出版社,1972。

陈欣欣:《论林语堂的白话文语言观与文学观》,载《中国现代文学研究丛刊》2012年第5期。

陈佑松:《主体性与中国文学现代性的缘起》。北京:中国社会科学出版社,2010。

程美东:《现代化之路:20世纪后20年中国现代化历程的全面解读》。北京:首都师范大学出版社,2003。

德里克:《全球现代性:全球资本主义时代的现代性》,胡大平、付清松译。南京:南京大学出版社,2012。

迪尔:《后现代血统:从列斐伏尔到詹姆逊》,季桂保译,载包亚明(编)《现代性与空间的生产》。上海:上海教育出版社,2003。

董健:《民族主义文化情结:消解启蒙理性,阻挠人的现代化》,载《探索与争鸣》2013年第4期。

董晓烨:《女性主义的悖论:从〈到灯塔去〉看伍尔夫的家庭观》,载《齐齐哈尔大学学报

（哲学社会科学版）》2009年第2期。

菲尔斯基：《现代性的性别》，陈琳译。南京：南京大学出版社，2020。

费瑟斯通：《消费文化与后现代主义》，刘精明译。南京：译林出版社，2000。

弗里斯比：《现代性的碎片：齐美尔、克拉考尔和本雅明作品中的现代性理论》，卢晖临等译。北京：商务印书馆，2013。

福柯：《权力的眼睛——福柯访谈录》，严锋译。上海：上海人民出版社，1997。

福柯：《福柯集》，杜小真编选。上海：上海远东出版社，1998。

盖尔纳：《民族与民族主义》，韩红译。北京：中央编译出版社，2002。

盖伊：《现代主义：从波德莱尔到贝克特之后》，骆守怡、杜冬译。南京：译林出版社，2017。

高瑞泉：《我们如何走进新世纪？——对"中国现代精神传统"的一个诠释》，载《浙江社会科学》2000年第4期。

高友工：《中国美典与文学研究论集》。台北：台湾大学出版中心，2004。

郭沫若：《革命与文学》，载《创造月刊》1926年第3期。

郭沫若：《〈少年维特之烦恼〉序言》，载歌德《少年维特之烦恼》。香港：激流书店，1949。

郭沫若：《浪漫主义和现实主义》，载《红旗》1958年第3期。

哈贝马斯：《交往行动理论·第一卷——行动的合理性和社会合理化》，洪佩郁、蔺菁译。重庆：重庆出版社，1994。

哈贝马斯：《现代性的地平线》，李安东、段怀清译。上海：上海人民出版社，1997。

哈贝马斯：《后民族结构》，曹卫东译。上海：上海人民出版社，2002。

哈贝马斯：《现代性的哲学话语》，曹卫东译。南京：译林出版社，2011。

哈莫：《方法论：文化、城市和可读性》，雷月梅译，载汪民安等（编）《城市文化读本》。北京：北京大学出版社，2008。

哈桑：《后现代转向：后现代理论与文化论文集》，刘象愚译。上海：上海人民出版社，2015。

哈维：《巴黎城记：现代性之都的诞生》，黄煜文译。桂林：广西师范大学出版社，2010。

哈耶克：《通向奴役的道路》，滕维藻、朱宗风译。北京：商务印书馆，1962。

哈耶克：《自由秩序原理》，邓正来译。北京：生活·读书·新知三联书店，1997。

海德格尔：《海德格尔选集》，孙周兴选编。上海：生活·读书·新知上海三联书店，1996。

黑格尔：《法哲学原理》，范扬、张企泰译。北京：商务印书馆，1961。

黑格尔:《费希特与谢林哲学体系的差别》,宋祖良、程志民译。北京:商务印书馆,1994。

洪波、赵宬斐:《全球现代性的反思与人类命运共同体的出场》,载《浙江社会科学》2018年第6期。

黄锦树:《抒情传统与现代性——传统之发明,或创造性的转化》,载陈国球、王德威(编)《抒情之现代性:"抒情传统"论述与中国文学研究》。北京:生活·读书·新知三联书店,2014。

霍克海默、阿多诺(阿道尔诺):《启蒙辩证法:哲学断片》,渠敬东、曹卫东译。上海:上海人民出版社,2003。

霍普:《个人主义时代之共同体重建》,沈毅译。杭州:浙江大学出版社,2010。

吉川幸次郎:《推移的悲哀(上)——古诗十九首的主题》,郑清茂译,载《中外文学》1977年第4期。

吉登斯:《超越左与右——激进政治的未来》,李惠斌、杨雪冬译。北京:社会科学文献出版社,2000。

吉登斯:《第三条道路:社会民主主义的复兴》,郑戈译。北京:北京大学出版社,2000。

吉登斯:《现代性的后果》,田禾译。南京:译林出版社,2000。

吉登斯:《现代性与自我认同:晚期现代中的自我与社会》,夏璐译。北京:中国人民大学出版社,2016。

吉登斯、皮尔森:《现代性——吉登斯访谈录》,尹宏毅译。北京:新华出版社,2001。

姜仁凤、李维屏:《英国文学中的命运共同体跨学科研究——李维屏教授访谈录》,载《广东外语外贸大学学报》2021年第4期。

蒋光慈:《十月革命与俄罗斯文学》,载《创造月刊》1927年第3期。

蒋光慈:《蒋光慈诗文选集》。北京:人民文学出版社,1955。

蒋光慈:《蒋光慈文集》(第四卷)。上海:上海文艺出版社,1988。

金岱:《文化现代化:作为普世性的生活方式现代化——当下中国问题的文化进路论略》,载《学术研究》2011年第1期。

卡林内斯库:《现代性的五副面孔:现代主义、先锋派、颓废、媚俗艺术、后现代主义》,顾爱彬、李瑞华译。北京:商务印书馆,2002。

康德:《历史理性批判文集》,何兆武译。北京:商务印书馆,1990。

克利斯特勒:《文艺复兴时期的思想与艺术》,邵宏译。南宁:广西美术出版社,2017。

兰波:《地狱一季》,王道乾译。广州:花城出版社,1991。

雷茜:《透过〈到灯塔去〉看弗吉尼亚·伍尔夫的女性家庭空间政治观》,载《名作欣赏》

2012年第15期。

李长之：《迎中国的文艺复兴》。上海：商务印书馆，1946。

李欧梵：《上海摩登——一种新都市文化在中国1930—1945》，毛尖译。北京：北京大学出版社，2001。

李欧梵：《中国现代作家的浪漫一代》，王宏志等译。北京：新星出版社，2005。

李欧梵：《现代性的想象：从晚清到当下》。杭州：浙江大学出版社，2019。

李平：《林语堂著译互文关系研究》。杭州：浙江大学出版社，2020。

李庆霞：《现代性的反思性与自反性的现代化》，载《求是学刊》2011年第6期。

李泽厚：《新儒学的隔世回响》，载《天涯》1997年第1期。

李泽厚：《中国现代思想史论》。北京：生活·读书·新知三联书店，2008。

李泽厚：《华夏美学》。武汉：长江文艺出版社，2019。

利奥塔：《后现代状况：关于知识的报告》，岛子译。长沙：湖南美术出版社，1996。

利奥塔：《后现代性与公正游戏——利奥塔访谈、书信录》，谈瀛洲译。上海：上海人民出版社，1997。

林继中：《林语堂"对外讲中"思想方法初论》，载《福建论坛（文史哲版）》1997年第6期。

林太乙：《林语堂传》。台北：联经出版事业公司，1989。

林语堂：《论汉字索引制及西洋文学》，载《新青年》1918年第4卷第4号。

林语堂：《给玄同的信》，载《语丝》第23期（1925年4月20日）。

林语堂：《谈注音字母及其他》，载《国语周刊》第1期（1925年6月14日）。

林语堂：《中国文化之精神》，载《申报月刊》1932—7—15。

林语堂：《论幽默》，载《论语》第33期（1934年1月16日）。

林语堂：《四谈螺丝钉》，载《宇宙风》第6期（1935年12月1日）。

林语堂：《与又文先生论〈逸经〉》，载《逸经》第1期（1936年3月5日）。

林语堂：《无所不谈合集》。台北：开明书店，1974。

林语堂：《中国人》，郝志东、沈益洪译。杭州：浙江人民出版社，1988。

林语堂：《林语堂名著全集》（第十卷），工爻等译。长春：东北师范大学出版社，1994。

林语堂：《林语堂（玉堂）信二十八通》，载耿云志（编）《胡适遗稿及秘藏书信》（第二十九册）。合肥：黄山书社，1994。

林语堂：《苏东坡传》，张振玉译。西安：陕西师范大学出版社，2008。

林语堂：《京华烟云》，张振玉译。长沙：湖南文艺出版社，2016。

林语堂：《生活的艺术》，越裔汉译。长沙：湖南文艺出版社，2016。

林语堂:《吾国与吾民》,黄嘉德译。长沙:湖南文艺出版社,2018。

林语堂:《大城北京》。长沙:湖南文艺出版社,2020。

刘怀玉:《现代性的平庸与神奇:列斐伏尔日常生活批判哲学的文本学解读》。北京:中央编译出版社,2006。

刘家俊:《生存论视域下西方现代性危机与人类命运共同体构建》,载《东岳论丛》2021年第7期。

刘儒、陈舒霄:《中国式现代化:马克思主义现代化理论的新飞跃》,载《西安交通大学学报(社会科学版)》2023年第1期。

刘小枫:《现代性社会理论绪论——现代性与现代中国》。上海:上海三联书店,1998。

刘小枫:《现代性与现代中国》。上海:华东师范大学出版社,2018。

卢梭:《论科学与艺术》,何兆武译。北京:商务印书馆,1963。

鲁迅:《鲁迅全集》(第一卷)。北京:人民文学出版社,1981。

陆扬:《日常生活审美化批判》。上海:复旦大学出版社,2012。

吕正惠:《抒情传统与政治现实》。台北:大安出版社,1989。

罗尔斯:《政治自由主义》,万俊人译。南京:译林出版社,2000。

罗福林:《林语堂对传统的独特运用》,王岫庐译,载钱锁桥(编)《林语堂的跨文化遗产》。桂林:广西师范大学出版社,2021。

罗兹曼(编):《中国的现代化》,国家社会科学基金"比较现代化"课题组译。南京:江苏人民出版社,1988。

马尔库塞:《单向度的人——发达工业社会意识形态研究》,刘继译。上海:上海译文出版社,1989。

马克思、恩格斯:《马克思恩格斯选集》。北京:人民出版社,1972。

密尔:《论自由》,程崇华译。北京:商务印书馆,1982。

穆时英:《公墓》。上海:现代书局,1933。

穆时英:《白金的女体塑像》。上海:现代书局,1934。

尼采:《悲剧的诞生》,周国平译。北京:生活·读书·新知三联书店,1986。

尼采:《权力意志——重估一切价值的尝试》,张念东、凌素心译。北京:商务印书馆,1991。

倪婷婷:《"五四"文学论集》。北京:人民文学出版社,2007。

牛宏宝:《现代性/后现代性研究:现状与问题》,载《人文杂志》2007年第4期。

牛宏宝:《都市经验与审美现代性》,载《艺术学研究》2021年第2期。

潘建伟:《自我说服的旷达:对话理论视野中的苏轼"旷达"形象问题——兼谈林语堂

〈苏东坡传〉的中西文化观》，载《杭州师范大学学报（社会科学版）》2010年第5期。
齐美尔（西美尔）：《宗教社会学》，曹卫东译。北京：北京师范大学出版社，2017。
启良：《西方自由主义传统：西方反自由至新自由主义学说追索》。广州：广东人民出版社，2003。
钱锁桥：《林语堂传：中国文化重生之道》。桂林：广西师范大学出版社，2019。
秦弓：《架起中西文化之桥——读王兆胜著〈林语堂两脚踏中西文化〉》，载《山东社会科学》2007年第1期。
森尼特：《公共领域反思》，唐伟译，载汪民安等（编）《城市文化读本》。北京：北京大学出版社，2008。
单世联：《哈贝马斯现代性理论述论》，载包亚明（编）《现代性与空间的生产》。上海：上海教育出版社，2003。
沈从文：《沈从文全集》（第十六卷）。太原：北岳文艺出版社，2002。
沈从文等：《沈从文家书》（上）。南京：江苏教育出版社，2005。
沈江平：《中国式现代化道路文化基因阐析》，载《东南学术》2022年第3期。
施建伟：《论林语堂的幽默观》，载《社会科学》1989年第11期。
施建伟：《林语堂在海外》。天津：百花文艺出版社，1992。
施尼茨勒（显尼志勒）：《薄命的戴丽莎》，施蛰存译。上海：中华书局，1937。
施特劳斯：《现代性的三次浪潮》，丁耘译，载贺照田（编）《西方现代性的曲折与展开》。长春：吉林人民出版社，2002。
史书美：《性别、种族和半殖民主义：刘呐鸥的上海都会景观》，载《亚洲研究》1996年第4期。
斯奎尔：《伍尔夫与伦敦：城市的性别政治》，谢文娟译。南京：江苏凤凰教育出版社，2021。
斯佩恩：《空间与地位》，雷月梅译，载汪民安等（编）《城市文化读本》。北京：北京大学出版社，2008。
宋伟杰：《既"远"且"近"的目光——林语堂、德龄公主、谢阁兰的北京叙事》，载陈平原、王德威（编）《北京：都市想像与文化记忆》。北京：北京大学出版社，2005。
汤奇云：《论林语堂小说创作中的文化选择与审美追寻》，载《嘉应大学学报（社会科学）》1996年第2期。
唐晓峰：《创造性的破坏：巴黎的现代性空间》，载哈维《巴黎城记——现代性之都的诞生》。桂林：广西师范大学出版社，2010。
童庆炳：《在历史与人文之间徘徊——童庆炳文学专题论集》，赵勇编。北京：北京师范大学出版社，2007。

汪晖:《当代中国的思想状况与现代性问题》，载《文艺争鸣》1998年第6期。

汪民安:《步入现代性》，载汪民安等（编）《现代性基本读本》。开封：河南大学出版社，2005。

汪民安:《身体、空间与后现代性》。南京：江苏人民出版社，2006。

汪民安:《现代性的巴黎与巴黎的现代性》，载哈维《巴黎城记——现代性之都的诞生》。桂林：广西师范大学出版社，2010。

汪民安:《现代性》。南京：南京大学出版社，2012。

汪民安等（编）:《现代性基本读本》。开封：河南大学出版社，2005。

汪民安等（编）:《城市文化读本》。北京：北京大学出版社，2008。

王德威:《被压抑的现代性——晚清小说新论》，宋伟杰译。北京：北京大学出版社，2005。

王德威:《抒情传统与中国现代性：在北大的八堂课》。北京：生活·读书·新知三联书店，2010。

王国维:《王国维文集》（第三卷），姚淦铭、王燕编。北京：中国文史出版社，1997。

王建疆:《"别现代"：话语创新的背后》，载《上海文化》2015年第12期。

王宥人:《中国人的生存与智慧:〈生活的艺术〉之论析》，载《黑河学刊》2018年第2期。

王兆胜:《林语堂正传》。南京：江苏文艺出版社，2010。

威廉斯:《现代主义的政治——反对新国教派》，阎嘉译。北京：商务印书馆，2002。

维尔默:《论现代和后现代的辩证法：遵循阿多诺的理性批判》，钦文译。北京：商务印书馆，2013。

韦伯:《经济与社会》（上卷），林荣远译。北京：商务印书馆，1997。

吴宁:《日常生活批判——列斐伏尔哲学思想研究》。北京：人民出版社，2007。

吴晓东:《1930年代的沪上文学风景》。北京：北京大学出版社，2018。

吴子林:《中国"现代性"困境的理性沉思——童庆炳文艺思想新解》，载《当代文坛》2020年第1期。

伍尔夫:《一间自己的屋子》，王还译。北京：生活·读书·新知三联书店，1989。

伍尔夫:《达洛卫夫人》，孙梁、苏美译。上海：上海译文出版社，2000。

伍尔夫（吴尔夫）:《吴尔夫精选集》，黄梅编选。济南：山东文艺出版社，2000。

伍尔夫（伍尔芙）:《伍尔芙随笔全集I》，石云龙等译。北京：中国社会科学出版社，2001。

伍尔夫（伍尔芙）:《伍尔芙随笔全集III》，王斌等译。北京：中国社会科学出版社，2001。

伍尔夫（吴尔夫）:《夜与日》，唐伊译。北京：人民文学出版社，2003。

伍尔夫:《伦敦风景》,宋德利译。南京:译林出版社,2010。

伍尔夫:《到灯塔去》,王家湘译。北京:北京十月文艺出版社,2015。

伍尔夫(伍尔芙):《存在的瞬间》,刘春芳、倪爱霞译。广州:花城出版社,2016。

伍尔夫:《岁月》,莫昕译。武汉:华中科技大学出版社,2020。

谢友祥:《林语堂的文化批判和文化选择》,载《文学评论》2001年第3期。

休斯克:《世纪末的维也纳》,黄煜文译。台北:麦田出版公司,2002。

徐志摩:《徐志摩全集》,蒋复璁、梁实秋编。台北:传记文学出版社,1969。

许小委:《不确定世界中人的生存——论鲍曼之"流动的现代性"》。上海:复旦大学出版社,2018。

杨春时:《现代性与中国文学思潮》。北京:生活·读书·新知三联书店,2009。

杨联芬:《浪漫的中国:一种文化视角的考察》,载《文艺争鸣》2016年第6期。

叶嘉莹:《王国维及其文学批评》。台北:源流文化,1982。

伊格尔顿:《后现代主义的幻象》,华明译。北京:商务印书馆,2014。

殷企平:《英国文学中的会话与共同体形塑》,载《英美文学研究论丛》2016年第1期。

尹星:《女性城市书写:20世纪英国女性小说中的现代性经验研究》。北京:清华大学出版社,2015。

余英时:《士与中国文化》。上海:上海人民出版社,1987。

俞兆平:《浪漫主义在中国的四种范式:鲁迅、沈从文、郭沫若、林语堂》。桂林:广西师范大学出版社,2011。

袁济喜:《论林语堂的审美人生观》,载《求是学刊》2003年第6期。

詹明信:《晚期资本主义的文化逻辑》,张旭东编,陈清侨等译。北京:生活·读书·新知三联书店,1997。

詹明信(詹姆逊):《詹姆逊文集:第4卷:现代性、后现代性和全球化》,王逢振编。北京:中国人民大学出版社,2004。

张若谷:《咖啡座谈》。上海:真美善书店,1929。

张若谷:《异国情调》。上海:世界书局,1929。

张旭春:《政治的审美化与审美的政治化》。北京:人民出版社,2004。

章衣萍:《谈谈〈文艺茶话〉》,载《文艺茶话》1932年第1卷第1期。

赵小琪:《现代性视域下中国近现代作家的三种西方想象》,载《江汉论坛》2021年第5期。

赵毅衡:《对岸的诱惑:中西文化交流记》。成都:四川文艺出版社,2013。

中华人民共和国国务院新闻办公室："《中国的和平发展》白皮书"，2011。<http://www.scio.gov.cn/tt/Document/1011394/1011394.htm>（2022年4月26日读取）

周仁政：《论林语堂的自由个人主义文化观》，载《江苏社会科学》2000年第2期。

推荐文献

Adorno, Theodor, and Max Horkheimer. *Dialectic of Enlightenment*. Trans. John Cumming. London: Verso, 1979.

Anderson, Perry. *The Origins of Postmodernity*. London: Verso, 1998.

Baudelaire, Charles. *Selected Writings on Art and Literature*. Trans. P. E. Charvet. London: Penguin, 1972.

Bauman, Zygmunt. *Modernity and the Holocaust*. Cambridge: Polity Press, 1991.

Beck, Ulrich, *et al*. *Reflexive Modernization: Politics, Tradition and Aesthetics in the Modern Social Order*. Cambridge: Polity Press, 1997.

Bell, Daniel. *The Cultural Contradictions of Capitalism*. New York: Basic Books, 1978.

Benjamin, Walter. *The Arcades Project*. Trans. Howard Eiland and Kevin McLaughlin. Cambridge: The Belknap Press of Harvard University Press, 1999.

—. *Selected Writings*. Cambridge: Harvard University Press, 2005.

Berman, Marshall. *All That Is Solid Melts into Air: The Experience of Modernity*. New York: Penguin, 1988.

Calinescu, Matei. *Five Faces of Modernity: Modernism, Avant-Garde, Decadence, Kitsch, Postmodernism*. Durham: Duke University Press, 1987.

Featherstone, Mike. *Consumer Culture and Postmodernism*. London: Sage Publications, 1991.

Felski, Rita. *The Gender of Modernity*. Cambridge: Harvard University Press, 1995.

Gay, Peter. *Modernism: The Lure of Heresy from Baudelaire to Beckett and Beyond*. London/New York: W. W. Norton & Company, 2008.

Giddens, Anthony. *The Consequences of Modernity*. California: Stanford University

Press, 1990.

Habermas, Jürgen. *The Philosophical Discourse of Modernity*. Trans. Frederick G. Lawrence. Cambridge: MIT Press, 1987.

Harvey, David. *The Condition of Postmodernity: An Enquiry into the Origins of Cultural Change*. Cambridge: Blackwell, 1990.

Hassan, Ihab. *The Postmodern Turn: Essays in Postmodern Theory and Culture*. Columbus: Ohio State University Press, 1987.

Heidegger, Martin. *Being and Time*. Trans. John Macquarrie and Edward Robinson. Oxford: Blackwell, 1962.

Laurence, Patricia. *Lily Briscoe's Chinese Eyes: Bloomsbury, Modernism, and China*. Columbia: University of South Carolina Press, 2003.

Lefebvre, Henri. *Everyday Life in the Modern World*. Trans. Sacha Rabinovitch. London: Allen Lane, 1971.

Lehan, Richard. *The City in Literature: An Intellectual and Cultural History*. Berkeley: University of California Press, 1998.

Lyotard, Jean-Francois. *The Postmodern Condition: A Report on Knowledge*. Trans. Geoff Bennington and Brian Massumi. Minneapolis: University of Minnesota Press, 1984.

Nietzsche, Friedrich. *The Birth of Tragedy and the Case of Wagner*. Trans. Walter Kaufmann. New York: Random House, 1967.

Rabaté, Jean-Michel. *The Ghosts of Modernity*. Gainesville: University Press of Florida, 1996.

Simmel, Georg. "The Metropolis and Mental Life." *Classic Essays on the Culture of Cities*. Ed. Richard Sennett. Englewood Cliffs: Prentice-Hall, 1969.

Williams, Raymond. *The Country and the City*. New York: Oxford University Press, 1973.

索引

本土化 19，168，179
大众文化 32-33，48，56，93，100，115，127，130
都市化 3，23，52，55，81，132
断裂 2-3，6，57，64，68，173
多元主义 56，111，177
反现代性 19
非理性 5，25-26，28，96，112，117，122-123，129
个人主义 1，3，24，75，80，116，121，160，173
工具理性 5-6，14，24-26，28-29，32-33，35-37，44，72，107-108，114，117
工业主义 3，51
公共领域 36-38，42，86，115，121-123，125-127，134，138-139，141，147-148，173，177
共同体 13，15，22，46，54，102，104，121，123，171，173，179-182

官僚体系 106-112
国民性 21，154-155，173
宏大叙事 16，62-64，118，137
后现代性 6，15-18，23，56，58，62，64，67，101-102，175-177
后现代主义 4，6，18，56-59，61，65-68，99
交往理性 6，35-37
精神分析 28，40，65，96-97，153
空间生产 38，44-45，48-49，55，67，88
浪漫主义 4，8，10，15，74-80，86，90，119
理性化 2，14，24-27，30，35-37，94，106，122，172，174
伦理 2，26-28，58，76，110，112-113，115，170-171，174
漫游者 134-137，148
民族国家 3，7，10，19，21，62，104，140，173，177
民族主义 3，6，21，77，104，177

200

男性气质 116-118，120-123
女性气质 115-118，120，123-125，127-130
启蒙理性 5，24，29-35，37，126
求新 1，76，126
祛魅 14，25，27，32，127，149，151，174
人道主义 30，159，170
人的现代化 156，168，172-173
日常生活 15，19-20，44，47，49，58，61，67，74-75，82-83，87-101，108，127，132，135-136，139，143，145，148，158，160-161，163-165，168，174，178
肉身 121，129
商品化 2-4，57，65，90，92，115，117，135
审美 4，10，14-17，19，34，47-48，59，71-72，80，87，95，97，99-101，104，110，117，119，134，154，157，161，165，172-175，181
生产者 135，138，179
生活方式 8，13，27，38，43，50，55，80-81，100，119-120，122，134，158，164，168，178-180
时间化 40，67
世俗化 2-3，8，14-15，25，27，173
抒情现代性 86
私人领域 42，127，134-135，137，139，141，146-148，182

唯美主义 100，118，120-121
文化现代性 32，76，132，173
先锋派 52，58，97，99，115
现代主义 2，4，8-10，15，22，52，65-67，79，88，96，100，110，121，130，132，135，138
消费者 46，93，115，122-124，130，135，179
消费主义 56，100，102，115，122，124，134，176，178-179
性别 18，21，96，115-118，120-121，123-125，127-129，138-139，141，146
性灵 150，152-153，160，165
异化 4，10-11，24，31-33，52，54，66，88-91，93-95，98-99，101，118，134-135，137
语言游戏 16，61-64
元叙事 62-63，68，125
种族主义 6，59，104-106，114
主体间性 6，11，36
主体性 10-12，28，34，36，60-61，72，76，113，116-117，123-124，135，148，171，173
资本主义 2-4，6-8，10，25-28，32，34，39，41，44，46，49-51，55，57，62，64-66，68，89-91，94-96，98，101，104，122-123，170-171，177，179，181
自反性 175-176